Que fim levou Juliana Klein?

Marcos Peres
Que fim levou Juliana Klein?

1ª edição

EDITORA RECORD
RIO DE JANEIRO • SÃO PAULO
2015

CIP-BRASIL. CATALOGAÇÃO NA PUBLICAÇÃO
SINDICATO NACIONAL DOS EDITORES DE LIVROS, RJ

P51q
Peres, Marcos
    Que fim levou Juliana Klein? / Marcos Peres. – 1. ed. – Rio de Janeiro: Record, 2015.

ISBN 978-85-01-10429-8

1. Romance brasileiro. I. Título.

15-20989
CDD: 869.93
CDU: 821.134.3(81)-3

Copyright © Marcos Peres 2015

Texto revisado segundo o novo Acordo Ortográfico da Língua Portuguesa.

Todos os direitos reservados. Proibida a reprodução, armazenamento ou transmissão de partes deste livro, através de quaisquer meios, sem prévia autorização por escrito.

Direitos exclusivos desta edição reservados pela
EDITORA RECORD LTDA.
Rua Argentina, 171 – 20921-380 – Rio de Janeiro, RJ – Tel.: 2585-2000.

Impresso no Brasil

ISBN 978-85-01-10429-8

Seja um leitor preferencial Record.
Cadastre-se e receba informações sobre
nossos lançamentos e nossas promoções.

Atendimento e venda direta ao leitor:
mdireto@record.com.br ou (21) 2585-2002.

"A vida viajava
Mas não viajava eu,
Que toda viagem
É feita só de partida."

Paulo Leminski, *Distraídos venceremos*

"Mas viagem é mesmo destino, e elas me marcaram, desde a primeira, que me trouxe a Curitiba, de onde várias vezes tentei sair e para onde sempre voltei, invencível curitibano. Hoje, sair daqui de casa até o Centro já me parece uma arriscada aventura de Odisseu neste mundo frio, chuvoso e sem porteira."

Cristovão Tezza, "Meu destino é viajar", *Gazeta do Povo*, 10/10/2013

"Curitiba, aquela do Burro Brabo, um cidadão misterioso morreu nos braços da Rosicler, quem foi? quem não foi? foi o reizinho do Sião; da Ponte Preta da estação, a única ponte da cidade, sem rio por baixo, esta Curitiba viajo.
Curitiba sem pinheiro ou céu azul pelo que vosmecê é – província, cárcere, lar – esta Curitiba, e não a outra para inglês ver, com amor eu viajo, viajo, viajo."

Dalton Trevisan, *Em busca de Curitiba perdida*

PREFÁCIO

A pessoa que insiste em dizer que está no quarto 206 narrou a maior parte dos acontecimentos deste livro. Os não ditos e os delírios dessa pessoa – que se recupera de um grande trauma e só sente conforto em saber que está no coração de um imaginário quarto 206 – foram confirmados pelos jornais da época e pelos memorandos obtidos na Delegacia de Polícia do estado do Paraná.

Os acontecimentos aqui narrados se concentram nos anos de 2011, 2008 e 2005. As referências a outros períodos são apenas necessárias à compreensão desses três anos cruciais. Reconhece-se a prolixidade de datas e nomes, mas todos esses dados são imprescindíveis à exposição do que se pretende mostrar como essencial nesta narrativa.

Sou a psiquiatra responsável pela transcrição das memórias e dos sonhos do paciente (por compreendê-lo). Como a narrativa de suas memórias insiste em ser fragmentada, optamos pela transcrição literal, acreditando que o fluxo livre de pensamentos e de associações possa trazer nova luz ao caso.

Optamos por dar nomes aos "arquivos" fragmentados, acrescidos de seus respectivos anos. Com isso, objetiva-se situar o leitor e permitir que ele escolha outras sequências (talvez até mais lógicas que a sequência aqui apresentada). Ainda anexamos aos arquivos a cronologia dos fatos e a árvore genealógica (conhecida) das famílias Klein e Koch. Também inserimos alguns detalhes do passado de Frankfurt e algumas curiosidades, como a história do casarão do Batel. Esses anexos servem como instrumentos de pesquisa e de compreensão dos protagonistas e dos antagonistas aqui retratados.

Ressalve-se ainda que, na construção das presentes linhas, omitimos todos os nomes não diretamente envolvidos. Em outras palavras: apenas as pessoas fundamentais tiveram os nomes revelados. Decidimos agir desse modo ao considerar o envolvimento de instituições consolidadas, como a Universidade Federal do Paraná (UFPR), a Pontifícia Universidade Católica do Paraná (PUCPR) e a Delegacia de Polícia do Estado do Paraná. As ilicitudes aqui narradas estão ligadas aos protagonistas e aos antagonistas desta narrativa, e não a nenhum sujeito oculto nem a qualquer instituição. Todas as interpretações são restritas e aplicáveis unicamente aos sujeitos expostos, e não a terceiros, muito menos à instituição a que se vinculem.

Por fim, pedimos desculpas pelo caráter ficcional que a exposição invariavelmente assuma. Não apenas pela narrativa – de fragmentados anos –, mas também pelo epílogo tripartido e inconclusivo. Justificamos o subterfúgio do final tripartite: ele se deve às incertezas que ainda pairam sobre o caso. Para que injustiças não sejam cometidas, colorimos a narrativa com algumas hipóteses do que pode ter acontecido ao paciente. No entanto, são conjecturas, apenas – portanto, não corroboradas pela polícia nem por nenhuma autoridade judiciária.

Rogamos, portanto, aos leitores – caso compreendam o enigma dos Klein – que desconsiderem o epílogo. As hipóteses ali aventadas são meros juízos de valor e, portanto, desnecessárias.

CRONOLOGIA DOS FATOS NAS FAMÍLIAS KLEIN E KOCH

1928 – Nascimento de Arkadius Klein, em Frankfurt.
1929 – Nascimento de Heinrich Koch, em Munique.
1930 – Nascimento de Gunda Graub, em Berlim.
1935 – Heinrich Koch se muda para Frankfurt.
1949 – Nascimento dos gêmeos Konrad e Derek Klein, em Frankfurt (filhos de Gunda e Arkadius).
1951 – Nascimento de Ingo Koch, em Frankfurt (filho de Heinrich Koch).
1965 – Nascimento de Franz Koch, em Frankfurt (filho de Heinrich Koch).
1967 – Konrad Klein se alista como voluntário na Guerra do Vietnã e luta ao lado dos norte-americanos em Saigon. No arquivo de guerras norte-americano, consta que Konrad Klein é um dos poucos alemães que provaram o sabor da morte em Saigon. Seu nome não consta no Memorial de Guerra dos Veteranos do Vietnã. Como também não constam nomes de vietnamitas.
1968 – Nascimento de Minna Klein (filha de Derek Klein).
1969 – Nascimento prematuro de Heike Klein, que ficou alguns meses recebendo atenções especiais no

hospital. Gunda Graub entrou em trabalho de parto antecipado quando a família Klein recebeu do governo norte-americano uma medalha de honra ao mérito pela bravura que o combatente Konrad Klein mostrara nos campos de guerra vietnamitas.

1969 – Nascimento de Rovena Klein (filha de Derek Klein).

1970 – Derek Klein viaja ao Brasil com as duas filhas. No Brasil, o registro civil, alegando motivos de segurança, muda os nomes das meninas: Rovena passa a se chamar Rosi e Minna se torna Mirna. Mudam-se para o famoso casarão do Batel. (Ver notas sobre o histórico do casarão.)

1971 – Nascimento da terceira filha de Derek Klein, Juliana Klein. É a primeira Klein nascida no Brasil.

1975 – Nascimento de Jannike Koch, em Frankfurt (filha de Heinrich Koch, que então contava 45 anos).

1994 – Heike Klein e Jannike Koch se conhecem no Clube de Poesia de Frankfurt e, no mesmo dia, têm a única noite de amor de suas vidas.

1995 – Arkadius Klein interna seu filho Heike Klein no sanatório de Frankfurt, alegando uma insanidade nunca comprovada.

1995 – Falecimento de Jannike Koch e do filho que ela carregava no ventre, em Frankfurt.

1995 – Dias após a morte de Jannike Koch, falece. Heinrich, o patriarca da família Koch, em Frankfurt.

1996 – Falecimento de Arkadius Klein, também patriarca de seu clã, aos 68 anos, em Frankfurt. Ele toma um cálice de vinho com veneno, mas todas as suspeitas de que o assassinato tenha sido perpetrado por algum Koch são arquivadas.

1996 – Heike Klein falece no sanatório, sem saber da morte do pai e do filho – ainda sem nome – e de sua amada Jannike.

1996 – Nascimento de Adam Koch, filho de Franz e Tereza Koch, em Frankfurt. Após o nascimento do menino, Franz se muda com a família para Curitiba, para o bairro Água Verde.

1996 – Nascimento de Gabriela Klein Scaciotto, filha de Juliana Klein e de Salvador Scaciotto.

1998 – Falecimento da esposa de Derek Klein, devido a um câncer de mama.

1999 – Falecimento de Derek Klein. Aos 50 anos, suicida-se enforcando-se com um cinto de couro no casarão do Batel. É o segundo suicídio conhecido do histórico do casarão (*ver Notas etc.*). Juliana, já casada com Salvador Scaciotto, muda-se novamente para o casarão em que passou a infância. Seu antigo quarto passa a ser o de sua filha Gabriela, de 3 anos.

2005 – Salvador Scaciotto assassina Tereza Koch, no Teatro Guaíra, em Curitiba. Em virtude desse assassinato e de circunstâncias de contingente da polícia da capital do Estado, o delegado da 9ª Subdivisão Policial de Maringá/PR (9ª SDP/PR) é convidado a ajudar no deslinde do caso.

2008 – Juliana Klein desaparece.

2011 – Presente.

ÁRVORE GENEALÓGICA DAS FAMÍLIAS KLEIN E KOCH

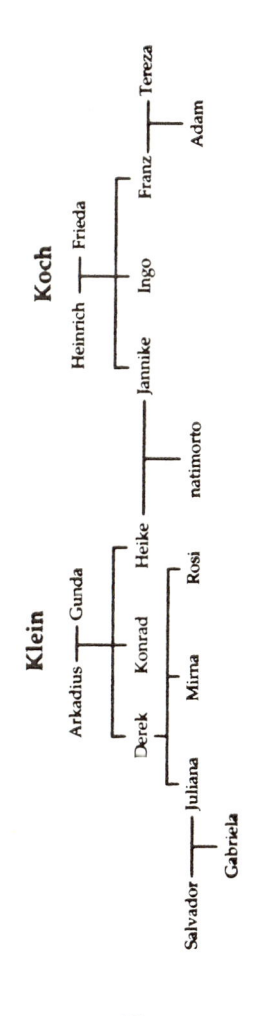

Klein

Arkadius — Gunda
├── Heike — natimorto
├── Konrad
│   ├── Rosi
│   └── Mirna
└── Derek
    └── Juliana — Salvador
        └── Gabriela

Koch

Heinrich — Frieda
├── Jannike
├── Ingo
└── Franz — Tereza
    └── Adam

1. De como Irineu se tornou o que é

2011

Todos os caminhos levam a Curitiba, impreterivelmente. Todas as viagens exigem um retorno, o regresso a um local em que já somos esperados, porque dele partimos. Curitiba é um rio, nesta Curitiba viajo, viajo e retorno para um local conhecido, para o lugar que me faz ser o que sou, o que, de fato, eu sou, ele pensou, confuso, enquanto ecos de Juliana Klein lhe diziam sobre escolhas e destino, sobre amor ao que nos espera e sobre conformismo.

Assim que o avião chegou ao Aeroporto Afonso Pena de Curitiba, uma viatura o aguardava. Era constrangedor – para todos os catorze distritos policiais de Curitiba – que necessitassem de um delegado de Maringá para solucionar mais uma batalha daquela guerra, conhecida no mundo acadêmico como "Klein *versus* Koch" e nos programas policiais e na confraria Boca Maldita como "A Praga dos Alemães". Além disso, tratava-se de Irineu de Freitas, o delegado problemático, envolvido com Klein e Koch, e que respondia a vários processos pela investigação ilegal que capitaneara em 2008. Por estes motivos, os delegados curitibanos assinaram uma carta desaconselhando o destacamento do delegado maringaense para atuar nesse caso específico. O documento fora enviado ao delegado geral da Polícia Civil do Paraná, que negara o pedido. Se a quebra de competência territorial soava como afronta às autoridades curitibanas, um esforço externo era bem-vindo para acabar de vez com as bizarrices desses gringos filósofos, que invariavelmente apareciam nas páginas policiais da *Gazeta* e no noticiário da RPC TV: os Klein & os Koch haviam se tornado assunto de ordem pública em todo o estado. Em outras palavras, tratava-se de uma série de assassinatos de burgueses acadêmicos, filhos de europeus, cujos motivos eram obscuros e de *modus operandi* bizarros. Algo que os noticiários das TVs e os sites de notícias destacavam, associando-os à inoperância da polícia e da Justiça.

Um policial jovem e espinhento aguardava o delegado maringaense no aeroporto. Não o conhecia, mas não quis segurar uma placa com o nome do recepcionado. Confiou na descrição dada e a confirmou ao ver o homem com camisa branca Armani. Deveria ter entre 35 e 40 anos e alguns fios de cabelo brancos dentre os cachos ondulados. Era alto – 1m85, 1m90, talvez –, tinha os olhos escondidos por um Ray-Ban aviador, a barba cerrada – também com fios brancos à mostra – e a pele bem clara. Não era gordo, mas já não tinha o corpo atlético que exibia até os 27, 28 anos, e que fora fundamental em vários casos, quando era um policial sonhador, tentando incorporar ao seu ofício os idealismos de seus livros policiais. Mas Maringá não era Londres, e a Polícia Civil não era a Scotland Yard, descobriu. E ler Doyle ou Poe não faria dele um delegado nem traria a estabilidade de que seus colegas de profissão se orgulhavam. Casou-se e descasou-se em um ano e, à mesa de bar, invariavelmente ébrio, justificava-se alegando que a esposa não suportara um marido empenhado no combate ao crime, o que era uma meia verdade. A outra metade da história era que, no tempo livre, não zelava pelo casamento. Não se tratava, portanto, de uma consequência, mas de um fato alheio, e que viria à tona se o ofício de delegado fosse substituído por qualquer outro. Alterar a teleologia dos fatos era uma forma inocente de justificar que não estava apto ao convívio de uma parceira, que preferia a solidão acompanhada de seus cacoetes e de sexo sem compromisso, com profissionais ou com alguma das muitas mulheres que apareciam em seu caminho com o mesmo papo de "fetiche por homens de farda". Conservava, se não o porte atlético de outrora, ao menos um charme de homem experiente, advindo dos fios de cabelo branco, das olheiras das noites insones, dos dentes amarelados pela cafeína, da barba cerrada – herança da confusão de sua árvore genealógica, portuguesa e moura. O rosto anguloso e ovalado, os óculos Ray-Ban aviador e a maneira resoluta de caminhar conferiam-lhe um jeito de modelo aposentado. Era um homem bonito, pensou o jovem espinhento policial, que já havia sido informado de todas as características do delegado, exceto que Irineu de Freitas chegaria à capital paranaense mal-humorado.

Ficaram frente a frente, e o policial estendeu a mão. O delegado retirou os óculos e, por esse ato banal, o jovem policial corroborou que o homem à sua frente era o famoso Irineu de Freitas. Confirmou a identidade não porque soubesse do costume do maringaense de retirar os óculos escuros na frente de um desconhecido, sua maneira de mostrar respeito, à moda dos que retiram o chapéu à mesa. Havia, sim, sido informado de que, no olho esquerdo do homem que deveria esperar, um talho era visível, uma cicatriz avermelhada que começava na sobrancelha, descia sob a pálpebra e acabava na maçã esquerda do rosto. Um corte, lendário como seu dono, alvo de controvérsias: uns dizendo ser fruto da tortura de um traficante; outros, que fora feito por uma menina de 12 anos que acabara de perder a mãe.

"Está com fome?", perguntou o policial, sem tirar os olhos da cicatriz. "Há uma lanchonete não muito longe que faz cortesia aos policiais..."

"Obrigado. Prefiro ir até a casa dos Klein."

"Certeza? Será um dia longo. Garanto que..."

"Agradeço", respondeu o delegado, rispidamente. "Quero ver a menina. E meu estômago está revirado."

Logo estavam na viatura, em direção ao Batel. Pegaram a Avenida Comendador Franco, e Irineu fechou os olhos. Como estaria a pequena Gabriela Klein Scaciotto? Desde o fatídico último encontro, três anos haviam se passado. Lembrava-se de Gabi com 9 e com 12, lembrava-se da expectativa de que a menina se tornaria uma jovem bonita, e de seus olhinhos claros e brilhantes, tão parecidos com os da mãe. Os pensamentos rodavam e, novamente, via como a filha era uma cópia diminuta de Juliana Klein.

Quando a viatura virou à esquerda na Rua Sérgio Venci, o delegado maringaense saiu de seus pensamentos. O policial deve ter percebido e, por isso, falou do tempo cinzento curitibano, das bruscas alterações climáticas, das depredações do último Atletiba. Irineu respondeu com grunhidos, olhando para a rua. *O que falar a Gabriela?* Mais uma vez, teria de se justificar, encarnando a Justiça inoperante; mais uma vez, teria de olhar no fundo dos olhinhos claros da menina, inesquecível e injustificável vítima. Inevitável o pensamento de arquétipos, da vítima, da justiça tardia, dos problemáticos pais, do obscuro vilão... E, se imperioso o pensamento em arquétipos, inevitável o pensamento de Juliana rindo, estranhamente rindo, enquanto dizia que aquela xícara de porcelana com detalhes em ouro sobre a mesa, aquela xícara que custaria meses de seu vencimento de delegado, aquela xícara nada mais era que uma forma de uma Xícara imemorial, celestial, em que Deuses arquetípicos tomavam Chás arquetípicos, enquanto eles (Irineu e Juliana) apenas os imitavam, imperfeitas cópias, Curitiba é um Rio, Irineu e Juliana vão de barco.

"Mudei de ideia. Quero uma *Gazeta* e um café."

"Café, quer dizer lanche, torradas, omelete?"

"Não, café preto, apenas. Preciso acordar."

Pararam em um posto de combustível. Na loja de conveniência, o delegado folheava o jornal enquanto tomava o café. O Atlético Paranaense contratara novamente o técnico Antônio Lopes, diziam as letras garrafais da página de esportes. Ao lado, um histórico da vida do técnico. Segundo a reportagem, Lopes teve atuação discretíssima como jogador de futebol. Com este fracasso, deu distintos tiros: tentou ser treinador de futebol e detetive. Virou detetive, cursou direito para se tornar delegado e, nesta altura, sua vida parecia seguir em uma direção, de impreterível volta. Bacharel em direito, tornou-se inspetor-geral. E, nesse ponto, um fato muda tudo: um antigo colega do curso de educação física, agora preparador físico do Vasco da Gama, pede ao inspetor que o auxilie na apreensão de um veículo do goleiro do clube. Na oportunidade, estava vago o cargo de preparador físico, e Lopes foi chamado.

Irineu sorriu. Por pouco, as coisas poderiam ter tomado um rumo diferente. Se Antônio Lopes tivesse atuado como delegado em Curitiba, talvez não tivesse havido problema no contingente da Polícia Civil, em 2005. E se, seis anos atrás, o caso Klein *vs.* Koch não tivesse deflagrado tantas críticas na opinião pública, talvez as autoridades não necessitassem, hoje, de um delegado do interior. E, se não tivesse sido chamado, Irineu não teria conhecido Gabriela, não teria perdido noites de sono por Juliana Klein. Os fatos, com outro vetor, voltados ao passado, pareciam todos improváveis.

No outro lado da reportagem, afirmava-se que Antônio Lopes era contratado pela quinta vez para dirigir o Atlético Paranaense. Nas quatro anteriores, alguém decidira que Lopes não tinha competência, e o alçara ao fogo. Depois, jogava ao fogo o treinador da vez, e Lopes novamente era chamado. E, em sua coletiva de apresentação, o antigo novo técnico afirmaria novamente o amor que sentia pelo clube, a vontade e a determinação para conquistar novos títulos, novas glórias, e todos os clichês futebolísticos já conhecidos. Tudo estava escrito, não no destino, não por algum improvável e metafísico dervixe, não em um cabalístico estudo, mas nas próprias "Gazetas", de anos anteriores, já amareladas, em que se lia na página de esportes: "Antônio Lopes é contratado pela quarta vez pelo Atlético." Ou: "Pela terceira vez, Lopes será o comandante da nau atleticana" ou ainda "Lopes reafirma o amor que sente pelo clube" etc.

Ver no passado o futuro também é coisa da página de esportes da Gazeta, pensou Irineu, imaginando o que Juliana acharia desse pensamento. O café já começava a esfriar e o policial espinhento já mostrava impaciência, quando o delegado chegou às páginas policiais. Em preto e branco, havia a enorme foto de Mirna. Abaixo, os detalhes de seu assassinato.

Mirna Klein havia acabado de chegar do supermercado Mercadorama com Gabriela. *"Levou poucas sacolas"*, falou, em entrevista, a caixa que atendera a mulher minutos antes de sua morte. *"Estava feliz, brincava com a menina."* Haviam comprado Nutella, um pote de sorvete, waffles, uma Coca-Cola de dois litros. Não era muita coisa, Mirna poderia ter ido ao mercado sozinha. Não precisava de ajuda, deve ter levado a menina por diversão – era uma compra de guloseimas, deviam planejar uma noite com chocolates e filmes melosos. Um homem – usando um sobretudo preto, encapuzado –

entrou com as duas no casarão. Foi em direção à jovem e a segurou, mas Gabriela, sabendo o destino e o sobrenome que carrega, conseguiu escapar. A velha então se fincou no caminho e levou um balaço na cara. E mais dois balaços, um próximo ao coração, outro no ventre. Antes de sair, o assassino estranhamente deixou a arma no local, uma HK semiautomática.

Irineu suspirou com tristeza e fechou o jornal.

2. Notas do casarão

Irineu observava o céu cinzento quando chegaram ao casarão. A enorme casa gótica era residência dos Klein desde que Derek viera de Frankfurt com a esposa e as duas filhas. Era, também, história à parte da principal, adereço necessário à compreensão dos mistérios eleitos desta narrativa. Incrustada no bairro nobre do Batel, consta-se – ainda que em forma de lenda – que a casa fora projetada e edificada por um alemão luterano, que também era livre-pensador e simbolista. O pastor construíra a residência com um único objetivo: ter uma casa que fosse chamada de sua, mas que pudesse ser confundida com qualquer residência de Deus, com qualquer catedral, cismática ou não. Apenas por isso se justificavam os arcos ogivais e pontiagudos, a abóbada em cruzaria e duas gárgulas que vigiavam ostensivamente o portal de entrada. Acima da enorme porta via-se um vitral de temas bíblicos, que trazia iluminação e cor à claustrofóbica casa.

O estilo gótico em si já era uma simbologia, a menção aos godos, povo bárbaro germânico, o primeiro sinal de tantos outros, de tantos arcos e curvaturas, além de outros números e ângulos: conta-se, tudo no campo das lendas, que o número de lustres do casarão do Batel é múltiplo do sagrado 3; que a cor dos ladrilhos da cozinha é branca e preta como lembrança da dualidade humana, e que os muitos espelhos, pares e pareados, lembram criatura e Criador, bem como o infinito, no reflexo contínuo de uma imagem entre duas superfícies especulares.

No entanto, o maior feito do luterano alemão não foi a casa que desenhou, mas outro projeto, feito à imagem e semelhança de seu Deus e engendrado em uma fiel curitibana, virgem, de sobrenome conhecido, e já prometida a outro sobrenome da aristocracia local. Era luterano e poderia ter mulher e filhos, é verdade, mas pecou ao seduzir e engravidar uma moça virgem, que seria desposada por um jovem de família importante. Tal fato, inusitado e inédito, teria as devidas consequências e castigos, não do seu Deus aconselhado por Lutero, que pregava que os pastores eram humanos e, portanto, poderiam escolher um de seu rebanho e engendrar rebentos. Os castigos seriam outros, de outra natureza: castigos do homem, de honra dos sobrenomes envolvidos.

Novamente, entra-se na seara do folclore. Quer-se, mesmo que improvável, que o castigo divino tenha chegado antes dos capangas encomendados pelas duas famílias com a missão de matar o pastor luterano: quer a tradição que o pastor tenha morrido na loucura, contando os quadriláteros da cozinha e conversando com as gárgulas guardiãs do portal de entrada, cena chocante, parecida com possessão, não havia senhora que não passasse por ali e não fizesse o sinal da cruz ao ver aquele estranho monólogo, transformado em diálogo apenas para o moribundo filho de Deus – de seu deus das 95 Teses. Pode ter sido tifo ou febre amarela, que se teriam somado ao medo de estar acossado, por ter deixado prenhe um dos maiores sobrenomes da cidade. Mas a versão lendária prevaleceu, e por mais de meio século a casa ficou abandonada, assombrada por fantasmas cismáticos.

Foi habitada novamente quando um jovem casal de ucranianos veio da Europa no princípio do século XX. Tentaram demovê-los da ideia por dois motivos: o primeiro, devido às lendas do edifício mal-assombrado; o segundo, pela justificativa sensata de que o casarão era gigantesco demais para ser habitado apenas pelos dois. O jovem esposo respondeu que tinha mais medo dos vivos que dos mortos, e que a mansão logo estaria cheia de ucranianozinhos para lá e para cá.

Cinco meses depois, sua esposa engravidou. Na gestação, complicações ocorreram, e, logo as bocas e as janelas da vizinhança as associaram à lenda do filho do pastor luterano que nunca foi conhecido. E, se não foi conhecido, foi talvez por ter sido morto antes... As complicações sofridas pela jovem ucraniana eram, então (ou subitamente passaram a ser), sinais da maldição do rebento do pastor luterano que não chegou a conhecer o mundo. Isso o pastor já sabia, a casa inteira tinha sinais, dizia-se que ele era maçom e que havia feito uma casa cheia de símbolos: de defesa, de ritos, de maldições, era disso que tratava o luterano quando conversava com as gárgulas. As dores do parto da jovem ucraniana de fato aumentavam, a despeito das lendas e do incessante falatório das comadres, e chegou ao ápice quando a bolsa amniótica se rompeu. O jovem esposo, em um momento, sentiu que todo o sonho de fazer vida e glória no Brasil estava por ruir. Neste babélico fim de mundo, encontrou ajuda em uma velha negra parteira e no padre da paróquia. Conta a lenda que era uma noite de trovoadas, e que, no intervalo entre os trovões, outros clarões eram vistos através do vitral que encimava o portal do casarão. As lendas são todas permeadas de ironias, se interpretadas. Na casa amaldiçoada por um seguidor de Lutero, fora chamado um seguidor de Pedro, acompanhado de uma macumbeira; no Novo Mundo, uma fé sincrética, reinventada e compartilhada pelas janelas desocupadas.

Não se sabe muito bem o que ocorreu depois – isso também é lenda. Talvez para se safar de seus superiores, os bispos barrigudos e sapientes, o padre encerrou o assunto afirmando que, apesar das dores lancinantes, a mãe aguentou bravamente. A negra não disse nem desdisse: soltava grunhidos quando inquirida, mudava de assunto. E, por um bom tempo, o casarão permaneceu sem contato com o mundo exterior.

Depois de alguns meses, o ucraniano pisou pela primeira vez o lado de fora, e, apesar da noite densa, todos os que o viram não deixaram de notar a barba desgrenhada, os olhos vermelhos, o andar indolente, a roupa puída. Era noite de lua cheia, diziam, e, para as velhas da igreja e os bebuns do bairro, disso para o ucraniano metamorfosear-se em lobisomem foi um passo.

Porém, mais bizarro que um europeu travestido subitamente em um folclore que ele nem sequer conhecia, gritante mesmo era a ausência da mãe e do filho. Poderia ser que os dois não tivessem sobrevivido ao parto, que o ucraniano, em decorrência das mortes da esposa e do filho, tivesse entrado em profunda depressão, justificadora dos olhos vermelhos, da barba e do cabelo enormes. Mas as lendas querem sempre mais, a irracionalidade é mais sedutora que uma invisível dor e, nesse específico caso, queriam as bocas desocupadas que a maldição do filho do pastor luterano tivesse o poder de transformar o próximo chefe do casarão em lobisomem das trevas. E mais: que esse amaldiçoado ser tivesse comido a esposa e o próprio filho.

A lenda, nesse ponto já antropofágica, ficou sem concreta resposta, porque o esposo ucraniano saiu apenas três ou quatro vezes à rua após a noite de trovoadas. E sempre nas noites de lua clara e cheia, sempre desgrenhado e de olhos injetados. Suicidou-se meses depois, com uma corda presa no lustre da sala. Dizem que a iluminação do lustre incidiu no corpo pendurado e transpassou o vitral, e que o ucraniano tornava-se projetado para fora, maior, uma língua horrenda saltada da boca, querendo talvez dizer sobre a dor de perder a consorte ou sobre a maldição que as gárgulas lhe impunham naquele claustro.

Depois dos ucranianos, novamente a casa se fechou. E se abriu apenas quando os Klein atravessaram o Atlântico. "Uma casa construída por um alemão", dissera Derek Klein, "só pode ser uma boa casa". E a calmaria logo mostrou que as suspeitas eram infundadas: tratava-se de velhas histórias sem nenhuma comprovação. Isso até os Koch mais uma vez cruzarem seu caminho...

3. Ainda vive feliz a esperança

2011

Irineu saiu da viatura e um homem veio em sua direção. Cumprimentaram-se pesarosos, donos das próprias culpas.

"Como está, velho Irineu?", perguntou Fernando Gómez, delegado da Divisão da Capital da Polícia Paranaense.

"Do jeito de sempre."

"Não. Está mais abatido, com mais olheiras."

"Do mesmo jeito."

"Esses processos vão levar você para a cova, sabia? É maluco de voltar aqui. Devia tirar uma licença, ficar algumas rodadas sem jogar..."

"Gómez, quero ver Gabriela..."

O delegado curitibano coçou a cabeça. Já haviam trabalhado juntos seis anos antes, quando da morte de Tereza Koch. E havia três anos que Irineu, não tendo conseguido autorização para atuar no sumiço de Juliana Klein, tinha metido os pés pelas mãos em uma investigação arbitrária, que poderia custar seu cargo.

"Não sei se a menina está pronta. Desde o ocorrido, a psicóloga está presente. Insistimos, mas ela ainda está no quarto."

"Gabriela... não quer sair do quarto?"

"Não. A psicóloga disse que ela está em choque. É melhor aguardar. Muitas coisas aconteceram a Gabriela Klein. O que você acha?"

Muitas coisas acontecem a Gabriela Klein. Muitas coisas que não acontecem com a maior parte dos homens feitos, fortes, durante toda a vida deles, mas que acontecem a Gabriela. Que, de três em três anos, tendem a acontecer à jovem Klein. Uma verdade, recorrentemente provada.

"Desculpe, Gómez. Se a menina der algum detalhe, vamos alterar o rumo das buscas. Preciso conversar com ela. E preciso que seja agora."

Repetia mentalmente também para acreditar. Teve vontade de tomar uma dose de qualquer bebida forte, e sentiu um medo absurdo daquela menina de 15 anos que se recusava a sair de seu quarto. Passou pelas colunas cruzadas e adentrou a sala com seus cristais e suas pratarias iluminadas pelo vitral de temas bíblicos. Foi negligente ao passar sem olhar nem cumprimentar os quadros de família no corredor. Se os retratos demonstraram excesso de vaidade em vida, transformavam-se, agora, em um relicário inútil. No final do corredor, virou à esquerda, passou pelo banheiro e percebeu com tristeza que a mesma frase estava estampada na porta do quarto de Gabi.

"Aqui vive feliz a esperança."

A frase, como também aconteceu por ocasião do outro crime, lembrou a ele que no portal do Inferno de Dante está consignado que todo aquele que entrar no reino de Hades deverá deixar a esperança do lado de fora. Suspirou, murmurou a sentença que sabia de cor, recordando que, anos atrás, Juliana Klein a escrevera a ele: *Lasciate ogne speranza, voi ch'intrate*. Bateu duas vezes e abriu uma fresta.

"Gabi. É tio Irineu. Quero conversar só um pouquinho. Prometo que logo tudo acabará."

O quarto estava na penumbra, clareado apenas pela luz que entrava pelo vão da porta. Do fundo, do lado mais escuro, uma vozinha rouca sussurrou:

"Da outra vez, prometeu a mesma coisa..."

"Posso acender a luz? Quero vê-la."

Tateou o interruptor e não esperou a resposta. A claridade o incomodou, mas ele se lembrava do ambiente: a cama com os muitos bichos de pelúcia; do lado esquerdo, o mural com fotos da família e das colegas de escola; a prateleira cheia de livros de personagens da Disney e de livros de Verne e de João Carlos Marinho... Ao fundo, no canto esquerdo, permanecia intacto o cemitério de bonecas desmembradas, de personagens de filmes infantis decapitadas e de pelúcias estraçalhadas pelo shih tzu da família. No canto direito, havia uma poltrona, e nela, afundada, estava Gabriela Klein Scaciotto, com as pernas dobradas junto do peito, enlaçadas pelos braços fininhos, e a cabeça baixa.

"Gabi. Me desculpe..."

O silêncio dominante, constrangedor, como todos os acontecimentos daquela casa, como tudo o que possuía o sobrenome Klein. Irineu conhecia a família a ponto de saber que, apesar da fragilidade e do mundo desabando, o silêncio daquela jovem traduzia um desesperado pedido para ficar sozinha.

"Por favor, só algumas perguntas. Duas ou três. Se me ajudar, prometo que saio em cinco minutos."

Ela levantou a cabeça lentamente por cima das pernas, como uma tartaruguinha que sai do casco para observar seu *habitat*. Seus olhos estavam secos, limpos, verdes, sem a aura vermelha infernal de que se lembrava, quando, três anos antes, ele a viu entregue ao pranto mais doloroso do mundo. Na fronte de Gabriela, um talho ainda recente. A marca visível e possivelmente eterna da tentativa de seu assassinato. Entre os olhos dos dois, dois cortes: a cicatriz de Irineu e a mancha ainda vermelha da jovem.

"Minha Nossa! Que fundo esse corte! Está doendo ainda?"

A menina deu de ombros e fechou os olhos, sua maneira de mostrar indiferença. No canto da boca, um pequeno sorriso que parecia dizer: *Agora estamos iguais. Deve estar feliz porque eu também terei uma cicatriz.*

"Gabi, por favor..."

"Pode fazer suas perguntas. Não é nada que eu já não tenha feito, não é mesmo?"

Irineu as fez, e recebeu lacônicas e irônicas respostas de uma jovem rebelde, mudada e moldada pelas circunstâncias. Saiu destroçado do encontro, sem tirar nada revelador, a não ser aquilo que já previra: que a menina segurava para si a dor que carregava no peito, junto às pernas fininhas dobradas. E que o talho em formato de lua crescente em seu rosto era um forte indicativo de que a calmaria não dava nem sinais de chegar.

O delegado da 9ª Subdivisão Policial de Maringá já estava fora da casa, do outro lado da rua, quando a viu sair pelo portal. Gabi não sabia dizer se o homem era gordo, se mancava ou tinha a voz carregada de sotaque. Estava maior, mas ainda era mirrada, delicada. Vestia um short florido e uma camiseta branca com um coração vermelho no centro, no qual estava escrito *Love* – um coração apenas alguns centímetros maior que o talho em sua cabeça. Seu cabelo estava mais volumoso, mais cacheado, levemente ruivo, talvez mais avivado devido ao contraste com a pele clara e os olhos verdes, herdados da mãe alemã e do pai italiano. Parecia uma dessas meninas esguias e com aparência resoluta que sempre aparecem nas passarelas. Conversava com a psicóloga, apontando com o bracinho esquerdo para uma direção e protegendo os olhos do sol com a mão direita. Enquanto falava, gesticulava, talvez herança dos pais professores, acostumados a demonstrar filosofias por meio de expressões corporais. Coçou o olho demoradamente, como uma pequena criança com sono, e, de um segundo para o outro, não mais se parecia com os pais professores, mas apenas com a menina que gostava do Bob Esponja e tinha medo de ficar sozinha em seu quarto. Virou-se para o outro lado da rua e, nesse momento, os olhos de Irineu e de Gabriela se enfrentaram por alguns segundos. Lembrou-se Gabriela, assim, de que era uma Klein. Apertou a mão da psicóloga e entrou novamente no casarão: para a companhia de todos os fantasmas, suicidas e lobisomens que sempre o habitaram.

4. Marcados pelo signo da guerra (3)

2011

"Vai reviver seus fantasmas?"

"E tenho alternativa?", retrucou Irineu, com um sorriso amarelo. Seus fantasmas atendiam pelo nome Koch.

"Não há nada que tirar da menina, ninguém testemunhou o ocorrido... Realmente, o melhor a fazer é deixar que as coisas esfriem. Enquanto isso, vou interrogar Franz Koch."

"Por que Koch?", perguntou o jovem policial, que até então só ouvia os dois delegados.

"Ora, é óbvio! Como da outra vez, parece vingança. O sujeito segue as duas na rua, entra no casarão e tenta matar Gabriela. A menina se safa, mas a velha é baleada. Deve ter ficado nervoso, deve ter havido um estrondo. Então o sujeito sai, deixando a arma. Deve ser alguém inexperiente, talvez alguém que tenha matado pela primeira vez. Como não deram falta de nada, a hipótese de roubo foi descartada. Deve ter sido contratado para isso. Algum mendigo, algum morador de rua que não tenha nada... que não teria nada a perder... exceto a coragem. E, se foi contratado, foi contratado por alguém..."

O jovem interrompeu o delegado e repetiu a pergunta de maneira lenta, como se não tivesse sido compreendido: "Por que Franz Koch?"

Irineu tirou os óculos e encarou o policial.

"Porque ele nunca superou a morte da esposa, ora! Depois que Tereza faleceu, engordou uns quarenta quilos e virou alcoólatra. Suas bizarrices aumentam a cada turma que passa. Há relatos de que o encontraram na sarjeta, fedendo como gambá."

"Relatos? Achei que fossem lendas. Koch foi meu professor."

Irineu e Gómez não esconderam a surpresa.

"Fez filosofia? Na PUC?"

O jovem confirmou com a cabeça, imitando a surpresa que vira nos chefes. Não deixava de ser inusitado que um estudante de filosofia fizesse parte do quadro da polícia. Um policial filósofo entre eles, que tinham gastado tanto tempo decifrando postulados e *ergos* acadêmicos, que se misturavam como poeira ao caso dos alemães.

"E o que acha dele?"

"Um excelente professor."

"Quero dizer, acha que é suspeito? Nunca notou nada estranho?"

"Não. Tirando que parece que vai explodir, de tanto que engordou, não vejo nada errado. Esse negócio de bebida é lenda. O professor Koch sempre foi de falar alto, de gesticular muito. O jeito arrastado de falar *é* porque é alemão."

"Há reclamações de alunos e professores sobre bebida..."

"Alunos falam demais. Muitos filhinhos de papai, que nem sabem o que estão fazendo na universidade. E os professores? Até parece que não conhecem aqueles egos, não é?"

Os delegados se entreolharam. Franz Koch parecia blindado de todos os lados, até mesmo entre os muros da polícia. Um prenúncio de que a conversa não seria nada fácil.

Meia hora depois, Irineu de Freitas estava no *campus* de filosofia da Pontifícia Universidade Católica de Curitiba, no bloco amarelo, próximo à entrada. Bateu à porta do conhecido gabinete de Koch e, ao entrar, deu com o barrigudo alemão sentado em uma poltrona reclinável, o papo pelancudo e proeminente à mostra, enquanto lia um jornal.

"Já sabe do ocorrido, professor?"

Koch não abaixou o jornal ao falar com sua voz esganiçada:

"Doutor Professor, por gentileza. Estamos em meus domínios, e, aqui, quem canta de galo sou seu. Lembra-se de nossa conversa? Apenas eu tenho um título verdadeiro. A propósito, há quanto tempo não nos víamos, Irineu!"

"Doutor Irineu. Há uma lei que autoriza o uso do título para autoridades policiais e judiciárias, caso não saiba."

"De novo essa história? Quanta obediência ao positivismo! Das obediências cegas aos idealismos é que nascem os ditadores, sabia? Obedecer plenamente significa não pensar."

"A lei deve ser cumprida integralmente. Acho que não preciso explicar a um pensador o significado da palavra *cogente*, não é mesmo?"

Franz Koch abaixou o jornal e, pela primeira vez, encarou o delegado.

"Quanta bobagem! E se uma lei abolisse a gravidade, então a partir desse momento eu levitaria?"

"Não sei. Só sei que, se matar, será enquadrado. Por mim. Sendo você doutor ou não."

"Deselegante, caro Irineu! A propósito, fiquei, sim, sabendo do ocorrido. Acho uma pena que a menina sofra dessa maneira."

"A velha morreu..."

"Essa só sofria em vida. Não me interessa. Nem causa pena..."

"E como soube?"

"Internet. Não é uma beleza? Tornou verdadeiro o ditado 'Se Maomé não vai à montanha, a montanha vai a Maomé'."

"Acho incrível que você, como sempre, tente se esquivar com provérbios! Do que tem medo?"

"Medo? Não tenho medo. Quero dizer que aqui, atulhado de teses que preciso corrigir, recebo todas as informações do mundo. E, dentre elas, a da morte dessa Klein."

"Então tem um álibi?"

O professor coçou a barriga e levantou o dedo, apontando para a câmera que os vigiava.

"Quero te apresentar algo realmente novo: o Grande Irmão. Bem-vindo ao mundo de *1984*, Irineu!"

"Obrigado. Mas preciso de uma apresentação mais detalhada."

Franz Koch riu como uma hiena velha.

"Eu já imaginava. Por isso trouxe jornais: esperarei lendo. Esses jovenzinhos que se denominam técnicos costumam demorar horrores."

Logo os técnicos chegaram. Coletaram os dados do computador e viram as imagens das câmeras. O veredicto foi o que Irineu temia: Koch falara a verdade. Um álibi, assim como há três anos. *Impossível que este filho de uma puta vá se safar de todas!*, pensou o delegado. Enquanto isso, Koch continuava em sua poltrona, agora absorto na leitura do jornal, o corpo curvado, a barrigona à mostra.

"Está tudo certo, professor."

"O que quer dizer com 'tudo certo'?"

"Que o senhor estava mesmo aqui quando Mirna Klein foi assassinada. No entanto, ainda há coisas que teremos de ver."

"Como o quê, por exemplo?"

"Alguma conexão. Quem sabe, algum arquivo no computador. Algum telefonema, algum pagamento. Reviraremos tudo."

"Revirarão tudo, eu sei. E não encontrarão nada, você sabe."

"Tem tanta certeza assim?"

"Você me conhece, Irineu. Olhe o tanto de teses que preciso corrigir. Acha que sobra tempo para matar alguém?"

"Realmente, o trabalho em excesso é um problema. Não sobra tempo pra nada, não é?"

"Pra nada..."

"Tem tido tempo para o seu filho, professor?"

"Sempre tive pra ele. Adam não entra nesta história."

"Alegra-me saber isso. Ele precisa de atenção. É muito triste perder a mãe na idade dele."

"Deixe meu filho fora disso, ok?"

O delegado chegou mais perto e encarou o professor.

"Parece que você não consegue entender. O que mais quero é deixar Adam fora disso. Adam e Gabriela não precisam sofrer porque têm pais doentes."

"Adam não sofre... quero dizer... é lógico que sofreu muito pelo que aconteceu com a mãe dele. Mas agora está bem. Com saúde, comendo e estudando. E não dá a mínima pra isso, sabia? Por mais que tentem colocar minhocas na cabeça de meu filho, ele não dá a mínima."

"O que quer dizer?"

"Sabia que Gabriela e Adam estudam no mesmo colégio? Eles têm quase a mesma idade..."

"Não sabia."

"Um colégio bom, o que obtém mais aprovação nos vestibulares. É um fato inusitado, pra não dizer abominável, mas ninguém nem sequer imaginaria que as duas crianças um dia iriam conviver. Adam sempre estudou em um colégio de padres; Gabriela estudava em um colégio de freiras do outro lado de Curitiba. Há ódio entre nós, mas também discernimento: sempre tivemos noção da importância dessa distância, era nosso pacto silencioso..."

"E o que aconteceu?"

"O ensino médio, Irineu. Não preciso mais de um padre que diga a meu filho que é feio falar de boca cheia. Preciso de um desses professores engraçados que coloque as fórmulas de química na cabeça do guri e que o faça passar no vestibular. Depois ele aprenderá a pensar. Acho que os Klein refletiram como eu. O vestibular gerou o esquecimento. Sem querer, o pacto foi quebrado."

"E?"

"E nada. Adam não está nessa. O menino tem cabeça boa. Só não sei se posso dizer o mesmo da pequena Klein. Mas, coitada, não a culpo. A menina é doutrinada desde o nascimento. Deve ter apanhado por ter falado primeiro *mama*, e não *Nietzsche*. Lá as coisas funcionam assim."

Disse isto e explodiu em uma risada grotesca, uma hiena louca e gorda, balançando a papada.

"Por que acha que Gabriela se importa de manter a briga das famílias?"

"Disse apenas que tenho dúvidas sobre o que Gabriela pensa de tudo isso. Por esses dias ela foi conversar com meu filho. Ele estava na sala, aproveitando para revisar uma matéria. E ela apareceu. Perguntou se Adam sabia que o assassino de Tereza foi o pai dela, imagine só!"

"Não acredito. Gabriela perguntou isso?"

"Por que eu mentiria? Foi o que Adam me contou."

"E o que ele respondeu?"

"Que sabia. E que não se importava. Ela pediu desculpas, ficou transtornada, virou-se e saiu. Sei que é difícil para os dois. Se é difícil para nós, imagine para eles? Mas essa história não é sobre meu menino. Adam não está em jogo. Nem por nós, nem por aqueles malditos Klein. Na história, do passado e do futuro, não consta o nome do meu filho. Avise Gabriela disso, por favor."

5. História das dinastias Klein e Koch

O futuro dependia dos escritos passados, disso Irineu de Freitas sempre soube. A pasta preta, fechada havia três anos, necessitava ser novamente aberta. Desde que assumira o caso, sabia da importância do sangue para as duas famílias, sempre convergentes e conflitantes. A pasta (preta por conveniência) continha anotações sobre nascimentos e casamentos e flechas que conectavam os sujeitos uns aos outros, ou aos fatos, e traços que uniam os objetos, os predicados, os acessórios... Os interrogatórios e as investigações clandestinas capitaneadas por Irineu sem a tutela do Estado também estavam anotados ali. Pois, para entender Juliana e Franz, para compreender o que se denominava kleinismo, na UFPR, e kochianismo, na PUC-PR, ele teria de saber como pensavam, como agiam, de que estranha matéria eram feitos aqueles alemães.

Hoje eram fragmentos de histórias que os ligavam ao academicismo da capital paranaense; protagonistas de uma luta de egos que, invariavelmente, descambava para as vias de fato. Sob o sol de Curitiba, tão correto quanto o relógio de flores na Praça da Feirinha, os embates entre os rivais invadiam os noticiários, os cafés e a Boca Maldita. As famílias Klein e Koch tinham se tornado sinônimo de diretrizes de pensamento: faces antagônicas, complementares e inseparáveis – parcelas de um heterogêneo todo. Maldizer Klein ou detratar Koch não significava buscar justiça, mas estar sob a asa desta ou daquela família.

Na área de humanas, mais especificamente na filosofia, a UFPR havia se transformado em território Klein. Lá, Juliana conhecera Salvador Scaciotto, apaixonado por Platão e recém-chegado de Bolonha, na Itália, com um pós-doutorado em Santo Agostinho: um estudo das confluências platônicas na *Civitas Dei*. O pensador teólogo caiu de amores pela filha de alemães ph.D. em Nietzsche, e, pelas bandas da Universidade, a união foi celebrada como o início de grandes investimentos. E tal início não foi consumado por meio de um casamento, uma vez que a doutrina católica que ele seguia não encontrava ecos nela, uma pensadora que demorara anos explicando postulados sobre Zaratustra e a morte de Deus. Mas a união, fragilizada pela fé conflitante, por dogmas distintos, era compensada em outras searas, como a direção na área de humanas da UFPR e no filosófico amor que gerou Gabriela Klein Scaciotto.

No outro lado, o da PUC, Franz Koch era o responsável pelos grandes acontecimentos. Diferentemente de sua arquirrival Juliana, Franz nasceu em Frankfurt, onde conheceu e desposou Tereza. A decisão de vir para o Brasil foi tomada imediatamente após o nascimento do primogênito do casal – uma decisão de todos os ângulos estranha; mudar-se para a mesma cidade de uma neta de Arkadius Klein soava como um petitório formal para o reavivamento de antigas disputas. E a injúria, nos anais da briga, já mostrava uma curiosidade: Tereza e Franz Koch engendraram o menino Adam em Frankfurt, e, por esses estranhos acasos da história, seu nascimento na Alemanha fora quase idêntico ao de Gabriela Klein, na Santa Casa de Curitiba.

Ao contrário do que se dera com Juliana, a academia para Franz fora consequência – e não causa – do amor. Tereza era apenas uma insossa burguesa até que, pelo esposo, decidiu estudar Parmênides e Zeno, e tomou para si não apenas o sobrenome, mas também qualquer coisa e tudo o que significasse, no Brasil ou na Alemanha, chamar-se Koch.

Uma teoria nunca comprovada dá base a afirmações que os gestores da PUC, ao analisarem a vida de Juliana e dos outros Klein, na Alemanha, teriam, inevitavelmente, encontrado seus contrassensos, suas contracapas, seus doloridos calcanhares de aquiles: os Koch. E, na árvore genealógica desse outro clã, teriam tomado conhecimento de seus tenros frutos Tereza e Franz, promissores pensadores. A proposta, assim, teria sido formalizada ao casal, e significaria não apenas dinheiro mas também a possibilidade de superarem a família rival. Dessa forma, apenas pelo nome e pelos títulos que possuíam, marido e mulher, com o pequeno filho Adam, cruzaram o Atlântico para aulas augurais, quebras de champanhe em inaugurações de naus.

E logo Tereza Koch se mostrou apaixonada por Curitiba. Não demorou a aprender um português arrastado e impreciso, cheio de adjetivos elogiosos para os colonizadores, a terra, as araucárias, o pinhão. Devido ao encantamento de Tereza, o convite da universidade foi estendido: prontamente se alardeou o fato de que grandes pensadores alemães também tomavam as rédeas do setor de filosofia da PUC. E assim se deram os primeiros embates entre a PUC de Koch e a UFPR de Klein.

Dizer, porém, que a lide Koch *versus* Klein começou assim seria uma grande leviandade. Travavam, sim, uma batalha antiga, e talvez os atuais combatentes nem sequer soubessem de todas as particularidades da gênese. E, ao falar em gênese, também seria temerário afirmar que tudo teve início com Arkadius Klein e Heinrich Koch, devido a disputas por propriedades em Frankfurt am Main. Os que afirmam tal fato ignoram a subjetividade dos pormenores ocorridos na época e fazem eco de uma história que retira do enredo justamente seu cerne, sua razão de existir. Arkadius Klein e Heinrich Koch, os conhecidos patriarcas dos clãs, compraram a lide, selaram-na até seus túmulos e a deixaram como legado. Mas isso não significa que tenham *principiado qualquer briga.*

Arkadius Klein comprava terrenos com o objetivo de revendê-los por um preço maior. Além de exercer a especulação com ardor, tinha como hobby juntar objetos recolhidos das casas que negociava: reunia selos e moedas que os antigos donos deixavam para trás e os novos moradores não queriam. Do ato de zelador dos novos compradores, fez-se o hábito de colecionar objetos, que guardava como símbolos de suas vitórias especulativas. Casou-se com uma moça de família tradicional de Frankfurt, Gunda Graub, que tinha cabelos curtos e encaracolados e sonhos tão extensos quanto os romances que carregava consigo. Gunda queimava os neurônios com aforismos de Nietzsche e sofria pelo jovem Werther, pensando, de forma romântica, em como os parentes reagiriam a seu suicídio, que falta sentiria o mundo se ela decidisse colocar um fim na própria vida. E é provável que esses ingênuos pensamentos tenham virado, posteriormente, intuitivos e amargos sinais no gene Klein. Talvez, sem querer, sem imaginar, Gunda tenha inserido, em seu sangue, um eterno pendor para as desgraças e para a incerteza sobre querer viver...

A união entre Gunda e Arkadius gerou, além de três filhos, uma biblioteca: a junção do gosto por coleções dele com a paixão por livros dela. É conhecido em Frankfurt que, após o casamento, Arkadius criou o hábito de visitar antiquários em busca de livros raros. E não tardou que precisassem ampliar o quarto para as coleções, tantos eram os volumes adquiridos – os novos habitantes da casa do patriarca. Ele descobriu que a maioria dos proprietários com quem negociava tinha bibliotecas particulares. E, em alguns casos, aceitou pagamentos em espécie, em letras e títulos famosos – a única exceção que abriu aos marcos alemães. E assim se deu a origem da Biblioteca Klein de Frankfurt, hoje patrimônio da Biblioteca Nacional Alemã: não por legado, mas simplesmente porque nenhum herdeiro (nem mesmo Juliana) reclamou os livros do velho.

Um dos orgulhos de Arkadius Klein, já no fim de sua vida, era – além de maldizer Heinrich Koch, claro! – manusear e exibir seus tomos raros: uma versão antiga de *Fausto*; uma edição de *Os Buddenbrooks* assinada com garranchos que jurava ser de Mann, e a primeira edição de *A gaia ciência*, de Nietzsche, que julgava ser sua pedra mais preciosa.

Por fatos como esse, quem consultar os anais da família Klein na municipalidade de Frankfurt, ou ler essas incompletas letras, naturalmente irá crer que os filhos do casal, crescidos em tal ambiente, tenham se tomado de amor pelos livros. Mas os estudiosos dos Klein em Frankfurt verão que essa conjectura é falaciosa. Konrad Klein, o primogênito por questão de segundos, gostava de brigas e cervejas e achava literatura coisa de mulher. Algumas vezes sofreu repreensão por admirar o Führer Hitler, ao ser pego marchando e fazendo a saudação nazista. Já Derek Klein não se interessava por política nem por literatura – e muitas vezes parecia mesmo não se interessar por nada. Era de uma sobriedade notória, um alheamento confundido com autismo, uma seriedade gigantesca até mesmo para o padrão severo de Arkadius Klein. Ao ser puxado às histórias e aos livros, normalmente pela intervenção de Gunda, Derek os recusava com gestos enérgicos e grunhidos, sinais de seu peremptório não. E pai e mãe, percebendo seu esforço em vão, só puderam rir dos jovens bárbaros que tinham criado e redirecionar seu empenho para conceber um terceiro filho e seduzi-lo, então, à literatura.

Aqui me detenho nos substantivos. Se dois vocábulos podem conceituar o filho temporão de Arkadius Klein e Gunda Graub, são *sedução* e *literatura*. Nem Gunda, a sempre amável mãe, saberia distinguir o ponto em que precisou parar de intervir na relação entre as letras e Heike Klein, e mesmo ele, o próprio sujeito, já agonizante no sanatório, ao rememorar a infância, não seria capaz de afirmar o exato momento em que se viu quedado por um invencível amor pelos enredos e pelas estrofes germânicas. Já nas vascas da loucura (real), Heike via, indistintas, as letras e a amada, além da incompreensão do mundo. O primogênito, Konrad Klein, era um dos que mais tripudiavam sobre o sensível amor do irmão caçula. Sempre implicou com Heike: imitava sua concentração, seu olhar compenetrado e sonhador e a maneira como tirava os cabelos da frente dos olhos enquanto lia. Konrad tripudiou e tripudiou sobre as suscetibilidades do irmão mais novo, até que conheceu uma jovem alemã, alva como a neve, de complacentes olhos azuis e luxuriantes cabelos lisos e loiros, além de orgulhosa de sua cultura e dos tantos protagonistas de livros que conhecia.

Konrad Klein viu Gertrude Vogelmann pela primeira vez quando a moça saía do austero prédio da Biblioteca Nacional Alemã, em Frankfurt. E se apaixonou ali mesmo, observando-a passar acompanhada de moinhos de vento e de amores de perdição. Fez dessa visão um hábito, sua primeira religião, sua particular literatura, fincado no caminho para a biblioteca, sempre nos horários em que a moça passava com seus seculares companheiros. Sem avisos prévios, depois de observar por semanas os livros e os trejeitos da garota, Konrad Klein lhe confessou sua paixão. Gertrude Vogelmann estava com um volume de *A educação sentimental*, de Flaubert, junto ao peito e se ruborizou diante do patético ser que não conseguia expressar os próprios sentimentos com as palavras corretas. Em sua inocência romântica, não soube distinguir se nutriu piedade ou afeto por aquele afoito rapaz e decidiu perguntar a alguém mais experiente que ela: seu noivo, Ingo Koch.

Pela inocência de Gertrude Vogelmann, portanto, há a primeira notícia que uniu na mesma oração as duas famílias. Pelos doces lábios da moça que só se preocupava com o amor dos enamorados escritos, saiu pela primeira vez a explosiva mistura que seria motivo de choro e sangue, que atravessaria o continente e que traria, por sua força centrípeta, tantos outros personagens, como o delegado da 9ª SDP de Maringá, doutor Irineu de Freitas.

6. História das dinastias Klein e Koch (2)

Ingo Koch obviamente não gostou de saber que outro homem galanteava sua noiva; ao acompanhá-la até a biblioteca, viu Konrad Klein fincado, tremendo, esperando sua idealizada Gertrude, e o repreendeu, dando o caso por encerrado, imaginando que suas razões demoveriam o rival enamorado.

Mas Konrad Klein era inseguro somente com as mulheres, e não revidou no ato apenas porque não esperava deparar com um mirrado sujeito ao lado da moça sonhada, falando-lhe tolices, coisas nas quais ele nem prestara atenção, pois tinha os olhos voltados unicamente para os olhos azuis e ensimesmados da moça. Dois dias depois – o doloroso tempo em que ruminou a lembrança do olhar piedoso de Gertrude ao vê-lo insultado –, Konrad Klein foi ter seu revide no comércio dos Koch. Chamou Ingo para fora do estabelecimento e, assim que o rapaz ultrapassou o umbral, deu-lhe um soco no nariz. Em seguida, desferiu nele mais três chutes e uma cusparada. Dentro do estabelecimento, do outro lado do balcão, Heinrich Koch observava, atônito, o massacre, sem conseguir defender o filho. E é dessa maneira que o patriarca Koch é inserido nesta trama: como covarde figurante, espectador de uma surra que o filho tomava.

Heinrich Koch era um comerciante de Frankfurt, e se orgulhava de contar sua história: de como furtara a um pomar nos arredores da cidade, e de como a venda do produto desse furto se tornou o financiamento para comprar frutas do mesmo pomar furtado, agora de maneira legal, fervilhando em seu sangue o tino honesto e certeiro de negociante. Fez-se dono de quitanda, e pondo mais e mais produtos à venda, transformou seu estabelecimento em um mercado. Com o lucro, comprou lojas próximas, colocando homens de confiança e as fazendo prosperar. Seu dia a dia era correr pelo Centro de Frankfurt monitorando seus prepostos, acompanhando as vendas, os estoques e as promoções. Entrou em diversificados ramos, desde móveis até roupas, e em todos os setores agia com a mesma mão de ferro e o espírito certeiro. Sabia nome e sobrenome dos clientes, negociava pessoalmente com fornecedores e tirava o melhor dos funcionários. E, por fim, voltava para trás das nectarinas e dos pêssegos, seu reduto, seu início. Ali iniciou Ingo e, posteriormente, Jannike, explicando pacientemente aos filhos que aquelas aulas eram seu maior legado. Heinrich era um sujeito pacato, acostumado ao ditado "o freguês tem sempre razão". Como vivia para os negócios, fazia da concessão uma constante e acreditava que a barganha era parte do jogo que aprendeu. Talvez por isso fossem raras as pessoas que se lembravam de tê-lo visto alterar o tom de voz. Até aquele dia...

Conta-se que a cusparada de Konrad Klein foi a gota d'água para a transformação do patriarca Koch, aquilo que o transbordou irreversivelmente. As consequências daquele ato transformaram a vida das duas famílias em um inferno, existente, com continentes, comércios e filosofias diletantes. Heinrich Koch tirou satisfação com Arkadius Klein e discutiram longamente. Arkadius, ao contrário de Heinrich, vivia de especulação e tinha inúmeros desafetos; uma discussão verbal ocorrida porque seu filho cuspira em alguém não tiraria seu sono. O assunto morreria ali, com um comerciante ressentido e um especulador tendo mais um entre tantos esquecidos rivais.

Nisso, porém, voltou à cena a perigosa Gertrude, a terceira que, por romantismo, juntou os Klein e Koch: a pena que a princípio sentira se arrefeceu, e então a jovem procurou Konrad para dizer-lhe da covardia que ele fizera com seu noivo. No auge de sua ira, desferiu um tapa na cara do jovem Klein, que não revidou, pois já estava mortificado com o que tinha escutado. Duas semanas depois, Konrad Klein se alistou para servir como voluntário na Guerra do Vietnã.

Este é um dos grandes fatos nebulosos desta história, mesmo se considerarmos o desespero de um jovem com coração partido. Naquele momento, com a Alemanha fatiada pela Segunda Guerra, Frankfurt estava nas mãos dos norte-americanos. É de pensar, então, no absurdo da situação: um jovem alemão, com os olhos vermelhos de choro, procura os oficiais norte-americanos que vigiam seu país e pede para ajudar a América contra os vietcongues... Assim Konrad Klein foi para Saigon, de onde voltaria, anos depois, em forma de medalha e de nome de uma rua em um gueto de Frankfurt am Main. Arkadius Klein culpou Heinrich Koch daquela morte, e este, por sua vez, nunca esqueceu a cusparada do jovem Klein. Instalou-se, assim, a briga, que teve reflexos no comércio, na política e nos valores mobiliários de Frankfurt – efeitos ordinários da ação de um clã contra o outro.

Koch teve o terceiro filho, e o caçula foi batizado de Franz. Do lado Klein, por sua vez, o caçula Heike confirmou seu amor pelas letras. Mas o que antes seria comemorado passou a ser, então, um desperdício: um nada no auxílio à guerra entre as famílias. Heike protestava: fora criado para amar os livros e sempre tivera os irmãos como maus exemplos, e agora que era um delicado e dedicado literato, Konrad se transformara em uma lustrosa medalha, um estranho e descuidado totem.

Mas isso seria apenas o prenúncio da tempestade que estava por acontecer e que começou a se formar quando Derek Klein, o conhecido dervixe solitário, viu o irmão mais novo atracado com Jannike Koch em um parque de Frankfurt. Glacial e metódico, não disse nada ao jovem casal: partiu logo à procura do pai, a quem dedurou os dois enamorados. Arkadius colocou o chapéu, apoderou-se da bengala e dirigiu-se ao quartel do inimigo, que já o esperava atrás de maçãs e uvas e o ouviu dizer, raivoso, que a prostituta Jannike enfeitiçara seu sensível Heike. Discutiram, e mais uma vez um episódio entre as famílias – um episódio de bengaladas e de frutas arremessadas – foi assunto em Frankfurt durante meses.

Episódio este que obliterou o principal, o fato quase desconhecido que foi (e ainda é) capaz de fazer tremer Klein e Koch: a doce Jannike Koch se apaixonou por Heike Klein, ao vê-lo declamar um poema de Rimbaud no Clube de Poesia de Frankfurt. Ela, que se ocupava da contabilidade e dos trâmites burocráticos dos negócios do pai, fora ao clube a convite de uma amiga, e ficou paralisada quando viu o pálido menino declamar, movimentando as mãos para personagens imaginários no horizonte, e só parando de movimentá-las para retirar o cabelo negro que insistia em cair sobre os olhos. Heike Klein deve ter visto o mesmo feitiço nos olhos de Jannike Koch, pois, em meio à declamação do poema, esqueceu-se dos fantasmas espectadores e se dirigiu apenas àquela desconhecida. Quando o espetáculo acabou, a amiga de Jannike tentou puxá-la de lá, como se pudesse prever o perigo que o destino imporia. Mas Jannike estava petrificada, porque seus olhos só viam descer do palco o jovem de cabelos negros escorridos. Então, eles se deram as mãos de maneira silenciosa, o único som era o da amiga suplicando para que fossem embora, invejosa de não ser a protagonista do ato que ali se desenrolava. E os dois, o Klein e a Koch, saíram, sem rumo, olhando as estrelas de Frankfurt, como faria qualquer casal, de qualquer local ou tempo.

Deitados, sob o luar e o feitiço da primeira noite de encantamento, Heike disse a Jannike Koch que uma das estrelas do céu era a de seu irmão Konrad Klein. Ela –

que não estivera presente no episódio da mercearia, mas conhecia seus detalhes e desdobramentos – calou-se. E Heike Klein percebeu que, depois de falar das estrelas, algo mudara. Ela confessou, e eles se olharam. Em silêncio, viram nos olhos um do outro o próprio rosto, com pequenos pontos brilhantes, que eram as estrelas do céu. E uma delas sempre os lembraria da impossibilidade daquele amor. Fitaram-se em silêncio, como no Clube de Poesia, e, naquele momento, tiveram certeza de que se amariam para o resto de suas desencontradas vidas. Então, sob as estrelas, e mesmo sob o olhar da estrela do herói na guerra, selaram seu amor, corpo e sangue conflitantes unidos – a maior prova de amor que poderiam dar um ao outro.

Portanto, quando, meses depois, o observador Derek (já casado e pai de duas pequenas meninas chamadas Mirna e Rosi Klein, já morador de Curitiba, mas presente em Frankfurt apenas por imenso azar) viu o abraço apaixonado de Heike e Jannike, não poderia imaginar que a moça estivesse grávida. Foi questão de tempo até que a barriga denunciasse sua condição. Foi questão de tempo até que os patriarcas Klein e Koch soubessem daquela pequena criatura que, antes mesmo de vir ao mundo, era considerada uma monstruosidade.

Era, então, o ano de 1994, e uma forte bruma descia sobre Frankfurt. Os fatos palpáveis: Jannike ficou trancada em um quarto durante toda a gravidez, sob a estrita observância do velho Heinrich e sem contato com mais ninguém. Do outro lado do muro de Frankfurt, Arkadius entregou Heike a um sanatório, alegando (com a justificativa do sangue Klein) que o amor do filho revelava sua insanidade. O rapaz morreu dois anos depois, sem saber que o pai repetira, até o último segundo de sua triste vida, que só tivera dois filhos: o observador Derek e o herói Konrad. E morreu sem saber, também, que Jannike e o filho tinham morrido, uma vez que Heinrich Koch não autorizara a presença de um médico no leito em que a filha entrou em trabalho de parto. Testemunhas afirmam que o velho Koch chorou no túmulo inacessível que, no meio de seu pomar particular, guardava Jannike e o bebê maldito, para logo em seguida iniciar a própria via-crúcis pelo Centro de Frankfurt, com uma garrafa de vodca nas mãos. As mesmas testemunhas afirmam que, apesar do choro, ele relembrou o alívio que sentiu por não ter de carregar aquele fardo, aquela obscenidade que uniria os Klein aos Koch.

Derek Klein já estava no Brasil. Quando aqui chegou, em 1970, trouxe consigo duas meninas, Minna e Rovena Klein, que, por segurança, tiveram os nomes alterados para Mirna e Rosi. No Brasil, nasce Juliana Klein, em 1971 – na mesma cidade em que Franz Koch viria a escolher morar décadas depois (1996).

Nesse ponto da história, a parte alemã da briga já está em frangalhos. Os dois patriarcas tinham morrido: Arkadius Klein, de envenenamento (sem nunca terem descoberto o mandante), e Heinrich Koch, de hipotermia, nas ruas de Frankfurt. As esposas os acompanharam até a mansão dos mortos, as duas em triste e idêntica solidão, contrariando Tolstói e a máxima das famílias infelizes, cada qual à sua maneira: as duas esposas, Frieda Koch e Gunda Graub, morreram sem dirigir nem uma palavra à outra, mas chorando solitárias e distantes as mesmas mortes e tragédias, e levando para os respectivos túmulos os mesmos segredos e obscenidades.

Em questão de meses, Frankfurt silenciava em seus anais um arquivo sangrento. Não havia, lá, mais nenhum Koch ou Klein que pudesse contar vantagens. Ninguém poderia imaginar que a briga se desdobraria no Brasil, tendo como protagonistas Franz Koch e Juliana Klein.

7. Quem tem medo de fantasma?

2005

A protagonista olhava seu reflexo na xícara chá. Mantinha os olhos baixos, parecia estar com medo de encarar seu interlocutor. O delegado havia perguntado sobre as origens de sua família, e Juliana respondera laconicamente, com os olhos semicerrados, os cílios em movimentos longos e demorados, a fala com uma nova entonação indecisa. Ficou algum tempo assim, e, então, ao delegado pareceu pela primeira vez estar desnuda, sem palavras intrincadas nem evasivas filosóficas. E desnuda, sem o marido nem aparatos – seus dicionários e manuais –, parecia ainda mais bela, mais acessível. Vestia uma camiseta simples, branca, uma saia longa, sandálias rasteiras, uma roupa diferente do que costumava usar para lecionar na Federal. Olhando a mulher, subitamente acuada e inofensiva, Irineu, por um momento, esqueceu-se do Guaíra e do assassinato. Juliana ergueu os olhos e sorriu, como se tivesse descoberto os pensamentos do delegado.

Dias atrás, Irineu havia prendido o marido. Um dia comovente, a imagem ainda latejante: Salvador Scaciotto se despedindo da filha de 9 anos, dizendo que viajaria e que voltaria anos depois, contando histórias de princesas e de bruxos; Gabriela abraçada ao pai; Juliana virando o rosto; o delegado no meio, o contraponto naquele quadro familiar, o judas daquela última santa ceia. Algumas semanas depois, uma multidão se acotovelaria para ver o júri do professor, assassino de outra professora. E até o dia do julgamento os delegados lutavam contra o tempo para tentar compreender o crime. Irineu decidiu que poderia obter respostas com Juliana Klein, por isso decidiu retornar ao casarão. Sabia: voltar ao local em que se efetuou uma prisão é complicado, não importa se a esposa do assassino é analfabeta, ou se é doutora. Foi, no entanto, atendido por uma sorridente mulher, disse que queria conversar, nada formal, alguns pontos ainda não esclarecidos. E Juliana Klein o convidou a entrar.

"Aceita um chá?"

"Chá?"

"Algum problema?"

"Não, não."

Respondeu ele, sem jeito, descobrindo que Juliana não recusava nunca o diálogo, com Klein ou Koch, com a polícia ou com alunos da instituição em que trabalhava. Entrou, acompanhou-a até a sala de jantar e logo a irmã apareceu, uma senhora bonachona e flácida, que mudou a expressão ao ver que havia um homem na casa.

"Mirna, estou com visitas. Pode preparar um chá?"

A irmã aquiesceu sem pensar, como uma antiga criada. Saiu resmungando, arrastando os pés.

"Desde que o senhor levou meu marido, minha irmã veio morar conosco. Está me ajudando a cuidar de Gabi."

"Que bom. Falando nisso, onde está a menina?"

"Foi ao balé... Ou seria a aula de inglês? Sabe que me confundo? Gabriela tem mais compromissos que eu e o pai juntos. É incrível!"

A conversa era remetida com facilidade ao novo preso da Penitenciária Central do Estado, em Piraquara, Salvador Scaciotto. E ainda que ele constantemente fosse lembrado, Irineu se esforçara para não entrar logo no assunto. Ladino, via o chá fumegante e o sorriso de sua interlocutora, mas sabia que aquela finíssima camada de confiança poderia ruir para nunca mais ser refeita. Foi assim que decidiu abordar o assunto "dinastia", pedindo à mulher que contasse sobre o sangue que pulsava em suas veias. Então, enquanto Juliana falava palavras como "Klein", "Frankfurt" e "dinastia", seus olhos pareciam ganhar uma estranha coloração – um argumento que soava clichê, mas era verdadeiro. Não era o verde de seus olhos que ganhava novo matiz, portanto: era a maneira como a moça reagia quando indagada sobre Arkadius, Gunda e Derek, o modo como, inconscientemente mais receptiva e atenta, erguia os ouvidos, arqueava as sobrancelhas, franzia o vermelho lábio e acendia os olhos, que, ao se abrirem, permitiam que mais luz incidisse sobre eles, alterando, afinal, a coloração. Mudava a luminosidade do olhar, abaixava os longos cílios e logo aquela metralhadora de inquisição cessava fogo, enquanto sua dona fingia mexer o chá. Recuava, a seu modo. Falar dos ancestrais parecia assunto pesaroso, invocava fantasmas de Frankfurt am Main.

"Não me disse de sua família", retomou o assunto, ao ser pego em flagrante contemplando a beleza dela.

"Claro que disse", retrucou a mulher, sorrindo, novamente na ofensiva. "Sou a caçula de Derek, neta do grande Arkadius Klein e de Gunda Graub, que são famosos na Alemanha..." Parou, corrigiu: "Ou melhor, foram célebres. A fama foi repentina, apenas fruto de seus atos. Hoje, ninguém mais se lembra de nenhum Klein em Frankfurt. São todos fantasmas..." Parou a frase no meio, coçou a cabeça, pediu desculpas, estava novamente errada. "Ah, meu tio Konrad foi herói na guerra e virou nome de rua! É o único Klein sobrevivente. Mas isso não muda nada, é apenas uma rua com o nome de um fantasma. Hoje em dia, em Frankfurt, minha família é ponto de referência para padarias e farmácias, só isso: 'Passe a Konrad Klein e vire à esquerda.' 'Siga pela Klein até o número 300.' Para isso servem os fantasmas: para referenciar padarias e butiques..."

Parou, encarando o reflexo da xícara. Levantou os olhos e sorriu repentinamente, como se tivesse se lembrado de algo importante ou digno de contar a um delegado que realiza um inquérito contra o próprio marido, enquanto se toma um chá...

"Sabe o que é mais engraçado?"

Até a voz mudara; mais segura. O que ela iria dizer sem dúvida já dissera a muitas pessoas, em circunstâncias como aquela, em que precisava entreter um ouvinte. Talvez fosse uma anedota, provavelmente curiosa, reflexiva. Uma anedota de professor.

"Meu tio Konrad não lutou nem na Primeira nem na Segunda Guerra, como a maioria das pessoas acredita..." Parou de falar, sorriu ao perceber a curiosidade – forçada – de Irineu. "Lutou na Guerra do Vietnã. Foi um dos poucos alemães a lutar pela América."

Era, de fato, intrigante. Juliana era uma professora experiente, apesar da pouca idade. Devia causar surpresa nos alunos ao descrever a imagética anedota: um alemão branquelo e sem-sal entre os norte-americanos que escutavam "The End", do The Doors, enquanto racionavam napalms no coração das trevas. O delegado sabia do fato, mas quis escutar da boca da protagonista.

"E por quê?"

"Porque nós, que sempre fomos protagonistas ou antagonistas, dessa vez estávamos fora. Mas meu tio deu um jeito de entrar..."

"Sim, sei, não fugi das aulas de história. Perguntei o porquê de ele ter procurado a guerra..."

A mulher sorriu e deu de ombros.

"Não sei bem. Há coisas incompreensíveis, mesmo dentro de nossa família."

Juliana Klein crispou os lábios, baixou o olhar. Ela sabia, mas parecia não querer falar. Não desejava mencionar nada que os ligasse aos Koch, em outras épocas. Tinha 34 anos, a cintura fina, o quadril largo, os lábios carnudos e vermelhos em contraste com a pele e os olhos claros. Guardava o viço e os arroubos da juventude que tinham encantado Salvador Scaciotto e tantos estudantes, de tantos anos. E que, a cada segundo, pareciam também encantar o delegado de polícia maringaense...

"Senhora, sei que são assuntos delicados e que lhe causarão mais dor. Mas preciso saber. O passado de sua família pode me contar muitas coisas..."

A mulher abriu um estranho sorriso.

"Pode repetir, por favor?"

"Conhecer seus antepassados pode ajudar nesta investigação."

"Acha que o futuro pode copiar o passado?"

"Bom, não quis dizer exatamente isso. Mas sei que seus antepassados brigaram com a família Koch, na Alemanha. Com alguns e-mails, descobre-se muita coisa na polícia. Mesmo que seja algo que tenha acontecido do outro lado do Atlântico. O problema é a falta de credibilidade. Há interferência e lendas nessa comunicação. Por isso queria que me contasse. Esse será nosso começo..."

"Saber do meu passado?"

"Se não se opuser, será uma honra ser seu ouvinte..."

"Senhor delegado, sei que não liga para idealismos, mas queria que soubesse de uma filosofia que prediz que o futuro está condicionado ao passado e que todas as coisas voltarão à sua forma primitiva..."

"Deve dar aulas fantásticas, mas este não é o momento. Preciso apenas saber por que sua família sente ódio pelos Koch."

"Ao dizer que sentimos ódio uns pelos outros, insinua que essa morte infeliz foi mais um episódio dessa briga. Quer dizer que Tereza Koch só morreu porque sinto raiva de Franz, e que meu marido também nutre sentimentos desse tipo."

"E não é?"

"Não. Meu marido discutiu com Tereza, ele confessou. É certo que, sem querer, Salvador entrou nesta briga. Mas ele não tem de pagar pelas condutas de meus ancestrais, independentemente de quem esteja com a razão. O que aconteceu em Frankfurt fica sepultado lá. Salvador é um apaixonado, um amante de Platão. Não tenho dúvidas de que virá ainda mais forte da prisão..." Cortou a frase, parecia titubear. "Sabe, senhor delegado, muitos reclamam de que os inúmeros compromissos do mundo moderno dificultam o puro pensar. Que não produziremos mais Aristóteles nem Agostinhos porque não temos mais o claustro, imprescindível ao raciocínio."

"Se isso era um problema, está resolvido, e por um bom tempo. Não sei se será uma reclusão tranquila, mas sem dúvida será uma boa temporada longe do mundo. Salvador não se envolvia na briga entre as famílias, a senhora afirmou. Como ele levava essa situação?"

"Era, obviamente, influenciado pelo meu juízo. Criou antipatia pelos Koch, mas nada além de um sentimento que, sem querer, eu semeei. O que houve naquele dia foi outra coisa..."

"Foi o quê?"

"Uma discussão estúpida, que tirou a vida de Tereza. Minha filha de 9 anos perdeu o pai, eu perdi o marido, e ainda perderei muitas coisas mais, porque todos irão associar o assassinato a essa rixa. Tudo o que fiz foi apagado: todas as teses, os avanços que alcançamos na Universidade. De repente, tudo foi esquecido. É duro, mas não sou hipócrita: Tereza morta é triste, uma perda para Franz. Mas ela se tornou um troféu de Franz; foi novamente vítima, alvo destes bárbaros Klein."

"Acredita nisso?"

"Posso ser sincera? Se Tereza tivesse sofrido um acidente, se tivesse padecido de um câncer terminal, eu não sentiria pena. Seria algo como o que já escutei de meu pai, Derek, e que me volta à mente como um mantra da infância: 'Menos um Koch no mundo.' Não seria o primeiro nem o último Koch que teria visto falecer. Mas se sua morte envolve diretamente o núcleo de minha família, então é diferente…"

"'Menos um Koch no mundo.' Realmente, foi dura!"

Ela levantou os olhos da xícara de chá, que não mais fumegava, e seu olhar já não exibia nenhum resquício de indecisão nem de fraqueza.

"Fomos criadas assim, delegado."

"Voltamos ao ponto. Conte-me sobre sua criação."

A mulher suspirou. Era inútil tentar fugir.

"Voltamos ao ponto a que pretende chegar? Quer saber dos mortos? Dos mortos que só não se vão por completo porque ainda são nomes de rua? É isso?"

8. Quem tem medo de fantasma? (2)

2005

"Sim, quero saber a origem dos nomes. Nunca descobri quem foram Willie Davids ou Arthur Thomas."
"Foram colonizadores. Ingleses da Companhia de Melhoramentos. Responsáveis por sua querida Maringá..."
"Aproveitadores. Como os jesuítas. Mas por que um alemão foi para a Guerra do Vietnã?"
"Porque estava desiludido. O amor de sua vida amava um Koch. Meu tio o surrou e, quando percebeu que tinha afastado a moça, entrou em desespero. Era um bruto, não puxou nem a meu avô Arkadius, nem a Gun, minha querida avó. Konrad era, naquele momento, um incômodo, um alemãozinho orgulhoso de sua pátria, no pós-guerra. Um dia, meu avô o encontrou em frente a um espelho, com um bigodinho pintado a lápis, a mão direita esticada, a velha saudação que os alemães copiaram dos romanos..."
"Era nazista?"
"Acho que nem Konrad sabia o que ele era. As únicas certezas que tinha eram o amor pela pátria e o fato de

gaguejar diante de qualquer menina. Não admirava o Führer por convicções políticas, mas por seus gestos, por sua imponência."

"Era um nacionalista?"

"Creio que sim. Um nacionalista na época errada..."

Juliana parou de falar, absorta em pensamentos de outros tempos.

"Ele era um sujeito fora de seu tempo. Não é engraçado? Um nacionalista sem nação? Quando se deu por gente, viu que o país que amava estava sitiado e destruído. E que sua Frankfurt pertencia aos malditos ianques..."

"Tem raiva dos americanos?"

"Delegado, com todo o respeito, espero que não esteja formando o juízo que terá de mim. São pensamentos em voz alta, mas nunca os afirmaria em um júri. Nem em uma sala de aula."

"Por que tem raiva dos americanos?"

"Por quê? Tenho certeza de que teria raiva até da Madre Teresa de Calcutá, ou de Gandhi, se eles invadissem a sua casa."

"Sim, sim. E Konrad se decepciona com uma mulher e vai para a guerra, mesmo sem convite..."

"Lutou pelos norte-americanos que ocupavam o lar dele. Lutou para ocupar mais lares. Mudou de lado, perdeu o parâmetro, síndrome de Estocolmo. A dor que sentia só foi apaziguada ao esvaziar sua metralhadora contra vietnamitas."

"Até também ser alvejado..."

"Na Alemanha é comum famílias que perderam filhos para as guerras. Filhos que voltaram em forma de honrarias. Nossa família tinha passado em branco por duas guerras mundiais. Foi bizarro receber a caixinha enviada pelo governo americano, que nos privava da liberdade, justificando-se pesaroso... O timbre com a águia, as estrelas, as faixas azuis e vermelhas, o *American way of death*! Dentro, uma medalha de bravura do soldado Konrad. Grotesco."

"E depois?"

"Depois foi a guerra entre Arkadius Klein e Heinrich Koch. Anos injustos."

"Injustiça? Do que me contou, presumo que fosse uma briga de interesses."

"O senhor é perspicaz, delegado. Sim, interesses. Não quis dizer que acho que os Klein sejam os bons e os Koch, os maus. Não foi um maniqueísmo barato, dos mocinhos contra os vilões. Não sou ingênua a esse ponto."

"E o que quis dizer quando se referiu a 'anos injustos'?"

"As injustiças que podem ocorrer mesmo no quintal de casa. Injustiças com aqueles que não estavam nem ligando para toda aquela briga."

"Você se refere aos jovens Montechio e Capuleto?"

"Exatamente. Uma história que já estava escrita. Shakespeare a inventou, caso não a tenha copiado também. Heike Klein e Jannike Koch, que só enxergavam o amor, foram assassinados para que se apagasse um bebê que ainda não falava, não andava, que nada compreendia, mas que já era capaz deste estranho milagre: unir os combatentes. Foram assassinados por isso. E é uma injustiça."

"Perdão. Os dois não tiveram mortes naturais? A menina, no parto, e o jovem, insano..."

"Delegado, não acredito que pense assim! Mortes naturais? Jannike morreu porque seu pai montou guarda na porta de seu quarto. O amor pela filha foi superado pelo ódio aos Klein. Ela não recebeu atendimento algum, foi negligenciada. Isso é assassinato!"

"E o jovem?"

"Eu e Heike tínhamos quase a mesma idade. Mantive contato com meu tio por correspondência. Eu contava como era a vida no Brasil, os costumes daqui, e ele narrava a rotina na Alemanha, em cartas cheias de poesia. Nunca me esquecerei das primeiras que recebi: a letra redondinha, a descrição do clima, a minuciosa maneira como narrou a primeira vez que colocou cerveja na boca. Foi a forma que meu pai encontrou de fazer com que não perdêssemos o idioma alemão e o amor por Frankfurt.

Heike era diferente de Derek e de Konrad. Mas, então, o velho Arkadius já não tinha mais olhos para poesia: por mais que minha avó Gun falasse de seu menino que vivia como um bardo, o velho resmungava preferir um corajoso combatente, como seu falecido Konrad. Compartilha dessa opinião, delegado? Também acredita que a morte purifica as pessoas? Um imbecil como Konrad, que lutou ao lado de pessoas que o odiavam, depois de morto, ser santificado?"

Irineu permaneceu em silêncio.

"Eu me lembro da colônia amadeirada que sorvia nas cartas de Heike, e me perguntava se aquele cheiro seria capaz de transpor o mar, se os fantasmas não beberiam de seu perfume no extenso oceano que nos separava. Em uma delas, ele confessou que estava apaixonado. Eu já estava com Salvador e, após ler suas palavras, não consegui encarar meu marido. Confesso: senti uma pontada de ciúme. Se visse meu tio na rua, não o reconheceria. E mesmo assim fiquei enciumada... não sei explicar o motivo."

Juliana Klein ficou em silêncio. Era, de fato, um assunto doloroso.

"Depois daquilo, recebi apenas mais uma carta. Heike parecia já estar delirante. Confessou a gravidez e que ela era uma Koch. Estava preocupado, sabia que os velhos não permitiriam aquele amor. Em sua confusão febril, falou que me amava, mesmo sem ter me conhecido. Disse que ele e Jannike seriam imortais, que eu deveria cuidar daquela pequena criança, que era Klein e Koch. E, naquele momento, soube que estava se despedindo..."

"E o que você fez?"

"Entrei em desespero. Não levantei nem um dedo, mas foi a única vez que retruquei a meu pai: indaguei se deixaria o irmão morrer daquela maneira. Ele bateu em mim, e, com a boca sangrando, escrevi uma carta ao meu tio. Não conseguia nem sequer imaginar uma noite de amor carnal daquele poeta sensível, e também nutria aversão por Jannike, mas me esqueci de tudo: só implorei que viesse para o Brasil. Não sabia como, mas aqui eu ajudaria meu tio, sua esposa Koch e o filho que ainda estava no ventre dela. Até hoje, não sei se ele recebeu aquela carta..."

Juliana ficou em silêncio. Na xícara, já não havia mais chá que pudesse refletir sua imagem. A mulher permaneceu com os olhos baixos, o pensamento distante, e Irineu não soube o que dizer. Ele conhecia o triste fim dos enamorados e o fato de que não sobrara um bebê que pudesse ser capaz de unir as famílias. Mas não podia nem mesmo imaginar aquela correspondência, perfumada e com sangue, as promessas e os amores sanguíneos não vividos entre um tio e uma sobrinha que nunca se viram. O silêncio ao rememorar fantasmas natimortos pesou, e então o delegado falou a primeira coisa que veio à cabeça:

"Acho que se apaixonou pela poesia das cartas de Heike."

"É algo muito maior, que não consigo explicar. Eu poderia ter atravessado o oceano, poderia tomar o bebê para mim e criá-lo."

"E por que não tentou?"

"Nunca permitiriam. Mesmo que eu fosse para a Alemanha, como eu ajudaria a moribunda Jannike? Queria ter ajudado, mas não sabia como. E todos eles se foram. Hoje, são apenas dolorosos fantasmas..."

"Sinto muito."

"Sei que sente, Irineu. É um homem bom."

A protagonista esticou a mão e a colocou sobre a mão do delegado maringaense. Era a primeira vez que o chamava pelo nome, e não pela fria designação de seu cargo.

"Acabou, senhora. Nunca mais haverá isso."

"Não acabou. Se entender bem o passado, compreenderá que está apenas começando. Mais injustiças ocorrerão."

"Por que diz isso?"

"Sinto em meu sangue. Vejo os fantasmas do passado e sei que o futuro tende a repetir – não é preciso ser um Klein ou um Koch para saber isso. Estudei Nietzsche e aprendi duas coisas. A primeira é que o livre-arbítrio é uma falácia, um argumento covarde dos que não conseguem perceber que o mundo, para o bem e para o mal, está escrito no passado. Nietzsche escreveu em uma parábola: 'Esta conversa, os detalhes desta conversa, o que somos, o que fazemos, tudo já foi feito.' A história é finita e cíclica. O fim gera um novo começo. E se o passado inevitavelmente se repete no futuro, devemos compreender, portanto, que o livre-arbítrio é um argumento não dos otimistas, mas dos hipócritas e dos estúpidos, que não conseguem ler o mundo à sua volta. Assim como na literatura: Montecchios e Capuletos, Klein e Koch, quantos não existiram, quantos ainda não existirão? Quantas vezes um delegado do interior não conversou com a filha de um estrangeiro, em busca de solucionar um caso? Somos arquétipos intemporais, Irineu. O que somos, já o foram muitas vezes, e o serão outras tantas, infinitas..."

"Levarei um tempo até processar esses dados. E qual foi a segunda lição?"

"A seletividade. O futuro e o passado são iguais para todos, mas nem todos conseguem enxergar isso. Buscam no deus morto e no livre-arbítrio atenuantes das próprias penas, situações fáticas inexistentes, coisas que você sabe que existem aos montes, ruins advogados de defesa."

"E como sei! São legião, porque tinham entrado nele muitos demônios."

"Sim, seu nome é Legião. E, com argumentos falaciosos, enganam-se e enganam os que estão ao seu redor. E nem todos conhecem a mais importante lição da Terra: que o mundo é aqui. Que esperar outra vida, um reino dos céus, uma reencarnação, ou qualquer outra coisa, é mentira. O mundo é aqui, e agora, como o foi e como o será. E, portanto, há que se amar o aqui, e não que jejuar, nem que se dedicar ao celibato, ou a qualquer outra preparação para outra verdadeira vida, da qual esta seja apenas preparação. Nietzsche sintetizou isso com o *amor fati*: 'Deve-se amar o destino, que é a compreensão não apenas do passado, mas também do futuro; a compreensão de quem tu és, do que deverás te tornar.'"

"Parece um padre falando."

"Não me ofenda, por favor. Não estou dizendo da salvação por meio da castidade ou de qualquer outra virtude. Digo que a salvação está diante dos nossos olhos. A salvação é aqui e se dá com o amor ao destino. Aprendendo a nos tornar o que estamos destinados a ser, aprendendo com amor. Assim falou Nietzsche, pena que poucos o compreendam."

"Gostaria, sinceramente, de compreender."

"Meu caro, quando Heike mandou sua mensagem de despedida, fiquei atordoada. Apanhei do meu pai; Salvador me viu ensanguentada e me levou ao hospital.

Naquela noite, descobri que estava grávida da Gabriela. O fantasma do natimorto que uniria Klein e Koch teria a mesma idade da minha filha, se estivesse vivo. Por isso, toda vez que vejo a minha Gabi, vejo fantasmas-bebês chorando seus choros inocentes, que me lembram que a morte e a injustiça sempre se avizinham de nós. Não chorei quando meu pai Derek se suicidou. Eu e ele sabíamos, a abreviação de sua vida era apenas o pagamento do erro que havia cometido. Caro Irineu, quero que me prometa uma coisa: não me importo com o que possa acontecer a mim, só preciso garantir a segurança de Gabi. Quero que cuide da vida de minha menina, custe o que custar. Não quero que Gabi sofra como Heike. Ou por Heike..."

O delegado, mesmo sem entender, aquiesceu. Juliana Klein sorriu. Heike Klein, se tivesse amor ao destino, se soubesse que sua vida era apenas aquela, talvez criasse forças para fugir do sanatório, matar o velho patriarca Koch e fugir com Jannike para algum lugar incerto, improvável, como qualquer país de Terceiro Mundo, da América do Sul. E, se estivesse vivo, se tivesse escolhido o Brasil, mais especificamente a capital paranaense, se olhasse aquela cena que se desdobrava ali, agora, talvez fosse capaz de fazer uma poesia sobre o sorriso que, por um curto espaço de tempo, o delegado pôde ver nos olhos daquela moça. 'As teofanias são fugidias, ou não seriam teofanias', diria. 'Só se aprende a existência de Deus com sua ausência, como só se percebe o bom com o mau, ou o doce com o azedo', diria, ainda – em decassílabos, em estrofes –, o poeta Heike. E talvez tenha sido apenas por isso, tão somente pelo fato de que os paraísos são sempre perdidos, que Juliana baixou os olhos, embora ainda com o sorriso impresso no rosto.

Irineu de Freitas não era poeta, não compreendia Nietzsche nem saberia verter em palavras o que vira. Mas a imagem de Juliana sorrindo e baixando os olhos nunca mais sairia de sua mente.

9. Erga a saia. Mostre-me o mundo

2011

Com os olhos baixos, Irineu caminhava para fora do gabinete de Franz Koch, quando uma voz o chamou. Virou-se e viu um semblante conhecido, do perfil do Facebook, que stalkeara.
    Aline Arnault era uma das três peças-chave do caso ocorrido em 2008. E, naquela oportunidade, segundo a única testemunha – uma menina de 12 anos, na época –, soube-se que o homem que entrara no casarão Klein era gordo e mancava.
    A moça caminhava confiante, tão bonita quanto nas fotos de sua rede social – ou ainda mais, ao vivo. Vestia uma saia social justa, até pouco acima do joelho, e uma camisa branca com dois botões abertos, sob a qual transparecia a marca do sutiã escuro e rendado que, em evidência contra o linho branco, cobria os seios siliconados – um dos presentes de Koch – que pareciam querer saltar dali. Vinha em direção ao delegado, e um perfume doce se espalhava pelo corredor.
    "Enfim o vejo."

Ao escutar a voz de Aline Arnault, Irineu sentiu o sangue ferver.

"É um prazer, madame", falou, com a voz afetada, e em seguida fez uma saudação exagerada, com a mão rodopiando no ar – uma imitação caricata do professor Koch.

"Pena que eu não possa dizer o mesmo."

"Pena. O prazer vale muito."

A moça se aproximou, e seu hálito quente tocou a face do delegado.

"Muito. Algo que você não tem condições de me conceder..."

"Não me subestime. Posso pagar. Sei o seu preço."

"O que está insinuando, estúpido?"

"Um professor, apenas, e já brilha os olhos. Um orientador, e não recusa um convite para um jantar. Uma vaga no mestrado, e abre as pernas. A indicação para ser professora da PUC, e engole tudo."

* * *

Tinha ainda na pasta preta tudo o que conseguira da jovem que gostava de se sentir observada e desejada. Uma acadêmica de filosofia da PUC, sem títulos, sem alguém que a bancasse, e que provavelmente sairia da faculdade diplomada e desempregada. Aline também sabia disso, eram pensamentos desse tipo que povoavam sua cabeça, anos atrás, na aula ministrada pelo famoso professor alemão. Naquela específica aula vestia uma minissaia, porque depois iria a uma festa. Após pensar nos trunfos alheios, tentou enxergar alguma vantagem sua e só viu um professor gordo e tarado em sua frente. Ruborizou-se, o súbito medo dos pensamentos descobertos, de ter sido pega em flagrante. Mas Koch apenas olhava suas pernas sob a carteira. E, ao se dar conta de que estava com as pernas à mostra, e de que o professor não tirava os olhos delas, a jovem uniu os fatos e pensou que aquilo seria mais que um pequeno trunfo – mais até que a elogiadíssima monografia sobre Descartes, daquele sujeito que já conseguira uma bolsa para o mestrado. Deu risada, e o professor continuou a olhá-la sem compreender os motivos daquela alegria fora de contexto.

Aline Arnault ria porque recordava que, um pouco antes, enquanto dirigia para a faculdade, escutara uma música muito conhecida, chamada "Crash into me". No carro, aumentara o volume do som e, quando percebeu, estava cantarolando junto com o vocalista o verso que dizia: *Hike up your skirt a little more and show the world to me*. Adorava a canção, principalmente esta parte: "Levante um pouco mais a saia e me mostre o mundo." Pensou que poucas frases poderiam ser mais impactantes que aquela, e que os filósofos empoeirados de seu curso nunca conseguiriam produzir algo tão poderoso quanto aquele pedido para que uma garota levantasse a saia, até porque provavelmente morreram virgens e não viram o mundo.

Ela sorriu mais uma vez, ainda se lembrando da música, já sem sentir um pingo de vergonha. Colocou uma caneta na boca, sorvendo-a, como se chupasse um objeto fálico, descruzou as pernas, cruzou-as novamente, e observou que o professor estava vermelho. E, com isso, sorriu de novo: se não era o mundo, ao menos era o passaporte para uma futura orientação, resultado de uma escolha feita ali, somente porque logo mais iria a uma festa e porque, horas antes, escutara uma canção que dizia: "Erga sua saia. Mostre-me o mundo."

E de todos esses detalhes o delegado maringaense sabia, porque a menina se gabava deles em suas devassadas redes sociais.

• • •

"Confirmo que é um idiota", falou Aline Arnault.

"Estou errado? Não foi uma troca? 'O prazer por um título!' O que acha? Parece nome de romance."

Mas não era um romance. Nem tinha um final feliz. Após a cruzada de pernas, Aline fingiu atrasar-se enquanto guardava os materiais. Passava pela porta quando uma voz a chamou. Koch suou uma desculpa, fingindo interesse no progresso em seus estudos, e a chamou para jantar. A jovem relutou, subitamente inflada de pudores: "Imagine! É casado, sei que me chama com a melhor das intenções, mas sabe como são as pessoas, não sabe?." Mas Koch estava cego, só queria que a menina levantasse um pouco mais a saia. E logo todo o *campus* da puc começou a falar do famoso professor e da bela das minissaias de todas as cores do arco-íris que conseguira orientação, vaga no mestrado e a cadeira de professora da puc à medida que se dava para seu mestre. Tereza Koch, por sua vez, foi obliterada pelos nacos de coxa da jovem e só voltou a ser protagonista em sua morte.

"Sabe meu preço, mas não se orgulhe tanto. Aliás, é sobre isso que quero conversar. Tenho certeza de que se interessará por algo que sei."

Algo que sei. O delegado deu um passo à frente e pôde sentir de perto a respiração quente da moça, embaçada pelo adocicado de seu perfume, misturada ao seu hálito de hortelã.

"Que é?"

"Conheço um homem. Com uma reputação enorme. E que não pagou pelo que fez..."

"Quem é?"

"Um crime. Contra uma mulher. A Justiça deve se interessar, não acha?"

"Diga logo, caralho!"

Aline riu.

"O criminoso não se reconhece? Entrar no Facebook alheio é crime, não sabia?"

Irineu se virou, mandando a moça para o inferno.

* * *

Ver a felicidade da bela professora da PUC significava a derrota da investigação de Irineu. Koch tinha como trunfo o fato de ter orientado três estudantes naquele dia fatídico para os moradores do casarão Klein, em 2008. Irineu e Sanches, seu escrivão, tinham devassado a vida das estudantes: Aline Arnault, Olga Rezende de

Oliveira e Fernanda Oviedo. Fora uma investigação ilegal, paralela à de Fernando Gómez, conduzida sem ordem judicial que liberasse a quebra do sigilo de comunicação. Naquela tarde cinzenta de 2008, quando, diante do Cemitério Municipal de Curitiba, ligou para seu escrivão em Maringá, imaginou que estivesse perto da solução. No entanto, meses mais tarde, tudo começaria a ruir, com a descoberta de que as investigações clandestinas tinham partido do delegado maringaense. Aline e Franz tomaram medidas judiciais: "A perda do cargo e a bancarrota pública eram questão de tempo", diziam os advogados da moça.

"Não há nada", disse a Gómez. "O filho de uma puta instalou uma câmera. Estava em sua sala no momento em que matavam Mirna. Não há o que fazer..."

"E se ele mandou alguém matá-la?"

"A vingança tinha de ser pessoal."

"E se não foi Koch?"

"Ele é o único interessado. Mirna nunca fez mal a ninguém. Vivia sozinha até ser nomeada tutora de Gabriela."

"Mas, se não tinha inimigos, por que Franz mataria a única Klein que era neutra, Irineu?"

"Certamente, só pretendia matar Mirna para que pudesse matar Gabriela. A menina era o grande alvo. Aliás, Gabriela *ainda é* o alvo."

"Este é o ponto. Desde o princípio, achamos que Gabriela é o alvo... E se não for?"

"Como assim?"

"E se ele realmente queria matar Mirna?"

"Gómez, Gabriela só não foi morta porque Mirna pulou na frente do assassino. Se não fosse seu ato corajoso, com certeza a menina não estaria aqui para contar esta história."

"É uma interpretação de uma jovem de 15 anos... E se o assassino só quisesse assustá-la?"

"Aí voltamos ao ponto zero. Não há motivos para Franz Koch ter matado Mirna Klein. Foi um erro de percurso, Gómez. Tenho certeza disso."

"E se o assassino for outra pessoa?"

* * *

Mas não havia outra pessoa. Entre o *campus* da UFPR e o bloco amarelo da PUC, não se dizia nada que não significasse considerar a continuidade da vingança. Irineu se levantou e saiu da delegacia. Curitiba parecia, de uma hora para a outra, um lugar desconhecido, gelado. Vestiu um sobretudo e pegou emprestada a viatura de Gómez. Sentiu que, observando as pessoas, as muitas faces da cidade, pensaria melhor nos motivos de Aline e das outras duas orientandas de Koch. Segundo a boataria, rememorou, Fernanda Oviedo discutira com a banca da monografia de sua graduação, uma banca formada por Salvador Scaciotto e Juliana Klein. Nas duas universidades, propalava-se a história de que Juliana, de maneira incompreensível, quase irracional, humilhara e reprovara Fernanda, e que por isso a aluna buscara refúgio ao lado de Koch, na PUC. Além disso, Irineu descobrira que, na Federal, Fernanda era alcunhada de Boca de

Sapo, devido à sua fisionomia magra, nada atraente, e que muitos alunos (e também professores) ainda imitavam a voz de choro que a moça fizera ao pedir, implorando, que Juliana Klein não a reprovasse. *Uma humilhação... seria motivo para querer matar Juliana Klein?*, pensou o delegado, olhando algumas jovens de saias minúsculas, que circundavam o Passeio Público e riam dos rapazes que tentavam chamar a atenção delas. *Fernanda, humilhada. Aline, de pernas abertas, mostra o mundo para Koch. E Olga? Onde ela entra nesta história?* O terceiro álibi de Franz não revelava vínculo com nenhum Klein, por mais que sua vida tivesse sido revirada ao longo dos últimos anos.

Depois de meia hora rodando, Irineu estava agora no Jardim Schaffer, o bairro alemão de Curitiba. Ao dobrar a esquina, em frente à residência de Koch, percebeu a presença de um rapaz magrelo, de cabelos escuros escorridos e olhos baixos. *Adam. O filho de Franz*, pensou. O jovem olhou na direção do carro, e Irineu acelerou, receoso de ser descoberto. Deu uma volta no quarteirão, e quando retornou, a calçada estava vazia. *Quem mais teria interesse em matar Mirna?* Na memória vinham fragmentos de Adam, contados por Franz e por Juliana. Não conseguira olhar para aqueles olhos, nem sabia se aquele triste menino era, de fato, Adam Koch. Estacionou na frente da casa do suspeito e lá permaneceu por alguns minutos, olhando os detalhes. As cortinas estavam fechadas, a porta, cerrada – a impressão que passava era a de uma clausura completa, duradoura, como o inferno.

Quem mais teria interesse em matar Mirna Klein? Nos anais da contenda que tinha como protagonistas e mortos – misturados – Klein e Koch, muito da força motriz da ira viera, desde o princípio, de figurantes. O tapa de Gertrude Vogelmann fizera Konrad Klein desistir da vida e buscar razões em uma guerra que não era dele. Também fora só porque uma amiga convencera Jannike a ir ao Clube de Poesia de Frankfurt que havia acontecido o encontro e o amor entre Jannike Koch e Heike Klein. Se não tivesse sido a amiga, invejosa e inominada, não existiria um monstro, que, ainda presente na memória, ainda caminhante entre os dois lados da trincheira, responde tanto por Klein quanto por Koch – o fruto de uma noite de amor sob a bênção do luar e a maldição de uma estrela que era também herói de guerra. E, se não existisse o fantasma do rebento, Derek não teria se suicidado pensando na negligência que cometera com o caçula da família. *Que figurante teria interesse na morte de Mirna?* Se não fosse por Tereza – uma Koch pelas leis civis, mas não por sangue –, não existiria a tristeza de ser relegada em um mundo que não era o seu, e não existiria sua morte, em nome da briga. Se não fosse Gunda – que era Graub, mas casara com Arkadius Klein, elemento topológico primitivo de toda esta cadeia –, não existiria a moça apaixonada por românticos sombrios e pensamentos de suicídio, nem, quiçá, a transmissão de tais pensamentos por um minúsculo filete genético, e que viria a ser a luz – negra, é verdade – e o norte de todos os infaustos acontecimentos relacionados com os que têm Klein no nome. *Uma moça abriu as pernas e mostrou o mundo a Franz. Outra era desafeto de Juliana. De uma terceira, por mais que se procure, não se encontra nenhum vínculo com a rixa. Qual dessas três mulheres poderia desejar a morte de Mirna? Não eram, elas também, figurantes?*

Se não fosse Scaciotto, também figurante, não existiria o episódio do Teatro Guaíra, nem as subsequentes mortes dos Klein. Scaciotto, alheio à crença e à descrença nutridas pelos inimigos, matou uma Koch e foi preso por isso. Ao ganhar liberdade condicional, seis anos depois, não tinha mais Juliana nem Gabriela. Desesperado, pediu a guarda da filha, um pedido negado. Uma vez que consideraram impossível averiguar com certeza se o homem, assassino confesso, teria condições psicológicas de cuidar da menina, seria mais prudente deixá-la no seio Klein, com a tia Mirna. Semanas depois, no entanto, Mirna é assassinada. Um assassinato não reclamado: nem pela vingança, nem por um roubo, nem por uma inimizade qualquer. Um assassinato absurdo.

Mirna morta, Juliana ausente, Rosi na Alemanha — não sobrava nenhuma Klein que pudesse cuidar de Gabriela. Então o pai fez ao Judiciário um novo pedido para ter a filha de volta — um pedido ainda pendente, mas apoiado pelos jornais, pelos psicólogos forenses e pelas conversas entabuladas nos corredores do fórum.

Scaciotto, antes detratado pela opinião pública, considerado torpe assassino, em seis anos, metamorfoseara-se em vítima: um homem sem filha, sem esposa, sem esperança.

10. Sartre nunca matou ninguém

2011

Na esperança de uma nova pista, os delegados voltaram ao Guaíra com o intuito de relembrarem o crime ocorrido em 2005. Em uma hora, compareceriam a uma importante audiência, que decidiria sobre a guarda de Gabriela. No palco do teatro vazio, Irineu tentava encontrar o local exato em que Tereza falara em um auditório pela última vez.

"'Para sempre.' 'Para sempre' foi a última coisa que Salvador disse à filha, Gómez."

"O quê?"

"Quando fui prendê-lo... Salvador abraçou a esposa e a filha, e tive certeza de que o ouvi dizer 'para sempre'. Achei que não tivesse entendido direito, mas a menina respondeu: 'para sempre.'"

"Sabe o motivo?"

"Não tive coragem de perguntar."

"E a menina não lhe contou?"

"Gabi insiste em dizer que não sabe."

Em todos os jornais da capital, aquela bizarra morte e a prisão de Salvador Scaciotto tinham sido anunciadas. E se antes o kochianismo e o kleinismo eram termos que designavam duas distintas linhas de pensamento, agora invadiam o imaginário popular. O crime ocorrera no intervalo do II Simpósio Internacional de Ciências Humanas, realizado nas dependências do Teatro Guaíra. Congressos e simpósios representavam as únicas possibilidades de que houvesse a improvável reunião das duas famílias. Os organizadores sabiam disso e sempre se asseguravam de que ficassem instaladas longe uma da outra e de que houvesse intervalo entre suas falas. E nada disso fora negligenciado no fatídico simpósio.

A palestra inaugural tinha sido de Tereza Koch, com o tema: "Responsabilidade e liberdade de Sartre nos dias atuais." Nos noventa minutos em que falou, Tereza não conseguiu prender a atenção dos ouvintes enquanto retomava a exposição de princípios não palpáveis e se demorava em exemplos incomuns. Não poderia imaginar – ao sair de cena e ser pouquíssimo aplaudida – que aquela seria a palestra mais memorável de sua vida, e precisamente porque seria a que a encaminharia para a morte. Resignada, acenou, ciente de que sua apresentação havia sido um fracasso. Não deve nem sequer ter percebido a presença dos Klein, mas eles tinham estado atentos à mulher de voz monocórdia e que constantemente aprumava os óculos na cabeça.

Algo deve ter irritado profundamente Salvador Scaciotto. *Algo? Mas o quê?* Irineu viu o vídeo da palestra, desde o momento em que Tereza buscou o histórico sobre liberdade, destino e predestinação. E obteve informações com os mestres de cerimônias do dia, de modo que se certificou de que Juliana e Salvador se sentaram do lado direito, na primeira fila – a destinada aos professores. Em nenhum momento Tereza voltara o olhar na direção dos rivais, isso ficara claro. Também tinha sido inexistente qualquer alteração da voz, ou um olhar mais provocante.

"Uma mensagem? O que poderia ter sido tão grave?", questionou em voz alta o delegado, olhando do palco para os bancos vazios da primeira fila.

Gómez respondeu:

"Talvez tenha sido apenas uma discordância. E como para eles qualquer discordância é uma afronta, pode ter sido a fagulha que acendeu uma discussão cheia das palavras difíceis que eles gostam de usar."

"Então acha que não foi premeditado? Algo como 'se Sartre era isso ou aquilo'?"

"Sartre nunca matou ninguém, Irineu. Não adianta colocar a culpa nele."

"Então por que Scaciotto veio ao teatro com uma arma?"

"Para ficar mais macho. Para lembrar que é valente. Estudamos isso na academia."

"Salvador não aparenta ser esse tipo de pessoa, que espera a coisa engrossar só para mostrar que tem um cano..."

"Também não aparenta ser o tipo de pessoa que mataria por discordar de alguém. O que aconteceu foi o seguinte: eles sempre tiveram opiniões divergentes, então é óbvio que Salvador não concordaria com algum ponto defendido pela professora. Não adianta revermos os vídeos, porque não há nada lá – ao menos, não para nós, pobres delegados! E por que isso não ocorreu antes? Porque, em todos os demais eventos, um não assistia à apresentação do outro. Mas daquela vez, por algum motivo, Salvador não deixou o teatro."

O maringaense se calou.

"Aposto que o velho Irineu discorda da minha tese..."

"Algo não bate. Não vejo a mesma cena do depoimento de Juliana."

"E o que ela disse?"

"Que nem ela sabia que o marido portava uma arma. Que, quando entraram, Tereza Koch chorava com o cotovelo apoiado na mesa..."

"Chorava?"

"Sim. Entraram e deram de cara com a mulher, que estava em prantos."

"E por que ela estava chorando?", perguntou Gómez.

Mas imediatamente o delegado se deu conta de que já sabia a resposta. Da PUC à Federal, todos sabiam os motivos da infelicidade de Tereza Koch. Só não eram conhecidos as concretas razões de sua morte e o modo como ela influenciou os crimes subsequentes.

No camarim do teatro, os dois delegados ficaram em silêncio, olhando-se no espelho.

11. Ventos da liberdade

2005

O espelho cheio de luzes, comum nos camarins teatrais, refletia uma senhora com a maquiagem borrada pelas lágrimas e envelhecida pela cidade de Curitiba.

O motivo vinha do outro lado do Teatro Guaíra, dos gemidos abafados de uma jovem que apenas erguera a saia e, com isso, mostrara o mundo a Franz Koch, como vontade e representação. Um mundo que a pobre Tereza era incapaz de dar ao marido, mesmo que fosse a maior entendida em qualquer filosofia da Terra — o que não era o caso. *Aliás, qual era o caso?* Falar para jovens que riam, mexiam na solidão de seus celulares e, com tudo isso, faziam com que ela se lembrasse do marido que, naquele exato momento, estava fodendo uma aluninha qualquer? Era esse o caso? Falar de liberdade, moral e responsabilidade para as moscas que vocjavam por ali, enquanto observava as minissaias e os perfumes adocicados da primeira fila — tantos, que poderiam ser as possibilidades para o próximo brinquedinho de Franz? Vingar-se? A vingança era consequência da responsabilidade e do uso da liberdade... então, será que deveria fazer o mesmo que o marido fazia naquele exato momento? Deveria escolher algum rapaz forte e bonito e convidá-lo para uma noite de sexo sem compromisso? Um despreocupado amante, não importando que o *campus* inteiro soubesse, seria essa a verdadeira liberdade? Mas como?, se ela nem mais lembrava o que era aquilo, se o marido não mais a procurava desde que ela começara a engordar, a sentir o peso – não da responsabilidade, mas da idade, que, à medida que avançava, deixava suas marcas na flacidez de seu corpo e os pés de galinha de seu rosto.

Talvez Tereza estivesse entregue a devaneios como esses quando ouviu bateram à porta. Não se preocupou em enxugar as lágrimas arroxeadas, manchadas da maquiagem, muito provavelmente seria um colega mentindo que a palestra havia sido excelente, ou um aluno pedindo um trabalho extra para aumentar a nota. Não era, e ela se assustou mais do que quando pegou no flagra o marido e a menina de saia curta. Eram as últimas duas pessoas que imaginou encontrar naquele camarim.

Por alguns segundos, não odiou o imemorial sangue que tinha diante de si: foi apenas durante o curtíssimo lapso de tempo em que odiou os Koch e abominou o fato de carregar o sobrenome maldito que adquirira em um casamento infeliz. Imaginou que, uma vez que os Klein odiavam seu marido, eles iriam apoiá-la. Então sentiu uma imensa vontade de se jogar nos braços daqueles dois.

Quando já estivesse morta, minutos depois, do outro lado do teatro a porta que escondia Koch e Aline seria arrombada por um aluno que lhes daria a notícia da morte de Tereza. Conta-se que é recomendável escutar uma notícia de morte em pé; que é preferível estar em guarda, firme, a estar deitado. No momento em que escutava a notícia da morte de sua esposa, Franz Koch – de joelhos e tendo à sua frente, de quatro, Aline Arnault – teve um orgasmo. E foi apenas por isso que reagiu com um estranho prazer.

E quem viu, logo depois, Koch, com a braguilha aberta, um botão da camisa na casa errada, chorar ao lado do corpo arroxeado – de sangue e de maquiagem – da esposa, conta que sentiu o inconfundível cheiro de sexo que exalava do professor. Um cheiro mundano também vinha de baixo da minissaia da moça descrente que, do lado de fora do camarim, rezava um padre-nosso a um deus inventado às pressas, enquanto tapava os ouvidos para não ter de escutar Koch pedir desculpas e chorar. Aquela era apenas uma vagabunda que ele havia ajudado em troca de um efêmero prazer, mas ela, *ela*, Tereza Koch, era o grande amor de sua vida.

A esposa, já envolta pela morte, não pôde agradecer aos Klein, que lhe tinham concedido a liberdade desejada, a única escolha que poderia querer, mas que não teria coragem de arbitrar a si mesma: o fim de sua vida. E como é notório que as doenças e os acidentes não se interessam pelos suicidas, como se sabe que Deus não auxilia os deprimidos e desolados em seu imediato e peremptório alívio, faz-se necessária, então, a ajuda de alguém – e nesse específico caso, a melhor ajuda pôde vir do pior inimigo. Quando Tereza Koch viu o revólver erguido em sua direção, sentiu gratidão e aproximarem-se os ventos da liberdade, misturados ao súbito terror. Sua morte foi instantânea. Partiu serena, com o que poderia ser considerado uma espécie de sorriso no rosto, se fosse possível que os músculos não se retesassem com a ausência da vida. Mesmo contra a fisiologia e os princípios básicos da medicina, e também contra o fato de que, no último instante de vida, defendeu o sobrenome que portava e, consequentemente, um sujeito que para ela estava morto havia muito tempo, Tereza Koch morreu em paz. Isso porque a discussão, ao contrário do que foi passado nos jornais, fez com que ela se sentisse viva, mesmo sabendo que a morte se avizinhava. E é preferível sentir-se viva sabendo que morre a viver no limbo sem fim, vendo o marido foder menininhas. Melhor se calar do que falar para as moscas e saber que se é apenas um retrato na parede que dói, apesar de invisível. E se é para ser machucada, que se machuque intensamente, não a conta-gotas. E que então seja derrubado o quadro e estilhaçado o vidro da moldura – ao menos assim se lembrarão de que o quadro um dia existiu. Enfim, como tantos outros, reais ou escritos, que já conseguiram esta dádiva, também Tereza Koch, nas mãos de seu maior inimigo, alcançou a custosa redenção que justifica uma vida e santifica uma morte.

No local de sua morte, na sala privativa dos palestrantes, no Teatro Guaíra, três eram as personagens na cena do crime: Tereza Koch, caída, Juliana Klein e Salvador Scaciotto. A arma estava no chão; Juliana chorava, e uma palestra sobre as influências do empirismo de

Bacon na atualidade era abortada pelo estampido que vinha da coxia.

Salvador, parado, olhava a cena; dois vigilantes arrombaram a porta, e logo uma multidão se aglomerou. Enquanto olhava calmamente para a esposa, que se contorcia de tanto chorar, o homem disse aos vigilantes: "Não há motivos para pânico. Eu matei essa mulher. Estou desarmado, a arma do crime é aquela ali." Estendeu as mãos, fez cara e trejeito de mártir: "Podem chamar a polícia. Não reagirei. Estou preparado para ser preso."

12. Eis o homem

2005

Preparado e calmo, durante o julgamento Salvador Scaciotto manteve a versão que afirmara no dia do crime e durante o inquérito policial: fora uma discussão motivada por *status* acadêmico, levada ao extremo. A arma que usara era legalizada, e seu porte, consequência do aumento da violência em Curitiba nos últimos anos; não tinha sido portada apenas naquela oportunidade, e não fora levada ao teatro com o fim de matar Tereza Koch.

A data marcada para o tribunal do júri fora muito aguardada na capital paranaense. Além do clamor público e da curiosidade que uma morte ocorrida no meio acadêmico local despertava, ao que se somavam os boatos sobre a infidelidade de Franz e o triste ocaso de Tereza Koch, havia ainda, pairando no ar, a expectativa de que ocorresse no local uma verdadeira batalha de *campi*. A previsão se concretizou: logo pela manhã chegaram os estudantes da Federal e da PUC, que, organizados em torcidas uniformizadas, cantavam músicas de teor violento.

Irineu de Freitas, que voltara para Maringá após a conclusão do inquérito, quis presenciar o julgamento em Curitiba. Sua presença não tinha sido requisitada, não havia dúvidas sobre o fato nem sobre o autor do crime: tudo estava consignado em 189 laudas, com croquis, depoimentos e a conclusão do delegado. Quando chegou ao fórum, o delegado se assustou.

"Que merda é essa? Parece jogo de futebol!"

"É como se fosse", respondeu Gómez, olhando a turba.

Se qualquer incidente ocorresse, sua foto certamente iria estampar a capa de todos os jornais: o responsável pela negligência. Era uma tragédia anunciada, que passou despercebida ao comandante da operação de segurança de um dos júris mais aguardados dos últimos tempos. No entanto, se tomasse qualquer medida mais brusca, Gómez igualmente seria alvo de críticas, acusado de truculência e intolerância para com pacíficos movimentos estudantis. A linha que separa a balbúrdia do pacifismo é tênue, e o delegado curitibano sabia disso. Bastaria um gesto – ou um olhar atravessado, ou um estudante metido a macho, que chamasse um policial de porco – e o pau comeria solto ao vivo, todos virariam suas câmeras para este lado e se esqueceriam de que, do outro, Scaciotto estaria explicando como o assassinato começara com Sartre, liberdade e responsabilidade...

Irineu se sentou entre a multidão, cedendo ao receio de ficar próximo ao réu e então ter de encarar seu ar de superioridade. O reviramento no estômago aumentava junto com os coros em favor de Scaciotto ou os gritos de justiça para Tereza Koch, ambos prontamente suprimidos pelo juiz que conduzia a sessão. Recordou-se da gastrite que o excesso de cafeína lhe causara e da cirrose em estágio inicial diagnosticada dois anos antes. Recordou-se até mesmo da falta de anfetamina no organismo, algo em que não pensava havia muito tempo, desde casos já enterrados, em Maringá. Teve, porém, certeza de que não era seu estômago que se manifestava no instante em que o acusado começou seu pronunciamento: era algo mais elementar, e que ele não queria reconhecer como medo.

O réu já entrara diferente no salão do júri. Enganam-se os que supõem que somente ali ele se transformara, por ter o sangue quente e pelo pugilismo que devia praticar o dia inteiro. Acomodado em meio aos estudantes, o delegado maringaense, mesmo de longe, logo percebeu que aquele sujeito que ali estava não era o mesmo que ele havia prendido no casarão Klein. Enxergava agora, sentado na cadeira do réu, um homem agressivo, disposto a um contra-ataque feroz, e Irineu mal sabia explicar os motivos dessa percepção. Talvez fosse o tom da fala; talvez, o contorcer dos músculos da face ao negar justificativas. Ou poderia ser o olhar – agressivo e glacial – que lançava ao juiz, aos promotores e a todos os presentes.

Salvador Scaciotto começou seu discurso citando parábolas. Tornou-se profético, e então efusivo, e, por fim, retomou a placidez de um humanista samaritano.

"O que o senhor tem a dizer a seu favor?"

"Tenho a dizer que não sou perfeito. Deus exorta sua ubiquidade para que também tomemos o caminho da perfeição, ou, se não conseguirmos fazê-lo, para que ao menos sejamos salvos. Raskólnikov só conseguiu a redenção com seu castigo. E no famoso Didaquê encontramos: 'Se puderes portar todo o jugo do Senhor, serás perfeito; se não puderes, faze o que puderes para seres salvo'."

Irineu pegou o caderno de anotações e registrou: o réu construía um discurso rebuscado, repleto de verbos no subjuntivo e no imperativo, e de conjugações na segunda pessoa. Como um escritor antigo. Como um pregador.

"O senhor matou Tereza Koch?"

O réu afirmou com um movimento da cabeça.

"Pode dizer isso aos presentes?"

"*Ecce homo.*"

"O que disse?"

"*Ecce homo.* Em latim, significa 'eis o homem'. Foi a frase que Pôncio Pilatos utilizou para apontar Jesus Cristo."

"E por que o senhor não a disse em português?"

"Não me leve a mal, Excelência. Não pretendo descaracterizar a seriedade do presente momento. Digo de tal forma porque, para este velho descendente de italianos, digno da fé cristã, recorrer a trechos históricos das Escrituras é algo reconfortante. Não faço uso desse conhecimento apenas aqui, mas também no meu dia a dia."

"E de que mais o senhor faz uso?", indagou, com um sorriso irônico, o promotor. "De abracadabra?"

"Para realizar feitiçarias, prefiro o termo *Talitha kum*."

"E o que significa?"

"'Mocinha, eu te digo: levanta-te'. Foi o que Jesus disse ao ressuscitar a filha morta de Jairo."

Alguns jovens riram da insolência do réu, e uma saraivada de apupos se fez ouvir. O juiz teve de se esforçar para retomar os trabalhos.

"Peço perdão aos familiares presentes. O promotor disse 'abracadabra', uma palavra de etimologia incerta: uns dizem que significa 'eu crio ao falar'; outros, que quer dizer 'bênção pela palavra'. Eu só pretendi dizer *Ecce homo*: aqui está o homem que matou Tereza Koch. E, por isso, devo ser punido. A punição merecida, pela responsabilidade do meu ato. Tratamos apenas disso, e não da origem das palavras."

"Por gentileza, Meritíssimo: estou abismado!", disse o promotor. "E não apenas pelas circunstâncias do crime, mas também pela atitude deste homem. Está tudo ensaiado: fala em línguas mortas tão somente para afrontar os que aqui estão..."

"Achei que fosse dos advogados a fama de invocar brocardos em latim com o intuito de demonstrar erudição. Não é?"

"Não me interrompa!", gritou, furioso, o promotor. "Ele está preparado. Se em uma das mãos diz que matou, na outra se vale de frases mortas, buscando parecer superior. E isso o faz ainda mais covarde. Falou sobre ressuscitar uma morta! Pode haver frase mais equivocada, dita por um assassino, diante dos familiares de sua vítima?"

"Só a falei porque o senhor pediu", respondeu Salvador, demonstrando serenidade. "Não inventei a frase. *Talitha Kum* está no Evangelho de Marcos, que foi discípulo de Pedro. Pedro é testemunha de Jesus, e Marcos é testemunha de uma testemunha. Eu só cito; sou apenas mais uma dessa série de testemunhas. A culpa da morte é minha, mas não a da criação dessa frase. Sou um imperfeito copista."

"Pura hipocrisia!", gritou o acusador, e subiu ainda mais o tom ao perceber que era aplaudido. "Mentiroso e hipócrita!"

"Recuso-me a ser chamado de hipócrita. Tenho vícios, mas eles não prestam nenhuma homenagem às minhas virtudes. O hipócrita é, acima de tudo, uma pessoa que não sabe interpretar os textos."

"O que quer dizer com isso?", interveio o juiz.

Scaciotto pigarreou e, olhando para todos os presentes, como se desse aula em um amplo anfiteatro, disse:

"Para explicar, recorro ao célebre Sermão da Montanha: 'Quando jejuardes, não tomeis um ar triste como o dos hipócritas, que mostram o semblante abatido para manifestar seu jejum.' Jesus não nos pede que jejuemos; pede-nos, apenas, que o ato não seja realizado com o fim de manifestar orgulho. Os hipócritas continuam a jejuar. No entanto, isso só mostra que não sabem interpretar. E que continuam hipócritas."

O som que vinha da plateia subiu novamente. Salvador elevava dois tons para falar de responsabilidade e de punição, com o dedo em riste para um lado e para o outro. Era um professor rodado: sabia o poder, a bênção e a maldição que existiam nas palavras. Além de latinista, era ótimo etimólogo, e quanto ao "abracadabra", sabia que, em hebraico, *ha-brachah* significava "bênção", e *davar*, "palavra". Sabia também – ao contrário do promotor, que rosnava como um cão raivoso – que não seria o rosnado que mostraria sua bravura: independentemente da língua e da etimologia, a despeito do tempo e do lugar, os cães que ladram nunca mordem ninguém. Naquele momento, se fosse prudente, o promotor público deveria abortar o embate verbal. No entanto, continuou a tentar desestabilizá-lo:

"Não é um paradoxo que um doutor versado em tantas filosofias recorra ao método mais primitivo para vencer um embate? É como se um poliglota insistisse em conversar por métodos guturais, não acham?"

O réu e professor Salvador Scaciotto foi frio e brilhante em sua resposta, e, quando se calou, alguns alunos o aplaudiram, apesar da prevalência dos apupos.

"Não se trata de um paradoxo, mas de uma antítese. Não se trata de um conflito entre ações, mas da contradição entre palavras. Fala de vocábulos, e não de um manual de como o homem deve se comportar. E, em se tratando do homem, seja um ogro, seja um diplomata, ele não se pode esquivar do fato de que é capaz de fazer qualquer tipo de ação. No entanto, é, sim, antitético afirmar que um pensador, ao batalhar contra outro pensador, o tenha matado. Trata-se de uma antítese, formada por duas pontas: uma, a do douto e racional homem; outra, a do vil ogro."

"O senhor quer me confundir com pensamentos de acadêmicos. Tenta fugir à responsabilidade com léxicos e filosofias. Isso não importa, quer seja um paradoxo, quer uma antítese. O que importa é que você é um assassino."

"A gramática importa. E, se não conseguiu compreender, terei prazer em explicar. Ilustrarei minha afirmação com um dístico célebre, dos Provérbios." Salvador pigarreou, com o punho esquerdo fechado sob a boca, e continuou:

"Dístico, apenas para que entenda, é uma estrofe com dois versos. Uma sentença com dois hemistíquios.

Um filho sábio alegra o pai,
mas um filho insensato entristece sua mãe.

Perceba os elementos contraditórios nos dois hemistíquios: 'sábio' e 'insensato', 'alegra' e 'entristece', 'pai' e 'mãe'. As contradições dos dois hemistíquios são coloridas com a conjunção 'mas', que denota a força da oposição que se quer passar. 'Sábio', 'insensato', 'alegrar', 'entristecer' são claros exemplos de antíteses, ou seja, de palavras que seguem vetores opostos. No entanto, é possível observar que as duas sentenças caminham na mesma direção. Embora o dístico apresente a contradição do sentimento que causam um filho sábio e um filho insensato, a conclusão é clara e una: querem, pai e mãe, a sabedoria filial, nunca a insensatez. É antitético, mas não paradoxal. Consegui ser claro?"

13. Vós que entrais, deixai a esperança

2008

O horizonte já estava quase completamente claro. "Entraram na casa dos Klein", falara Gómez, ao telefone, no dia anterior. "E?" E novamente as reticências, junto com o sangue, com a incompreensão. Agora, os raios de sol cegavam, pela janela do avião. No entanto, o caso continuava na penumbra, cada vez mais estranho. Irineu viajava para Curitiba às pressas porque sangue Klein tinha sido derramado no casarão do Batel de maneira grotesca. Mais uma vez, sentia tudo convergir para Curitiba, todos os filósofos de nomes estranhos: Sartre em Santa Felicidade; Platão na Ponte Preta, banhando-se em um rio arquetípico, porém inexistente; Schopenhauer e uma normalista em litogravura de tango floreado de Estanislau Traple, todo vontade; Heráclito no Barigui, nunca os mesmos, nem rio nem pensador, exceto o lambari do rabo dourado, imortal através dos tempos; Nietzsche tendo seu retrato falado escarrado por testemunhas do Boqueirão, do Hauer, príncipe insuspeito, membro honorário da

Sociedade dos Tulipas Negras, nomeado pelo retornável Rei Candinho.

Agora parecia óbvio que o caso não poderia ter acabado com a morte de Tereza Koch: a vingança viria, entre postulados e *ergos*. Fechou os olhos, lembrou-se de que jurara proteger Gabriela Klein Scaciotto. Juliana sabia, deixara explícito... Como fora incapaz de perceber?

Dessa vez, nenhuma viatura o aguardava. Chamou um táxi e deu o conhecido endereço do Batel. Encontrou o amigo na frente do casarão, e ficaram em silêncio, olhando os vitrais góticos e as gárgulas, agora contornados por faixas amarelas e pretas, iluminadas pelas luzes giratórias das viaturas – sinais incontestes da tragédia ali ocorrida. A porta principal estava aberta, e por ela passavam membros da Polícia Científica do Paraná. Do casarão com histórias de bebês-fantasma, suicidas e lobisomens, uma nova horrível história se apresentava, mais concreta, mais real. Foi Gómez quem quebrou o silêncio.

"Não sei se seria conveniente entrarmos agora..."

"Por quê?"

"Gabriela Scaciotto ainda está aí."

"O quê? A menina *ainda* está na casa?"

"Os psicólogos tentaram, mas ela se recusa a sair. Não dormiu nem um segundo e não deixou que ninguém se aproximasse, então não houve como lhe darmos um calmante."

"E agora?"

"Ligamos para Salvador Scaciotto, que está na penitenciária de Piraquara. O pai poderá ajudar."

"Quero ver a menina. Eu a conheço. Posso convencê-la a falar."

"Irineu, pode ser inconveniente, mas vou lhe dizer, para que não se assuste... Gabriela está fora de si, você pode imaginar. Depois da tragédia que envolveu o pai, há três anos, agora *isso* acontece. Ela colocou a culpa em muitas pessoas, e quem ela mais culpou foi... você."

"Eu?"

"Sim. Disse que você tinha prometido cuidar da família. Que, depois que apareceu, tudo virou um inferno."

* * *

Aqui vive feliz a esperança ainda estava escrito na porta cor-de-rosa do quarto de Gabriela Scaciotto. Por que ele iria entrar ali, se sabia que a moradora o odiava? E, se a felicidade não existia, que tipo de esperança poderia haver? Pensava, porque precisava pensar em qualquer coisa, porque estava com medo de pedir desculpas a uma menina de 12 anos, pois que ele negligenciara uma vingança que, agora, parecia óbvia. "Esperança", repetiu, pensando no que, três anos atrás, Juliana Klein lhe dissera. Esperança, Juliana Klein, o apocalíptico júri que condenou Salvador Scaciotto, o Inferno e uma eterna briga entre alemães.

Lasciate ogne speranza, voi ch'intrate

Havia alguma conexão entre as frases? Quando Juliana Klein lhe entregou o bilhete, no qual copiara a inscrição do portal do Inferno de Dante, quis dizer algo sobre Gabriela?

Abriu a porta sem bater. Sabia que, do outro lado, alguém o aguardava. Voltou poucos minutos depois, com um sangramento na face.

"Meu Deus! O que houve?"

"Não foi nada", respondeu Irineu, com a mão no rosto.

"Como nada?", gritou Gómez, olhando o sangue em forma de risco, que se transformaria em cicatriz e, posteriormente, viraria lenda. "O que aconteceu? Gabriela está bem?"

"Um pouco nervosa. Estava na cadeira, chorando. Tentou me bater, eu me agachei, procurando segurá-la, tentando impedir que me acertasse, mas a mão pegou em meu rosto. A menina tem unhas grandes."

Irineu tirou a mão e mostrou o risco que principiava na sobrancelha e terminava na maçã do rosto anguloso. Por alguns milímetros, a unha teria atingido o olho e muito provavelmente o teria cegado.

Não conseguira nenhuma informação com Gabriela – nada. E teve seu quinhão do inferno ao ver, margeando aqueles olhos verdes, o vermelho intenso de quem chorara muito e dormira pouco, o choro de uma criança de 12 anos que tinha perdido o pai, e agora, ao que parece, perderia a mãe. Se este caso não fosse resolvido, nenhum outro o compensaria: esmurrar vagabundos de Maringá não traria até ele o sujeito que fizera os estragos na família Klein. A duração do inferno não é curta: não se pega um metrô de volta, como se pega o barco da ida. A esperança fica do lado de fora, lembrara Juliana. E a volta é extremamente custosa, dizia-lhe, agora, Gabriela. Tão duradouro quanto seria o risco vermelho de seu rosto.

Com o rosto ainda queimando, entrou no quarto do casal e confirmou o que tinha escutado ao telefone, no dia anterior: sangue e dois furos se destacavam, dois balaços de uma tentativa de homicídio. Uma pequena semiautomática HK com o coldre manchado de sangue havia sido deixada ao lado de alguns pertences e de um naco de roupa rasgada. A evidência de que uma briga tinha ocorrido naquele quarto aumentava com os fios de cabelo loiro visíveis no chão.

No entanto, apesar de tantos sinais, a marca mais evidente era a da ausência de Juliana Klein.

"Muito estranho. Não há motivos para tirar Juliana daqui. Viva ou morta...", falou o delegado maringaense, com a mão sobre a cabeça.

"Também não achamos uma explicação que fosse plausível: mesmo para alguém forte, é difícil carregar um corpo."

"O que descobriram? Algum vizinho viu o que aconteceu?"

"Não, e esse é um dos mistérios. Os vizinhos escutaram tiros e gritos, mas não viram nada. Ninguém viu nenhuma pessoa sair daqui."

"Nenhuma câmera?"

"Há uma na entrada. Foi instalada logo depois da prisão de Scaciotto, um pedido meu. Mas foi quebrada: o assassino sabia que ela existia."

"E as câmeras das casas vizinhas?"

"Nenhuma mostra a entrada do casarão. Se o sujeito colocou Juliana em um carro estacionado na frente da casa, o que é provável, ficamos no zero."

"Acha que houve luta?"

"Como pode ver, há fios de cabelo no chão – aqui, no corredor, na sala. Juliana Klein não se entregou facilmente."

"Acha que ela foi tirada daqui com vida?"

"Temos quase certeza disso, Irineu."

"E os dois tiros?"

"Da maneira como se alojaram na parede, a balística acha que não foram letais. Este sangue pode ser de uma coronhada."

"E Gabriela?"

"O que quer dizer?"

"Nada foi roubado... há indícios de vingança... se Juliana Klein foi morta... ou sequestrada, por que..."

"Por que não mataram Gabriela? É isso? Foi uma noite difícil, mas conseguimos extrair algumas coisas da menina. Estava brincando quando arrombaram a porta. Ela se escondeu atrás dos pés da mesa de jantar e viu, dali, o homem entrar... Era gordo e mancava, segundo ela."

"Como Franz Koch..."

"Mas, de onde estava, não conseguiu ver o rosto. Mostramos uma foto de Koch. Foi difícil, ela não queria ver. Depois nos disse que não sabia precisar o rosto do homem que entrou. Ela não conseguiu fugir, nem pensou na hipótese de sair de casa gritando por socorro."

"E o que fez?"

Saiu de baixo da mesa e viu o sujeito virar para a esquerda, na direção do quarto da mãe. Escutou o primeiro grito de Juliana Klein e pensou no único lugar em que se sentiria segura..."

"Que lugar?", perguntou Irineu, com a sensação de que aquela tinha sido uma pergunta estúpida.

"O próprio quarto. A menina teve muita coragem. Se não tivesse, teria corrido para fora da casa. Ela passou pelo corredor e deu sorte de não ter sido vista. No quarto há uma enorme caixa com bonecas."

"Sim. Um cemitério de pelúcias."

"Não sei se é a palavra adequada. Nem conveniente. Mas Gabriela entrou lá e se escondeu."

"A menina ficou dentro da caixa? Escutando os gritos da mãe?"

"Pior. Juliana foi arrastada até o quarto da filha. A menina escutou enquanto a mãe implorava ao assassino que a deixasse viver. Mas Gabriela prendeu a respiração e controlou o tremor. Foi muito valente..."

"E aí?"

"Obviamente, o sujeito não imaginou que a menina pudesse caber naquela caixa, sob as bonecas. Juliana repetia, aos gritos, que a filha não estava em casa, isso Gabriela nos contou. É provável que o homem tenha acreditado nela e ido embora, arrastando-a."

Irineu se abaixou e pegou um fio de cabelo do chão. Voltou ao quarto do casal, o quarto conhecido, a lembrança da mulher deitada de bruços, a pele alva, os cabelos longos e loiros sob as costas...

"Neste local, Juliana caiu e foi imobilizada. A maior quantidade de sangue está aqui", falou Irineu, apontando uma mancha escura no chão, perto da cama.

"Não pode ter ficado desacordada?"

"Não acredito. Se ela tivesse desmaiado, o sujeito tentaria encontrar a menina sozinho, sem ter de carregá-la."

Irineu se agachou e calçou uma luva de borracha. Pegou um batom que estava caído a um metro da mancha escura.

"Este batom... acreditamos que Juliana estivesse se arrumando para sair, quando foi surpreendida", explicou Gómez.

"Não sei... Está usado, mas o desgaste no bastão não parece natural... não parece ter sido provocado pelo contato com a pele. Olhe, Gómez: está muito mais gasto de um lado, como se tivesse sido usado em uma superfície áspera... Como se tivesse sido usado para escrever..."

Como se atendessem a um ato reflexo, os dois delegados começaram a procurar no quarto algo que ainda não tivessem visto. Olharam sob a cama, retiraram as roupas do armário, afastaram da parede o retrato da família e os inúmeros quadros. Mas não havia nada: qualquer mensagem que tivesse sido deixada teria sido facilmente percebida. Irineu suspirou. *Não foi usado por Juliana*, pensou. Olhou para o batom e para a mancha de sangue no chão. Agachou-se, comparou o sangue com o batom, aproximou-se mais.

"Parece que há algo mais escuro aqui. Gómez, há algo escrito aqui. Sob todo esse sangue. Parece uma frase. Aqui, parece um erre. Re... O Re..."

Não terminou de falar porque escutou seu nome, de maneira ríspida, com um sotaque já conhecido. Era Salvador Scaciotto, que corria em sua direção.

"Seu grande filho de uma puta! Seu covarde desgraçado! Esperou que eu fosse preso e me traiu pelas costas..."

Gómez segurou Scaciotto e gritou para que Irineu saísse. No momento, o mais importante era conseguir tirar Gabriela Klein daquele lugar. O delegado maringaense saiu com a mão no rosto, ainda latejante. Do lado de fora, ainda era possível escutar a voz do pensador italiano dizendo que havia confiado a vida da esposa a ele, àquele verme filho de uma puta chamado Irineu.

14. Visita à professora

2005

"Irineu?"

O delegado, que olhava fixamente o júri vazio, ainda ouvindo os ecos da palestra paradoxal de Salvador Scaciotto, tomou um susto.

"Desculpe-me, não era minha intenção assustá-lo."

"Senhora Juliana? Não tinha visto a senhora aí. Estava distraído. Faz tempo que está aqui?"

"Alguns minutos. Não sabia se seria correto tirá-lo de seus pensamentos."

"E o que a fez se decidir?"

"O risco..."

Juliana Klein disse isso e sorriu. Um sorriso tímido, sem qualquer traço que pudesse denunciar que tinha passado um extenso dia como única testemunha ocular do assassinato que o marido cometera.

"Achei necessário tomar o risco", continuou, voltando a olhá-lo.

"Posso saber por quê?"

"Para agradecer."

"Por quê? Eu mandei seu marido para a cadeia."

"Ele foi preso porque matou Tereza. E você teve a delicadeza de entender que temos uma filha criança. Tinha muito medo de ver Gabriela sofrer. E, graças a você, isso não aconteceu... Está rindo? Do quê?"

"Não sei, é engraçado. Estou confuso. Os tribunais do júri são longos e dolorosos. Eu conheço o que os advogados normalmente dizem, o choro de arrependimento do réu, o semblante justiceiro de cada jurado. Hoje, tudo foi diferente. Não me desconcentrei nem por um segundo, e mesmo assim parece que perdi algo. Sinto que cheguei atrasado à sala, que perdi o ponto crítico da questão."

Juliana mantinha os olhos firmes no delegado.

"Não foi tão diferente assim, acho. No final, ele foi condenado. Quinze anos de cárcere."

"Não digo disso. Nunca vi um réu se portar como Scaciotto. A maneira de falar, de gesticular..."

"Meu marido sempre foi um ótimo professor. Foi o que me encantou nele, quando nos conhecemos."

"As citações bíblicas... a maneira como não fugia à própria culpa, não dizia que havia sido provocado, não invocava legítima defesa."

Juliana Klein deixou que os olhos claros se perdessem no plenário. Suspirou, olhando o vazio, procurando o lugar no qual havia pouco tempo estivera sentada, como testemunha e esposa do réu.

"Salvador sempre foi forte. Além de ótimo mestre. E talvez esses dois traços tenham o mesmo manancial: a crença."

"A senhora também foi forte."

Juliana sorriu e se voltou para Irineu.

"Eu? Então ficou olhando para mim?"

"Sim, a senhora também fez parte do júri. Estou com uma dor de cabeça muito forte. E a senhora é parte do motivo dela."

"Pois farei parte da solução, a partir de agora." Juliana pegou a mão do delegado e a apertou entre as suas. "Um chá quente e forte alivia as tensões. Hoje será por minha conta."

O delegado de polícia olhou para o relógio: já passava das nove da noite.

"Chá, a esta hora? Não atrapalha seu sono?"

"Não. Depois de um chá, durmo o sono dos justos."

"Bom para a senhora. Não devo ser tão justo: com ou sem chá, faz tempo que não durmo."

"Recusa meu convite?"

"Não, eu o aceito. Mas será responsável por minha noite em claro."

"E como relaxa?"

"Com algumas cervejas. Milhares de cervejas. Até esquecer que tenho dor de cabeça. Até esquecer que tenho cabeça."

"Acharia mais conveniente o chá. Mas, como sou o motivo desta dor, não farei oposição."

Saíram do plenário do júri na BMW x5 de Juliana. Irineu ficou sem jeito ao entrar no carro e ver o retrato de família no espelho retrovisor. A mulher percebeu e puxou assunto.

"Sei de um local excelente aqui em Curitiba. É famoso, talvez já tenha ido lá. O Bar do Alemão, no Largo da Ordem."

"Alemão? Não dá para ser diferente, ao menos uma vez? Que tal uma massa?" Falou, mas se arrependeu no ato ao rever que, no espelho retrovisor do veículo, reinava o retrato da família feliz: a mulher, o sentenciado e a pequena Gabriela Klein Scaciotto, herdeira única de um reino que acabara de ficar sem rei. Ficaram silenciosos e, depois de alguns minutos rodando, a mulher falou:

"Irineu, não me leve a mal, mas há muitos alunos por aí, e você sabe... Não pegaria bem a professora conceituada, no dia em que o marido sofre a condenação, sair com o delegado. Se fosse um café, seria sutil, não teria problema."

"Compreendo. Quer cancelar. Vou a qualquer boteco sozinho. Eu, por sorte, não tenho nenhum aluno perdido por aí."

"Não, não quero cancelar, apenas mudar o convite: se importa se bebermos em minha casa?"

15. Visita à professora (2)

2005

Por motivos como esse é que o local deve ser descrito como elemento crucial desta narrativa. Se fosse qualquer outra residência, não teria a importância que ele tem, com suas colunas, seu vitral e todos os detalhes que o fazem personagem, e não mero objeto. É importante porque, entre lendas e coincidências, os principais fatos tendem a ocorrer ali. Em outros lugares, em Piraquara, no Jardim Schaffer ou em Maringá, o lusco-fusco e os rostos enegrecidos dos contrarregras denunciam sua menor importância em relação àquele específico endereço. Endereço no qual uma menina de 9 anos chorava, sem saber que o pai acabara de ser condenado por homicídio qualificado e a mãe, sem qualquer motivo visível, convidara o delegado a entrar. A x5 negra estacionou e Irineu saiu, contrariado. Não gostava de contato com nomes que tivessem ligação com seus inquéritos. Seu pé-atrás doía e lhe indagava sempre as possíveis ciladas, as armações. Mas será que a mulher poderia fazer algo?

Juliana abriu a enorme porta, e Gabriela veio ao seu encontro. Abraçou chorosa a cintura da mãe.

"Que foi, filha?"

"Tive um pesadelo. Senti medo."

"Não precisava, sua tia Mirna cuida de você... Temos visita, olhe quem eu trouxe."

"O tio que me deu o caderninho do Bob Esponja. E que levou o papai para viajar! Como está o papai, tio?"

Irineu se agachou e viu que os olhos e o nariz da menina estavam vermelhos.

"Está bem, terá muitas histórias para contar. E o caderninho?"

"Está quase cheio. Já que meu pai não está, eu escrevo para ele. Quando ler, vai saber o que fiz."

Irineu percebeu que a mulher disfarçava o choro.

"Isso mesmo, escreva...", dizia, quando foi interrompido por uma voz rouca. Mirna Klein aparecera no corredor. Era poucos anos mais velha que Juliana, mas aparentava décadas de diferença. Tinha um corpo gordo e flácido, o cabelo acinzentado e desgrenhado, os peitos evidentes por baixo do roupão velho.

"Juliana. Venha aqui. Quero conversar com você."

"Desculpe", cochichou Juliana. "Ela toma remédios... achei que já estaria em sono profundo. Já volto."

Irineu viu as duas irmãs ganharem o corredor e se sentou no sofá. Gabi veio até ele, com os olhos ainda vermelhos, perguntou sobre o pai, disse que sentia muita falta dele. Quando Juliana retornou, ele percebeu que ela também tinha chorado.

"Desculpe-me da demora... Vamos, pequena. Está na hora de dormir. Agora que mamãe está aqui, não terá mais pesadelos."

"Posso dormir com você?"

"Não. Mas amanhã contarei tudo a respeito da viagem do papai. Lembra o que lhe falei sobre seu quarto?"

"Que é o meu lugar. E que lá ninguém poderá me fazer mal."

"Isso. Lá você está protegida. Dê boa-noite ao tio e vá."

Gabriela correu para Irineu, deu-lhe um forte abraço e saiu, arrastando os pés.

"Desculpe, novamente. Mirna é incrível: o tamanho do seu coração é comparável ao tamanho da sua ignorância."

"Deixe-me adivinhar: ela brigou porque você me trouxe aqui?"

"Sim, mas não fique chateado. Ela não faz por mal. Fica preocupada com a vizinhança."

"Assim como a senhora se preocupa com os alunos?"

Juliana Klein pegou duas garrafas do pequeno bar da casa e as colocou em cima da mesa.

"Não, é diferente. Os alunos são parte da minha vida profissional. Se nos vissem, espalhariam boatos, que iriam me prejudicar. Já quem eu coloco ou deixo de colocar em minha casa é problema meu. Ainda quer cerveja? Mirna me deixou irritada: tomarei algo mais forte. Quer vodca ou uísque?"

"Espero que não se importe, não tenho um paladar muito apurado. Queria algo simples. Tem Jack Daniels?"

Riram, ambos sem graça, sem saberem exatamente o motivo do riso. Juliana se abaixou e retirou uma garrafa de um pequeno armário no bar da casa.

"Serve este?"

"Sou um sujeito simples. Um Jack com duas pedras de gelo me tira do sério. Um Single Barrel como esse, só em ocasiões especiais, por um bom motivo..."

"Como, por exemplo, hoje?"

"Pergunta se *a senhora* é um bom motivo?"

Juliana confirmou com a cabeça, enchendo dois copos.

"Bom, imagino que sim. Não é sempre que tenho a companhia de uma professora erudita e charmosa..."

"Charmosa?"

"Sim. Os alunos a elegeram a musa do curso. Você sabe disso."

"Por que sou charmosa?"

Irineu virou o copo de uma só vez, sentido uma fagulha se acender. Encheu-o novamente, com proposital lentidão. Lembrou-se do pesado dia e de que não comera quase nada. Se exagerasse, logo ficaria bêbado. E não podia fazer algo assim sem segurança – não ao lado da esposa do homem que acabara de mandar para Piraquara.

"Porque é linda. E também sabe disso."

Ela bebericou o uísque, ajeitou o cabelo atrás da delicada orelha e sorriu, agradecendo sem timidez, enquanto molhava o lábio com a ponta da língua. Irineu observou, sorvendo lentamente a bebida.

"É apaixonada por Salvador?"

Era uma pergunta tola, sabia, e logo se arrependeu de tê-la feito. Esse era um campo em que não tinha de entrar. Emborcou o copo e sorveu outro grande gole, percebendo que era acompanhado por Juliana Klein. Era a pergunta crucial, já feita, sem volta, e que os desnudaria.

"Não. Amor é coisa dos livros de Alencar e dos pernetas que acham que a pracinha do Batel é um anfiteatro grego. Sempre fui pragmática. Salvador é inteligente, tínhamos boas discussões, ele sempre me ajudou muito. E agora... com esse assassinato... não sei o que pensar. Estou confusa, acho."

A mulher parou um instante, colocou a mão na fronte, e continuou:

"Também estou ficando com dor de cabeça. Esta roupa está me matando. Se importa de ficar vinte minutos sozinho enquanto tomo banho?"

O delegado olhou para a garrafa de Single Barrel: ainda havia mais da metade. Se saísse, compraria vodca barata ou cerveja, misturaria tudo, acordaria péssimo no dia seguinte.

"Fico. Vinte minutos, apenas."

"E se eu demorar mais, o que fará?"

"Chamarei um táxi e levarei comigo esta garrafa."

"Bom saber. Trancarei a casa."

"E eu chamarei a polícia para prendê-la."

Ambos riram. Juliana se virou e saiu, com o salto batendo contra o chão, a saia social delineando o corpo, os cabelos longos e loiros caindo pelas costas, o passo desdenhoso e resoluto a espirrar faíscas nos quadriláteros brancos e negros, símbolos outrora eleitos da dualidade do homem. Permanecer ali não era a melhor ideia, mas havia ainda a incompreensão, a incerteza de um dia paradoxal e muito uísque, para o bem ou para o mal. Havia, ainda, Juliana... Encheu o terceiro copo. O amplo cômodo guardava ainda resquícios de orgulho europeu: a cristaleira de madeira de lei, a mesinha de centro coberta de pratarias, os quadros que exibiam paisagens de Frankfurt... Mexeu o gelo com o indicador da mão direita, e a visão já turva enxergava os vitrais ondularem, os temas religiosos se movimentando em sacrílega dança. "Quanta bobagem se pensa bêbado!", balbuciou, dando-se conta de que dava medo ficar ali, sozinho. Virou-se para o corredor, imaginou o vulto de Mirna Klein em atitude recriminadora, e todos os pelos de seu corpo se eriçaram. *Que besteira!*, pensou, enchendo novamente o copo. Se havia algum fantasma ali, era o dele, o do passado dele: de perder-se para encontrar algum sentido no álcool e na luta contra o crime. Mexia a bebida no copo com o indicador quando escutou outro barulho. Virou-se, e novamente o arrepio e a visão embaçada, uma teofania translúcida em meio a todos aqueles solitários fantasmas, um ponto turvo e semovente que demorou a identificar: Juliana Klein.

"Por que está me olhando com esta cara? Não gostou?"

Ela usava um *baby-doll* branco, rendado, que revelava o corpo delineado e as coxas fosforescentes de brancura. Seus olhos velados ao surpreender o lampejo do crime. Irineu continuou a mirar sem entender, os pelos novamente arrepiados e a imobilidade do dedo indicador dentro do copo com gelo e uísque.

"Não... não é isso. Só me assustei."

"Comigo?"

"Não. Estava pensando nas histórias desta casa."

"Não acredito! Nessas lendas? Tinha melhor juízo de você." Pegou seu copo, sentou-se ao lado de Irineu e cruzou as pernas.

"A senhora está de roupas íntimas..."

"É com essa roupa que durmo. Queria que eu colocasse salto e calça? Depois de um dia como o de hoje?"

Ela falava calmamente, com a boca pintada de vermelho – em contraste com o corpo alvo, o convite estava feito. Irineu a olhava com espanto, com a visão já desfocada, a lascívia vindo do álcool. Será que ela já estava bêbada, como ele? Será que, assim, buscava vingar-se do marido, que tanto a fazia perder?

"Só não acho correto que se vista assim..."

"Está evitando olhar para mim." Ela descruzou as pernas, esticou a esquerda, o pezinho minúsculo rodando, os dedos bem-cuidados, a unha vermelha e bem-feita, da mesma tonalidade do batom. "Olhe. Não acha que estou usando uma roupa bonita?"

Irineu olhou para o delicado tornozelo, o joelho, as coxas brancas e grossas... e olhou para a dona do pezinho, pensando que, sim, ela também já estava fora de seu juízo normal, a voz a denunciava. Se ele tivesse um espelho, se perguntasse ao gênio se havia em Curitiba alguém mais aflito que ele, talvez obtivesse a confirmação. Mas desde quando se reflete a imagem de Nosferatu? Outro grande gole, a visão desfocada, a mente em turbilhão. O inevitável engulho.

"Acho..."

"Acha bonitas as minhas pernas?", continuou Juliana, esticando-as.

"Muito."

"Não sente vontade de tocá-las?"

Irineu largou o copo e beijou os tornozelos e o joelho da mulher. Quando chegou na coxa, cravou o dente na parte interna e escutou um gemido abafado. Ela puxou o rosto do delegado do meio de suas pernas, levantou-se e o pegou pela mão.

"Aonde vai me levar?"

"Ao meu quarto. Tenho medo de que Gabriela acorde."

"Está louca? Quer me levar para seu quarto de casal?"

"Quanta ética, delegado! Pode morder a coxa da esposa do sentenciado, mas entrar em seu santo quarto é proibido!"

Irineu se deixou levar: pelo cansaço, pela visão turva e pelo canto de sereia da esposa do assassino confesso Salvador Scaciotto.

16. Sartre nunca matou ninguém (2)

2011

Salvador Scaciotto deixou-se levar pelos guardas e saiu da prisão tão plácido como havia entrado – foi o que Irineu de Freitas confirmou ao ver sua foto na capa da *Gazeta*. Lembrara-se da dolorosa despedida de pai e filha, que não teve um "adeus", mas um "para sempre".

As últimas semanas haviam sido agitadas em Curitiba. Desde que um advogado protocolara o pedido de livramento condicional, só se falava da soltura do italiano da Penitenciária Central do Estado, que ficava em Piraquara.

Não se fala um "para sempre" em uma oração de despedida. Também não se despede assim quando se tem certeza de que irá passar uns bons anos no cárcere. E o que seria correto dizer em um momento como esse? "Até logo, papai não demora. Se o juiz da Vara de Execuções Penais for bonzinho, em seis anos estarei de volta. Se outro juiz, o da Vara de Família, também for bonzinho, poderei vê-la novamente: até lá, você terá 15 anos, será uma moça linda, igual à mamãe." O delegado meneou a cabeça, era estúpido falar "para sempre"! Digitou no Google "adeus" + "etimologia" e encontrou o resultado: "Adeus é a aglutinação de "a" com "Deus", que, por sua vez, é o encurtamento da frase 'a Deus vos recomendo'." Mas poderia um filósofo italiano se preocupar *tanto assim* com a filologia portuguesa? "A Deus" Gabriela havia sido recomendada, na forma de um "para sempre"? Haveria conexão? Lembrava-se do olhar resoluto de Salvador no retrovisor da viatura; lembrava-se de Juliana fazendo com que ele lhe prometesse que Gabriela seria protegida. Em tempos distintos, em confusões cronológicas, era comum acordar assustado, ouvindo vozes de fantasmas disformes, sem tempo; Juliana dizendo "promete?"; Salvador reforçando "para sempre?". "Sim", ele respondia, então, sem entender. E acordava dos domínios dos sonhos...

Se não fossem as letras garrafais e o sensacionalismo a evidenciarem sua liberdade, aquela foto na *Gazeta* poderia ser uma imagem de Scaciotto deixando um resort. Mas não se sai ileso de um regime penitenciário: doutor ou iletrado, crente ou sem fé, o mundo próprio da penitenciária sempre deixa alguma indelével marca naquele que o habita. Em seis anos, Scaciotto transformara-se em um homem que não tinha nada. Logo que saiu, fez o pedido para ter sua Gabriela de volta, um pedido negado pelo Judiciário. E talvez essa negativa tenha sido a maior marca que Piraquara deixou no pensador cristão – junto com a do correr do tempo, inevitável. Quando colocou os pés na penitenciária, Salvador era um conceituado professor, um homem saudável, o chefe de uma família feliz, com uma esposa inteligente e uma formidável criança. Quando saiu, não era nada nem tinha nada. Os títulos emoldurados – todos eles – não auxiliavam: a marca de Piraquara era mais forte. Então, estava desempregado. E havia perdido Juliana e Gabriela.

Desde que Tereza Koch fora assassinada, um muro de cortina e cheio de ectoplasmas de fantasmas alemães se ergueu, mais ou menos na Avenida 7 de Setembro, separando o lado da Reitoria do lado do Prado Velho: os kleinistas da UFPR e os kochianistas da PUC. E, se a credibilidade do kleinismo fora abalada pelo assassinato cometido pelo marido de Juliana, o kochianismo andava na tênue linha entre a piedade e o medo de que Franz pudesse revidar – como seus antepassados sempre revidaram – os ataques dos Klein. Em comum, alheio ao muro e aos embates entre seguidores de Juliana ou de Franz, restava o sentimento de incompreensão do crime.

Em sua palestra, Tereza falara sobre Sartre, um assunto aparentemente estranho às especialidades de Salvador Scaciotto (Agostinho e Platão) e de Juliana (Nietzsche). Nas discussões acadêmicas, em meio à briga da comunidade científica paranaense, defendia-se ora Klein, ora Koch, mas sempre de modo superficial, sem que de fato se soubesse o porquê de tal defesa, e, como de hábito, com desconhecimento do que realmente acontecera naquela noite no Guaíra. Scaciotto foi preso. Quando saiu, Juliana havia sumido e o Judiciário lhe negou a guarda de Gabriela. E, uma semana após essa decisão, Mirna Klein foi assassinada.

No Guaíra vazio, enquanto recordava promessas passadas e vislumbrava vinganças futuras, Irineu pensava na audiência a que logo mais compareceria. Sabia que as decisões judiciais eram determinantes no desenrolar dos casos. Recordava-se, olhando para as cadeiras vazias do teatro, de quando se sentou no plenário, no show que foi o júri de Scaciotto.

Mirna assassinada, Juliana fora... quem restara? Com este novo assassinato, a opinião pública voltava-se, furiosa, contra o suspeito Koch, e o episódio do teatro Guaíra era esquecido. De modo involuntário, conseguira uma nova chance judicial para ter a filha, só que dessa vez contava com o apoio dos psicólogos forenses. Após a morte da tia, Gabriela ficara introspectiva, e os psicólogos, atentando para o fato, registraram-no nos autos, de modo que o juiz saberia da situação. Salvador conseguira um improvável aliado ao seu pedido – seria um involuntário aliado? Enquanto pensava na possibilidade, o celular de Irineu tocou, e na tela apareceu a imagem rechonchuda de Sanches. Respondeu secamente e desligou. Olhou para Gómez e disse que não poderia ir à audiência.

"Como não? Estamos esperando por isso, não estamos?"

"Há outra prioridade."

"E o que pode ser mais importante que essa decisão? Não acha que pode ter algum nexo com a morte de Mirna?"

Irineu de Freitas suspirou. Era um assunto delicado, e já podia prever a reação do amigo.

lia feliz, com uma esposa inteligente e uma formidável criança. Quando saiu, não era nada nem tinha nada. Os títulos emoldurados – todos eles – não auxiliavam: a marca de Piraquara era mais forte. Então, estava desempregado. E havia perdido Juliana e Gabriela.

Desde que Tereza Koch fora assassinada, um muro de cortina e cheio de ectoplasmas de fantasmas alemães se ergueu, mais ou menos na Avenida 7 de Setembro, separando o lado da Reitoria do lado do Prado Velho: os kleinistas da UFPR e os kochianistas da PUC. E, se a credibilidade do kleinismo fora abalada pelo assassinato cometido pelo marido de Juliana, o kochianismo andava na tênue linha entre a piedade e o medo de que Franz pudesse revidar – como seus antepassados sempre revidaram – os ataques dos Klein. Em comum, alheio ao muro e aos embates entre seguidores de Juliana ou de Franz, restava o sentimento de incompreensão do crime.

Em sua palestra, Tereza falara sobre Sartre, um assunto aparentemente estranho às especialidades de Salvador Scaciotto (Agostinho e Platão) e de Juliana (Nietzsche). Nas discussões acadêmicas, em meio à briga da comunidade científica paranaense, defendia-se ora Klein, ora Koch, mas sempre de modo superficial, sem que de fato se soubesse o porquê de tal defesa, e, como de hábito, com desconhecimento do que realmente acontecera naquela noite no Guaíra. Scaciotto foi preso. Quando saiu, Juliana havia sumido e o Judiciário lhe negou a guarda de Gabriela. E, uma semana após essa decisão, Mirna Klein foi assassinada.

No Guaíra vazio, enquanto recordava promessas passadas e vislumbrava vinganças futuras, Irineu pensava na audiência a que logo mais compareceria. Sabia que as decisões judiciais eram determinantes no desenrolar dos casos. Recordava-se, olhando para as cadeiras vazias do teatro, de quando se sentou no plenário, no show que foi o júri de Scaciotto.

Mirna assassinada, Juliana fora... quem restará? Com este novo assassinato, a opinião pública voltava-se, furiosa, contra o suspeito Koch, e o episódio do teatro Guaíra era esquecido. De modo involuntário, conseguira uma nova chance judicial para ter a filha, só que dessa vez contava com o apoio dos psicólogos forenses. Após a morte da tia, Gabriela ficara introspectiva, e os psicólogos, atentando para o fato, registraram-no nos autos, de modo que o juiz saberia da situação. Salvador conseguira um improvável aliado ao seu pedido – seria um involuntário aliado? Enquanto pensava na possibilidade, o celular de Irineu tocou, e na tela apareceu a imagem rechonchuda de Sanches. Respondeu secamente e desligou. Olhou para Gómez e disse que não poderia ir à audiência.

"Como não? Estamos esperando por isso, não estamos?"

"Há outra prioridade."

"E o que pode ser mais importante que essa decisão? Não acha que pode ter algum nexo com a morte de Mirna?"

Irineu de Freitas suspirou. Era um assunto delicado, e já podia prever a reação do amigo.

"Gómez, por segurança coloquei meu escrivão no encalço de Koch. Desde a morte de Mirna..."

"Irineu, seu idiota! Você está sendo expulso da polícia por culpa desse cara. Que ideia fixa e estúpida, meu Deus!"

"Se não tínhamos uma prova concreta de que ele está atrás dos Klein, agora temos: Franz Koch e Gabriela estão em um café."

"Como assim?"

"Gabriela está com uma mulher que Sanches não soube reconhecer – talvez seja a mãe de uma amiga ou alguma professora do colégio. Koch está seguindo as duas há algumas horas. Gabi e a mulher entraram em um café. Koch estacionou e entrou em seguida."

"E?"

"Os dois estão juntos, Gómez, não vê? Koch está sentado na frente de Gabriela."

17. Vós que entrais, deixai a esperança (2)

2008

Na frente do casarão, Irineu via a garoa fina que caía no Batel. E ninguém dentro da residência conseguia aplacar a ira do marido encarcerado. A mãe e esposa, Juliana Klein, a única que poderia afagar a filha e acalmar o marido, era feita de estranha ausência, de resquícios de cabelo e sangue.

A garoa curitibana persistia, mas Irineu não tinha vontade de entrar na viatura. Os gritos ainda não haviam cessado quando um rapaz da Polícia Científica o procurou.

"Delegado, há uma coisa lá dentro que vai querer ver."

"Está de sacanagem?"

"Estava certo. Há algo sob todo aquele sangue. Parece uma frase."

"E o que é?"

"Ainda não sabemos. Vai ser delicado tirar o sangue sem prejudicar o batom."

Irineu já caminhava a passos largos para a casa, quando Gómez apareceu na porta.

"Está louco? Não vai entrar de jeito algum."
"Quero ver o que está escrito."
"Verá, no tempo certo. Agora não dá para enxergar nada. Acalmamos Scaciotto e o convencemos a tirar Gabriela desta trincheira. Acredite, Irineu: neste momento, o melhor que faz é sumir um pouco.

* * *

O melhor que faz é sumir um pouco. A frase voltava à cabeça de Irineu e o lembrava de sua responsabilidade com a família. Ficou perambulando por dois dias, com a cabeça remoendo: Juliana extasiada e bêbada, na cama, as três pequenas tatuagens nas costas nuas... Fechou os olhos, e os três pontos negros da tatuagem voltavam com estridente potência. Era difícil admitir que ela não estivesse mais ali, não mais em Curitiba. Com os olhos fechados, sua memória corrompia o tempo...

"*É estranho que uma pensadora tão séria tenha tatuagens.*"

E Juliana riu, de bruços, orvalhada de suor, as gotas escorrendo pelas tatuagens, caindo no lençol.

"*Por quê? Se o sujeito pensa, não pode fazer nenhuma marca em seu corpo?*"

"*Não quis dizer disso. O que significam essas tatuagens?*"

"*São três imagens conhecidas. Vamos ver se acerta...*"

"*A primeira eu sei. São os relógios moles. Da Vinci, não é?*"

"*Dali.*"

"*Tudo a mesma merda... O segundo... Credo! É um homem comendo uma criança?*"

Juliana riu.

"*É uma das famosas pinturas negras de Goya. Chama-se* Saturno devorando um filho. *E a terceira, conhece?*"

"*Não. Vejo uma águia de cabeça para baixo e um punhal. O que significa?*"

"*A morte, retratada por um curitibano: Poty Lazarotto.*"

Depois daquele dia, sabia, toda vez que visse uma pintura de Poty, lembraria que o corpo de Juliana havia sido também receptáculo do artista, de uma imagem que a lembrava da proximidade da morte. O tempo, um antropofágico e filicida pai, e a morte, na forma de uma águia açoitada por uma adaga: um corpo presente, que custava a passar.

Seu suor impregnado no corpo dela, fundido com o suor dela; o olhar de Scaciotto no porta-retratos do leito matrimonial; Gabriela lutando contra os maus sonhos no quarto ao lado... Inutilmente tentava lembrar o exato momento em que baixou a guarda e Juliana Klein falou algo importante que lhe passou despercebido. No travesseiro pertencente a Scaciotto, a cabeça rodava. O presente do pretérito...

"*Fazia tempo que não sentia isso...*", falou Irineu.

"*O amor?*"

"*Não. Tudo rodar...*"

"*Pois faz tempo que não sinto o amor. Já, quanto a ver tudo rodar e rodar, não sinto falta: vejo assim desde que me entendo por gente.*"

Riram, bêbados. E logo dormiriam, despidos, sem despedidas.

Quanto a ver tudo rodar e rodar, não sinto falta: vejo assim desde que me entendo por gente, relembrava o delegado, três anos depois. Uma frase idiota que Juliana usara para confessar que, naquele momento em que tudo rodava e que o marido provavelmente era usado como a mocinha virgem da cadeia, o seu mundo rodava. Talvez ele tivesse perdido a parte mais importante quando dormiu, enquanto o mundo rodava. Talvez, naquele momento, dormindo, rodando e sentindo o amor, Juliana tivesse lhe dito o que fazer para salvá-la de seu destino trágico. Mas, quando acordou, no dia seguinte, Irineu só sentiu um latejar irritante nas têmporas, além de arrependimento e vontade de ir embora. Recusou-se a tomar banho, vestiu a roupa amassada e encontrou Mirna e Gabriela na sala – tia e sobrinha brincando felizes. A menina o viu e se jogou em seus braços. Mirna Klein limitou-se a grunhir, perguntando se queria que chamasse um táxi. Irineu assentiu e saiu, com um beijo frio no rosto de Juliana.

Três anos depois, o melhor que podia fazer era ficar longe. *Cidade louca*, pensou, enquanto o mormaço modorrento da tarde se transformava em uma fina garoa sob um céu gris, ao redor de caras crispadas, de ânimos desfigurados, destroçados pelo correr de um rotineiro dia. Carregava o sobretudo enrolado em uma das mãos e se lembrava de que não era Dupin nem Poirot. E, cansado, concluía que não havia poesia naquilo, que não era lírico se empapar de suor e garoa e se esconder em um boteco no Centro, com bêbados desconfiados. Começou a chover mais forte, quando o celular tocou, era Gómez.

"Irineu? Que gritaria é essa? Está em uma zona?"

"Antes fosse. Alguma novidade?"

"Sim. Estão finalizando a retirada do sangue no quarto. Você estava certo. Há uma frase... Quer ver comigo?

"Claro. Já estou indo para o Batel."

"Quer carona?"

"Eu pego um táxi."

Desligou o telefone, e nenhum carro aparecia. De um dia para o outro, porque recordara o passado, o furor com que desejara conhecer a frase escrita com batom havia esmaecido com a chuva sovina de Curitiba. Permaneceu mais quinze minutos. Um bêbado ria, apontava ostensivamente o indicador; era um sujeito barrigudo, com a camisa aberta, os pelos brancos do peito saltados. *Se ficasse, arrumaria confusão*, pensou, mas logo percebeu que era apenas uma justificativa para sair na chuva. Então o celular vibrou. Novamente Gómez.

"Irineu. Descobrimos uma coisa..."

Curitiba é um rio caudaloso; nesse rio, bêbados e acadêmicos são arrastados – Irineu e Juliana também. Juliana, cada vez mais fustigada, cada vez mais ausente... seu grito pedindo auxílio longínquo: lá da memória.

"Não acredito! É sério que... que fizeram... que fizeram isso com Juliana? Já estou chegando."

Meteu o celular no bolso e saiu sob a chuva. Entrou em um táxi e sentiu o peito doer mais que o normal;

sentiu muito mais que a raiva costumeira de quando perdia casos intrincados. Tentou esquecer a música antiga e melosa que vinha do táxi, e arriscou conjecturas solitárias que lhe mostrassem que aquilo era falso, que *tudo aquilo* era falso. O percurso demorou menos do que esperava, ou do que desejava. O casarão lhe vinha novamente à cabeça, sem que pudesse mudar seu curso, sem que tivesse um pensamento plausível para o que estava acontecendo.

"Não acredito", repetiu para Gómez. Pensara em milhões de coisas que pudesse usar para refutar o que o colega estava dizendo, mas só conseguia dizer que não acreditava.

"Sei que não. Mas o depoimento é verdadeiro, está bem encaixado. Não parece mentira."

Gómez suspirou e pediu ao amigo que o acompanhasse. Ao entrar na casa, virou-se e confirmou que não havia mais ninguém da família ali.

"Onde estão Salvador e Gabriela?"

"Estão se preparando para o enterro."

"Enterro?"

"Salvador pediu. Gosta da coisa à moda antiga: o corpo, ou o que sobrou do corpo, descendo à terra, em campo santo, em um cemitério, abençoado por um santo padre."

"Vou a esse enterro."

"Está de brincadeira comigo, não está?"

"Se algum maluco fez tudo o que fez, foi para observar o sofrimento dos que ficam. Tenho certeza de que ele irá ao enterro."

Gómez continuou andando e pegou o isopor que trazia a inscrição: "Para entregar no Batel."

"Trouxeram *isso* aqui?"

"Sim."

"E nenhum puto sabe quem foi o mandante?'

O delegado curitibano suspirou. "Se eu contar, você não vai acreditar. E vai querer que o rapaz repita tudo."

18. Vós que entrais, deixai a esperança (3)

2008

O rapaz repetia mecanicamente que não queria problemas, que só tinha feito o que mandaram que fizesse. Era um sujeito de aproximadamente 30 anos, gordo, calvo e de olheiras profundas. Usava uma camisa branca puída no colarinho, com o logotipo do Crematório Curitiba no peito.

Irineu entrou e se apresentou.

"Conte-me tudo o que aconteceu."

"Já contei todos os detalhes. Já escreveram tudo, por que preciso repetir?"

"Não falou para mim."

"Tudo bem. Não quero problemas com a polícia."

"Mas parece demonstrar bastante medo..."

"Porque, de uma hora para a outra, ficam me acusando de assassinato. E da senhora Juliana, ainda..."

"Conhecia Juliana Klein?"

"De nome. Nunca vi pessoalmente. Quero dizer, acabei vendo, já morta, e não reconheci. Descobri depois, quando Salvador me mostrou os retratos. Conheço Juliana Klein como conheço muitos professores: apenas por contato telefônico."

"Conte tudo. Desde o começo."

"Meu sócio recebeu uma ligação, como tantas outras. Uma pessoa que estava com pressa. O serviço precisa ser feito logo, ou o corpo começa a feder. Eu encaixo um horário, o corpo chega e fazemos o procedimento."

"Procedimento?"

"Sim. Falando para leigos, besuntamos o morto com álcool, metemos na fornalha. O que resta é o pó. Quanto mais rápido, melhor para todos."

"Mas não precisam de autorização da família? E de declaração de vontade do morto? Quem autorizou?"

O homem balançou a cabeça negativamente, enquanto balbuciava, mostrando os dentes corroídos: "Não, ninguém autorizou."

"Quer dizer que é proprietário de um crematório e que transformou Juliana em pó sem autorização de ninguém?"

O rapaz fez que sim com a cabeça.

"Tem noção de como essa afirmação é estúpida? Esta mulher foi assassinada! Serão indiciados como cúmplices de um assassinato. Conseguiram acabar com o corpo de delito."

"Já expliquei, mas explico novamente. Só peço que não fique tão nervoso. Por favor..."

"Você põe fogo no corpo da mulher e vem me pedir que fique calmo? Seu filho de uma puta! O que está achando que é isso aqui?"

"Irineu, deixe o homem explicar", interveio Gómez

"Em nossos registros, temos informações de todos os corpos que chegam, toda a documentação, a demonstração da vontade do falecido, tudo. Podem investigar, nosso crematório sempre trabalhou de acordo com a lei."

"E o que aconteceu com Juliana?"

"Doutor, temos um convênio. Com quatro universidades curitibanas. Instituições com cursos na área biológica. Realizamos um serviço diferente do que propomos aos particulares. São mensalistas. E, como nos pagam por mês, não temos um controle exato de quem manda o quê."

"Como *quem manda o quê*?"

"Essas universidades trabalham com corpos humanos e com carcaças de animais. Normalmente, os corpos são de indigentes, pessoas que nunca foram reclamadas por nenhum familiar. As universidades retiram os órgãos, fazem o que têm de fazer, e isso inclui o trabalho burocrático. Quando dissecam um corpo, já possuem os documentos para seu estudo e descarte. Assim também acontece com os animais: cães, gatos e bichos de pequeno porte. Após as experiências, eles mandam o resto. É mais barato e mais higiênico. Um negócio bom para nós, que temos contrato de mensalistas, e ótimo para eles, que se livram dos entulhos."

"Mas Juliana não era um entulho. Era uma vítima de assassinato."

"É este o ponto: não temos os nomes, nem os documentos, nem a autorização para cremá-los. Legalmente, supõe-se que as faculdades já tenham cuidado desse trâmite – está explicitado em nosso contrato."

"Você viu quem levou o corpo de Juliana para o seu crematório?"

"Não vi, mas posso afirmar que era alguém de alguma das universidades com que trabalhamos. Não houve nenhum sujeito diferente na ocasião. Recebemos indigentes e alguns beagles – isso acontece todos os dias. Não havia como sabermos que era uma fraude, uma queima de arquivo."

"E não pegaram nenhum dado de quem levou o corpo?"

"De quem? Do motorista? Realizamos o procedimento-padrão. Demos uma ficha, ele colocou um rabisco, um visto. E só. Ah, havia o lembrete! Pedia que os restos fossem entregues em um endereço. Eu faço as entregas pessoalmente, quando solicitam. Entreguei os restos do corpo, e o senhor Salvador pediu que eu entrasse. Apontou para a parede, pediu que eu olhasse com atenção os quadros. Perguntou se eu era capaz de reconhecer algum rosto. Fui sincero: respondi que a moça era a mesma que taquei no fogo. Ele começou a chorar. Só assim descobri que era Juliana Klein."

"Prestou atenção no corpo da moça?"

"Sim, e estranhei. Era diferente da maioria dos corpos que as universidades nos mandam. Estava machucada, com um buraco de bala na cabeça, é verdade. Mas inteira."

Irineu sentiu uma estranha vontade de chorar, e não sabia se vinha da dor de perder uma pessoa que lhe parecia cada vez mais próxima, ou da raiva de ser enganado. Pensava que qualquer indigente, transformada em pó, poderia virar Juliana, a ser entregue no endereço do casarão. Não podia confiar plenamente no juízo de um dono de crematório que reconhecia seu morto por meio de uma fotografia existente no casarão do Batel.

"Antes de cremar o corpo, reparou em algum sinal? Alguma característica?"

"Além dos machucados? E do tiro na cabeça? Bom, deixe-me ver... sim, a mulher tinha três tatuagens nas costas. Lembro que uma delas parecia ser de alguma seita: um pássaro virado para baixo, uma adaga..."

"Apenas uma última pergunta..."

"Sim."

"Quais são as faculdades conveniadas?"

"Evangélica, Metodista, PUC e Federal, apenas."

19. Uma vela para Juliana

2008

"Apenas Ele possui a perfeição. Fragilizado é o corpo, minúscula é a alma do homem diante da ubiquidade de Deus. E por mais que o homem se insurja contra Ele, não conseguirá, porque Ele é maior."

O padre discursava na frente de uma pequena caixa de madeira, que continha um manual de filosofia, uma roupa e o pó que a representava. Irineu colocou seu sobretudo e um chapéu. Não foi difícil se camuflar: o enterro de Juliana Klein foi disputado por jornalistas, professores e muitos estudantes. Escutava o padre e não se preocupava com Scaciotto: o marido estava absorto ao lado do caixote de madeira, com as mãos unidas, os olhos baixos, os lábios sussurrando alguma oração. Ao lado dele, estava Gabriela, e esse era o único medo do delegado.

Gabriela, com um braço em torno da cintura do pai, olhava para a pequena caixa de madeira. A menina parecia maior, mais forte, subitamente transformada em moça – o doloroso ritual Klein. Recebeu cumprimentos, sorriu polidamente, deixou-se abraçar para todos os pêsames. Não estava desesperada como o pai, parecia até que procurava fortalecê-lo. Irineu a observava e sabia – a experiência lhe dizia – que, em um momento como aquele, sobriedade e torpor podiam se confundir. E mesmo acreditando que Gabriela estivesse distante, disfarçou e escondeu o rosto sob o chapéu toda vez que a menina pareceu deixar o próprio mundo para conferir quem estava presente. Com o chapéu na fronte, olhando para o lado enquanto era fulminado pelo olhar de Gabriela, viu um rosto conhecido, que sua memória já gravara.

Era uma jovem – certamente, uma estudante – também apagada na multidão. No meio dos ostensivos óculos, erigia-se um nariz enorme, adunco, sobre uma boca fina e grande. Tinha os cabelos ralos e ressecados até a altura de seu ossudo ombro. Irineu já se esquecera do caixote, do sermão e do perscrutar de Gabriela. Tirou os óculos, e seus olhos se cruzaram. A moça corou, fingindo enxugar uma lágrima. E se virou, misturando-se com a multidão. Irineu sorriu e a seguiu, satisfeito com sua memória. Por baixo da saia longa, percebeu que mancava, um andar manquitola menos chamativo que o de Franz Koch. Quando estava próximo, chamou-a pelo nome:

"Veio prestar a última homenagem à sua inimiga, Fernanda? Que alma gentil! Quer conversar um pouco sobre isso?"

A menina se virou e retirou os óculos escuros. Uma lágrima rolou de seu olho esquerdo, e, dessa vez, não era encenação.

"Tenho opção?"

"Claro. Pode me acompanhar... ou seguir seu caminho. Não tenho um mandado, não posso retê-la."

"E o que acontece se eu não o acompanhar?"

"Justifico que fugiu de uma abordagem e a prendo como suspeita. Chamaremos advogados, a coisa irá se arrastar, seus pais irão chorar; os amiguinhos, comentar. E, no final, terá de falar, da mesma maneira. Mas a escolha é sua."

A menina guardou na bolsa os óculos que escondiam um olhar estrábico. Já não mais parecia ser capaz de chorar, o semblante subitamente se fechara em uma carranca desagradável.

"Onde está seu carro?"

Irineu apontou a viatura ao responder:

"Entre. Antes, preciso fazer uma ligação."

Pegou o celular, esperou que a jovem batesse a porta com força, coçou a cabeça. Se ligasse para Gómez, sabia que o amigo iria repreendê-lo, pois era imprudente agir daquele jeito: pegar álibis e, sem mais nem menos, metê-los em uma viatura. Diria que estava cruzando uma perigosa linha divisória entre fazer o próprio serviço e querer implicar uma pessoa em um crime no qual se está subjetivamente envolvido – por ligação com a vítima. Guardou o celular e entrou na viatura.

"Conhece algum café onde possamos conversar?"

"Café? Achei que conversaríamos no seu gabinete."

"Tá, pode ser aqui no carro mesmo. O que estava fazendo no funeral de Juliana?"

"Estava pedindo desculpas."

"Por quê? O que fez contra ela?"

A menina riu, e a boca grande tomou um formato engraçado, parecia mesmo uma sapa nariguda contorcendo os lábios finos.

"Diz que quer conversar, e já está me incriminando. Tenho milhões de motivos para pecar, e nem por isso sou uma assassina."

"Só perguntei por que você quis se desculpar."

A jovem suspirou ao explicar: "Falei muito mal de Juliana, desde o incidente..."

"Desde que foi reprovada na Federal?"

"Desde que Juliana tomou minha monografia como afronta pessoal. Sustentei minha tese porque havia estudado para aquilo."

"E por isso ela te reprovou?"

"Não só reprovou, como também me humilhou na frente de todos. Pesquise na Federal, e entenderá o que digo. Pergunte como foi o julgamento da boca de sapo. É uma piada pronta. Depois daquele dia, nunca mais pisei lá."

"E o que fez?"

"Saí chorando. Os gritos de Juliana se transformaram em fantasmas. Depois de uma semana, cheguei ao gabinete de Franz Koch. Ele me acolheu, e estou até hoje lá, ao lado dele. Se não fosse o professor Koch, eu seria eternamente a renegada da Federal. Estar ao lado dele, agora, é sinônimo de gratidão."

"É tão leal assim? Seria grata mesmo se soubesse que ele matou Juliana?"

"Ele não matou Juliana Klein."

"Fernanda, fiz uma pergunta hipotética: seria leal mesmo que ele confessasse o assassinato?"

A jovem abaixou a cabeça e franziu os lábios ao responder:

"Não sei. Não sei o que faria. Juliana era inteligentíssima, não há dúvida. O que aconteceu comigo foi grotesco, mas essa morte é ainda um absurdo maior. Sinto pela família Klein, lamento muito."

Continuou com os olhos fechados, rugas brotaram em sua testa. Novamente ficou concentrada e vermelha.

"E, por outro lado, não posso negar que Koch me retornou à vida. Não consegue imaginar, delegado. Acha que Koch é um homem ruim, mas ele não é. Tiraram a esposa dele. E acha que ele não sofre por ter de cuidar sozinho de Adam? E por ter de conviver com toda essa boataria que é um vingador? O meio acadêmico é cruel. Velado. Por ideais, mata-se e morre-se, como aconteceu com a coitada da Tereza, que só se fodeu nesta vida. Peço perdão pelo termo, mas foi isso que ocorreu. Os alunos fazem gracinha. Se o professor se atrasa cinco minutos, já começam as piadas: a polícia invadiu a casa dele, e acharam corpos na geladeira; a barriga do professor aumenta por causa dos corpos congelados que ele come. Acha que isso é fácil? É um meio desgraçado, e ele está sobrevivendo."

"Se acredita tanto na inocência dele, por que saiu correndo quando me viu?"

"Porque sei que ele é o maior suspeito. E sei que eu e mais duas alunas somos acusadas de forjar um álibi para que ele se safe. Não sou tão fria como Koch. Já estava nervosa, queria passar despercebida no enterro. Aí o vi e me assustei."

"E o que diz do álibi?"

"Estava com Koch no dia em que tudo aconteceu. Descobri que outra menina – que só conhecia de vista, a Olga – tinha uma orientação marcada no mesmo horário. Demos risada, as duas sentadas na sala de espera, a porta trancada. Então chegou aquela outra menina, famosa por ter um caso com ele."

"Não são boatos?"

"Boatos? Todos da Federal e da PUC sabem da aluna gostosa que dá para ser aceita. Nunca foi um boato."

"Está certo. Vocês esperaram, acreditando que Koch tinha se equivocado no horário. Ele costumava se atrasar?"

"Nunca. Era um relógio em bom funcionamento."

"Certo. Vocês estão esperando. Aí chega a aluna que dá para o professor. E?"

"Dá um sorriso jocoso e entra na sala de Koch."

"A porta não estava trancada?"

"Acho que dar para o professor traz, além da orientação, alguns benefícios extras. Como o de ter uma chave própria, que nem Tereza tinha."

"E por que ela entrou, se Koch não havia chegado?"

"Não afirmei que Koch não havia chegado, só disse que a porta estava trancada. Vinte minutos depois, a porta se abre, e eu e Olga somos chamadas. Ele estava suado e vermelho; Aline estava sentada na bancada de apoio, com as pernas cruzadas e fechando lentamente os botões da camisa. Uma puta. Lembro que, ao lado dela, havia um porta-retratos deitado. Lembrava que era um retrato de Franz com Tereza e Adam ainda bebê."

"Sentiu raiva de Aline. Por que não de Koch?"

"Porque sinto gratidão ao professor que me ajudou. Mas ela é só uma aproveitadora."

"Sente toda essa gratidão por um sujeito que mente para você? Por que seu professor erraria o horário? Não acha que ele deliberadamente mentiu, e deixou que as duas esperassem?"

"Sinceramente? Acho que se enganou com as orientações e marcou duas alunas para o horário que seria da foda. Está no direito dele. É homem, tem necessidades, e arrumou alguém que as satisfaça. Não posso ficar brava por ter esperado, durante vinte minutos, que Koch soltasse os fluidos dele. Depois de tudo o que ele fez, eu seria ingrata se o julgasse por isso."

Era inútil continuar, sabia Irineu. Todas as perguntas remetiam à humilhação causada por Juliana e ao carinho que a jovem sentia por Koch.

"Ok. Agradeço e peço desculpas pela maneira como a abordei. Não tenho mais perguntas."

"Sem problemas, delegado. Posso ficar aqui no carro mais cinco minutos?"

"Por quê?"

Fernanda apontou com o braço: Scaciotto caminhava para a saída do cemitério, sustentado pela filha, parecendo dilacerado. Como Fernanda, Irineu não queria ser visto. Naquela circunstância, arrancar com o carro significaria chamar atenção. E os dois, investigador do crime e álibi do réu, abaixaram a cabeça no instante em que Gabriela, de braços dados com o pai, notou que uma viatura, estranhamente, guardava a casa dos mortos. Silenciosos, de cabeça baixa, permaneceram a aluna e o delegado, como dois fantasmas. Como dois culpados.

* * *

Depois que deixou o local, Irineu ligou para Sanches.
"Olá. Está sentindo minha falta? Tenho um serviço para você. Quero que me ajude nesse caso de Curitiba."
"Como? O senhor mesmo disse que não estava investigando..."
"Não estava, mas agora estou."
"Conseguiu a autorização?"
"Não. A corregedoria negou. Consideram uma afronta que um delegado do interior esteja à frente do trabalho de maior repercussão do estado. Gómez foi destacado, e é um bom homem, permite que eu o ajude, mesmo informalmente. Mas, como não tenho o comando, fico de mãos atadas, só posso opinar. Mas isso é pouco, e temos linhas de raciocínio diferentes. No entanto, não quero deixar Curitiba. Desta vez, não serei derrotado."
"E como quer que eu ajude?"
"Por fora. Que me ajude a investigar os três álibis de Franz. Pegue um ônibus e venha para cá."
"Por fora? Quer dizer, uma investigação ilegal? E ainda quer que eu vá de ônibus? O senhor sabe que não me sinto bem naquelas cadeiras apertadas."

"É para lembrá-lo de fazer um regime. Só assim aprenderá."

O escrivão grunhiu e desligou o telefone. Era um limite perigoso que transgrediam. Revirariam Curitiba e o tempo, ilegalmente, atrás de pegadas que comprovassem uma teoria já formada. Forçariam conexões, depoimentos, encontros... capazes de sustentar algo que, na mente do delegado maringaense, já fora julgado. E se qualquer coisa desse errado, se qualquer interceptação fosse revelada para o grande público, se Curitiba se insurgisse contra aqueles dois corpos estranhos, Irineu botaria tudo a perder: falharia na investigação e seria acusado e apedrejado, sem nenhum pregador que o defendesse, que advogasse em sua causa e explicasse ao mundo que todos são pecadores e que, portanto, jogasse a primeira pedra quem nunca pecou, assassinos ou investigadores ilegais. Na cidade de haicais arlequinais, de eternos filhos e de vampiros tímidos, ninguém interviria a seu favor. Nas antitéticas (ou paradoxais?) lamentações de Curitiba, o Salvador estava omisso e ocupado consigo mesmo: era um assassino e por seus atos pegara cárcere fechado.

20. Cérbero é um cão de três cabeças

2008

"Curitiba é sua, Gómez. Acompanharei de longe, a partir de agora. Refleti, realmente é melhor que me distancie. Estou muito envolvido – subjetivamente envolvido, como diz. Agradeço a oportunidade, e fico na torcida. Sorte, amigo!"

"Sei que quer muito resolver esse crime, Irineu. Está abalado com a morte de Juliana e pensa que Koch é o assassino. Não descarto sua hipótese: ele é o maior suspeito. Mas, se dermos um passo em falso agora, ferramos com tudo. Ele não representa riscos: é um professor conceituado, não fugiria de Curitiba. Será ouvido, como também serão ouvidas as três alunas que ele apresentou como álibis. Tenho certeza de que logo resolveremos esse caso."

"Assim espero. E para o que precisar, estarei por perto."

"Não voltará para Maringá?"

"Prolonguei minha licença, estou exausto. Ficarei, para descansar. Acredita que não conheço a Ópera de

Arame? Nem o Niemeyer? O que sugere a um turista cansado, como eu?

"Irineu!"

"O quê?"

"Não vá fazer nenhuma cagada."

"O que eu faria? Pegar o biarticulado errado? Assistir a um jogo desses timecos daqui?"

"Irineu!", repetiu Gómez, em tom reprovativo.

"Estou enchendo o saco. Sei que sentem orgulho do futebol da capital. E que acham que os interioranos são iludidos que torcem para times paulistas."

"Pare de falar besteiras! Sabe que não estou falando disso..."

"Não sei, não."

"Não coloque tudo a perder, só isso."

"Tenha sorte, amigo. E fique de olho em Koch. Ele cheira a podridão. Até logo!"

No mesmo dia, Irineu e o escrivão se instalaram em um hotel barato entre o Guaíra e o prédio histórico da Universidade Federal. No quarto, pediu ao seu encarregado que invadisse o Facebook de Aline. Sanches, que fora um aprendiz de programador de sistemas antes de entrar para a polícia, explicou que já havia invadido e-mails, mas sempre por meio do envio de um programa espião para a vítima.

"Sem chance", respondeu o delegado. "Não quero nenhum contato com Aline. Se um antivírus nos denunciar, tudo estará perdido. Ela já deve estar desconfiada."

"Bom, assim fica mais difícil..."

"Porra. Você vive dizendo que é um hacker. Na hora de entrar em uma merdinha de Facebook, arrega?"

"O Zuckerberg dificulta. Não é tão simples como era com os indianos do Orkut. Mas tenho uma ideia. Sabe onde encontrar Aline?"

"Ela está direto na Federal. Por quê?"

"Se me levar até ela, conseguirei a senha."

"Olhando para a moça?"

"Doutor, deixe isso comigo."

* * *

Horas depois, estavam na frente do campus, com um carro alugado, à espera de Aline. Quando a moça apareceu, os dois a seguiram por alguns quarteirões.

"É bonita essa jovem, hein! Está escolhendo bem os perfis que devemos invadir."

"Não brinque com isso. E me diga de uma vez. O que vai fazer?"

"Doutor, deixe comigo." O escrivão piscou e saiu do carro. Aline andava a passos enérgicos, e o gordo funcionário quase teve de correr para alcançá-la. Irineu via tudo de dentro do veículo, já arrependido da besteira de tentar invadir o perfil da moça. Viu quando seu homem a chamou, estendendo-lhe o braço, e viu a cara de surpresa que ela fizera ao olhar para trás e erguer os óculos escuros. Viu quando Sanches falou alguma coisa e Aline concordou impacientemente com a cabeça. Enquanto ela falava, ele anotava tudo em um papel. Por uns cinco minutos, Irineu visualizou uma estranha entrevista entre a suspeita e o funcionário. No final, ela deu um leve sorriso, virou-se e continuou a caminhar. O escrivão enxugou o suor da testa com uma das mãos e voltou lentamente.

"Pronto. Aqui está a senha da menina, doutor", falou, entregando a Irineu o papel cheio de garranchos.

"Que porra é esta?"

"Consegui a senha. Não era o que queria?"

O delegado olhou para o papel e tentou compreender os garranchos. Na folha estava escrito:

Nome do primeiro colega com
quem fez amizade na escola:
ALEXANDRE
Lembra-se do logotipo do primeiro
colégio em que estudou?
**CRIANÇA SEGURANDO UM GLOBO. ALGO PARECIDO
COM O ATLAS DA MITOLOGIA GREGA.**
Lembra-se de algum conselho ou princípio ético
que alguma professora do ensino fundamental
lhe tenha transmitido? Se sim, qual?
**SIM. A TER MEDO DE PALHAÇOS. QUANDO EU FAZIA
BAGUNÇA, ELA FALAVA DE PALHAÇOS ASSASSINOS.**
Recorda-se do nome de sua professora
do primeiro ano? Se sim, qual era?
NEUZA PINTO
Mantém contato com ela? Sabe se ela ainda está viva?
NÃO.

"Que porra é essa?"

"O que me pediu. A senha."

"Como, homem?"

"Doutor, sabe qual é o segredo de um bom hacker? Não é saber informática, mas conseguir imaginar alguma maneira de burlar o sistema. É algo mais criativo que técnico."

"E saber quem foi o coleguinha daquela vagabunda vai ajudar a invadir o Facebook dela?"

"O coleguinha, não, mas a professora do primeiro ano vai."

"Como?"

"Tentei já entrar no Facebook como se fosse Aline, digitando qualquer código. Com a senha incorreta, cliquei no botão 'Esqueci a senha'. Quando se esquece a senha, a primeira opção é que o código secreto seja encaminhado para algum e-mail cadastrado."

"Mas você não tem acesso a esse e-mail, suponho."

"Não. Mas há uma opção para quem perdeu a senha e também não utiliza mais o e-mail cadastrado. É possível enviar um código de entrada para um novo endereço eletrônico, utilizando a resposta de uma pergunta de segurança. Aí é que há a pequena falha: o Facebook não é criativo, e usa perguntas de segurança que são padrão. Uma delas é exatamente 'Qual é o nome de sua professora do primeiro ano?'. Essa é a pergunta que aparece na rede de Aline; foi a pergunta-chave que ela utilizou. Quem decifrar o nome de sua primeira professora, conseguirá entrar em seu Facebook. Para não dar na cara, simulei uma pesquisa."

Irineu riu.

"Pesquisa?"

"Sim, disse que pertencia a uma organização ligada à Secretaria de Educação e desejava saber qual era a memória afetiva e de consideração vinculada aos primeiros anos de estudo..."

"E ela topou numa boa?"

"Não, disse que estava com pressa. Então eu lhe disse que o primeiro dado obtido com a pesquisa dava conta de que a maior parte das pessoas que não valorizam o ensino fundamental não tem coragem de assumir. Aí ela se encrespou, disse que era professora de uma instituição muito conceituada, e que obviamente respeitava a própria classe."

"Não acredito! Foi genial. Não é o que se espera de um hacker, mas foi muito bom."

"Não sou um hacker, apenas um interpretador do sistema."

Em meia hora, com a pergunta de segurança, mudaram a senha do Facebook de Aline Arnault. Sanches alertou que perderiam o acesso assim que ela notasse a invasão. Mas foi dessa maneira que o enorme volume de conversas daquela que era o primeiro álibi de Koch foi formado e autuado na pasta preta, como se fosse um processo.

Irineu passou a noite acordado, debruçado nas páginas que compunham a biografia da jovem. Às seis e meia da manhã, desistiu: não havia nada além de conversas picantes e fotos sensuais, que tinham sido encaminhadas para o professor e para alguns rapazes.

Sentia atração por professores, mas não por Koch, o lance com ele era profissional, de manutenção da sua condição privilegiada. Com ele e por ele, conseguira não apenas o título de mestre, mas também uma matéria para lecionar na PUC. Nos dias anteriores à morte de Juliana, tinham marcado um encontro e, como estava sem tempo, o professor pediu que fosse no próprio gabinete. A menina concordou, até gostou, abominava rotina, e fazer amor na mesa da faculdade seria divertido.

Com a cabeça rodando, Irineu foi até a padaria mais próxima e pediu um café e um pão com manteiga. Nada. Nenhum código. Tudo era claro, mas poderia haver uma camada mais profunda, ainda invisível. Koch era inteligente e poderia ter conscientemente evitado a exposição na internet, prevendo a intercepção. A busca estava apenas começando, o delegado sabia.

E nos dias seguintes, Irineu seguiu a rotina de amanhecer naquele local com um café, um pão na chapa e a sensação de que deixava algo escapar. Contrataram um hacker de verdade e vasculharam, com pente-fino, a vida de Koch e de suas três orientandas. Tudo o que se relacionava com as moças confirmava a hipótese de que não estavam ligadas ao crime e, naquele dia, tinham sido testemunhas oculares da inocência do professor.

"Aline e Fernanda estão limpas, doutor. É continuar a dar murro em ponta de faca...", falou o escrivão depois de uma semana de pesquisa.

"Mas as duas são ligadas a Koch, então podem ter combinado que o protegeriam. É muita coincidência.

Uma tem interesse no cargo, a outra era inimiga de Juliana..."

"O filho de uma puta deixou todos os rastros possíveis e mesmo assim cometeu um crime perfeito. É um paradoxo."

Irineu logo se lembrou de Scaciotto ensinando aos jurados, ao juiz e à promotoria as diferenças práticas entre uma antítese e um paradoxo.

"Um crime perfeito... hum... não sei. E a terceira menina? A tal de Olga?"

"Essa foi pior. Nenhum elo, nenhum motivo que a fizesse mentir por Koch ou contra Klein. Carta fora do baralho."

"Vasculhou o passado?"

"Sim, nada relevante. É de Arapongas e fez filosofia na Universidade Estadual de Londrina. Namorou um cara durante a faculdade, mas depois o largou. Veio para Curitiba, começou uma pós-graduação na PUC e atualmente está sob a orientação de Koch. Só. Em sua tese de doutorado, citou na epígrafe um bicho estranho, de três cabeças, responsável por comer os invasores do inferno, um tal de "Cérebro", "Cérbero", algo do tipo. Amável, não? Essas meninas são como esse bicho. Você se volta contra uma cabeça, e as outras o matam."

"Não é possível! Olga tem de ter um motivo. A morte de Tereza, o uso da PUC para cremar o corpo... faltam as conexões... Quero que volte suas atenções apenas para Olga; esqueça as outras. Se pegarmos Olga, chegaremos até Koch."

21. Sartre nunca matou ninguém (3)

2011

"Koch está com a menina, Gómez. Sentado à mesma mesa."

"Isso não quer dizer nada. E a audiência?"

"Koch sabe que estamos de olho nesta audiência. E que, assim, nos esquecemos de vigiar Gabriela."

"Você já repetiu essa merda milhões de vezes. E nunca conseguiu provar."

"Porque perdemos oportunidades como essa."

"Certo, vou colocar dois policiais na cola da menina. Está feliz? Vamos para o fórum, chega de conversa."

"Gómez, não desconfio da capacidade de seus homens, mas não quero ser negligente, não agora. Essa é uma tarefa para nós. Ou para um de nós. Eles estão juntos, neste momento."

"Meu Deus, quanta teimosia! Ok, vá. Eu vou à audiência. Depois conversamos."

"Gómez..."

"O quê, criatura?"

"Esse é outro problema. Não posso ir, ele se lembra de mim."

"Quer que eu vá atrás dele?"

"Sim."

"Tem horas que você age como um imbecil!"

"Sim, talvez você esteja certo. Desde que mataram Juliana, preciso ser imbecil. Alguém precisa tomar para si esse fardo."

"Eu não acredito como ainda consigo cair nas suas. Está certo, então nos vemos mais tarde. Ligue se houver qualquer novidade."

Irineu se dirigiu à Vara de Infância e Juventude e Gómez saiu resmungando, sem entender muito bem o que tinha de fazer. Já no átrio do fórum, o delegado maringaense viu que dois engravatados aguardavam. Um escrevente anunciou a audiência e os dois homens entraram na sala de audiências em que seria decidido o futuro de Gabriela. O delegado entrou, identificou-se e pediu para presenciar o ato.

Lembraram, juiz e Ministério Público, todos os acontecimentos vividos por Gabriela, desde os 9 anos. Diziam do passado, da dor, das injustiças, capazes de resolver tudo em duas laudas. O celular de Irineu vibrou, e juiz e advogados o olharam com desprezo. Uma mensagem de Gómez:

Não há nada. É muito provável que Koch conheça a mulher que está com Gabriela. Conversou um tempo, saiu, sentou-se à mesa ao lado e pediu um café.

Irineu respondeu que a audiência não estava muito melhor e perguntou quem era a mulher. Logo o celular apitou anunciando a resposta.

Deve ser uma professora amiga de Juliana. Deve ser por isso que está com Gabriela e conhece Koch.

O jovem juiz escutou o promotor e perguntou se os advogados tinham alguma objeção a fazer. Ajeitou os óculos e informou que leria a sentença.

"Apesar do carinho entre filha e genitor, este tende a uma vida desregradamente competitiva. (...) Fundamento com tal fato a não concessão da tutela ao genitor, apesar da comoção popular e até mesmo das súplicas da menina – que presenciei no momento em que foi ouvida neste juízo.

Por outro lado, por possuir o mesmo sangue da menor, hei por bem conceder a tutela à tia materna, Rosi Klein..."

O delegado maringaense se levantou.

"Excelência, desculpe interrompê-lo: Rosi Klein não está na Alemanha?"

"Voltou faz um mês. E já tinha feito o pedido para tirar a tutela de Mirna."

"Rosi já formulara o pedido? Antes da morte de Mirna?"

O magistrado tirou os óculos, contrariado.

"Senhor delegado, permiti que participasse como espectador. Não preciso me explicar, terá acesso aos autos."

"Excelência", começou um dos engravatados, "... como procurador de Rosi Klein, posso esclarecer: por motivos pessoais, ela voltou há um mês. Obviamente, não podia prever a fatalidade que aconteceria à irmã. É uma sucessão de fatos dolorosos – primeiro Juliana, depois Mirna morre. Mas minha cliente confia na Justiça e acredita que os culpados sofrerão as consequências. Por ora, ela se sente na obrigação de amparar a menina. É o mínimo que pode fazer."

"Sim. Foi o que aconteceu", completou o juiz. "Por estar habilitada, e pela complexa sucessão de fatalidades, entendo que é o mais prudente a fazer, agora."

"Senhor advogado, sua cliente já havia feito o pedido antes de Mirna ser assassinada, foi isso?", perguntou Irineu.

"Está querendo presumir alguma coisa?", inquiriu, irado, o magistrado. "Não é o momento para realizar suas investigações. Peço que respeite minha decisão."

"Respeito, só quero compreender: por que Rosi quis tirar a menina da irmã?"

"A fatalidade que ocorreu não muda o teor deste juízo. A requerente apresentou um completo relatório sobre como a irmã, Mirna Klein, fora maltratada pelos pais na infância. Demonstrou porque Mirna nunca seria uma boa tutora."

"Mas... a idade das duas não é assim tão diferente... tiveram a mesma educação. Se Mirna não seria boa mãe, por que Rosi seria?"

O juiz coçou a cabeça. "O nome do senhor é Irineu, não é isso? Pois bem, o pedido de Rosi é fundamentado: capacitações pela equipe multidisciplinar, aprovações em estágio de convivência, além de fotos e cartas de como as duas se conhecem intimamente."

"Equipe multidisciplinar?"

"Quando se pleiteia a adoção ou a tutela, profissionais especializados avaliam o postulante. São atestados de psicólogos e de assistentes sociais. A senhora Rosi Klein tem muitos desses documentos, como está registrado nos autos do processo."

O homem engravatado que falava por Rosi parecia olhar com um sorriso satírico. O celular vibrou, mas Irineu não pôde atendê-lo. O advogado pigarreou e pediu a palavra.

"E sempre foi seu sonho. Rosi Klein é estéril, mas terá sua pequena Klein, agora. Daqui a pouco ligarei para ela, e tenho certeza de que ficará muito contente."

"Estéril... eu me lembro vagamente, estudei as características das irmãs quando do assassinato de Juliana. Mas há algo que não consigo compreender: a visita desses profissionais é um pré-requisito em processos desta natureza, não é mesmo? Se Rosi é apta, já pleiteou uma criança anteriormente... uma adoção, certo? Por que nunca adotou antes?"

O juiz tirou novamente os óculos e os limpou com uma pequena flanela.

"Delegado, isso é uma faculdade do casal. Não se obriga ninguém a adotar nem se pune por realizar o procedimento preparatório diversas vezes."

"O senhor mencionou a palavra 'casal'?"

"O tempo é um artigo de luxo, aqui. Enquanto conversamos, outras pessoas esperam por minha decisão. Sim, mencionei a palavra 'casal'. Rosi e o marido, Alfredo Rosa. Por que isso poderia ser importante?"

Irineu pediu licença e sacou o celular. Viu que Gómez enviara um arquivo, com a seguinte mensagem:

Tirei essa foto. Koch voltou à mesa das duas, deixou discretamente um envelope, que Gabriela pegou. Pagou a conta e saiu.

A imagem da mulher retratada com Gabriela Klein e Franz Koch fez com que Irineu se arrepiasse. Na foto, Klein e Koch, frente a frente, pareciam dialogar...

22. Cérbero é um cão de três cabeças (2)

2008

"Olga é o elo entre Klein e Koch. É a peça que faltava para juntar o quebra-cabeça. Se isso que estou lhes dizendo se confirmar, Franz Koch estará em maus lençóis. Eu garanto."

Sanches coçou a cabeça.

"Liguei para a UEL, e a secretária me disse os nomes dos formandos daquele ano. Pelo sistema de informações da polícia, consegui telefones de aproximadamente oitenta por cento dos nomes da lista, isso foi fácil. A primeira tentativa foi com um professor de literatura da cidade, que disse que Olga era arredia, estranha. Os outros me deram respostas parecidas. Quando já estava pensando em desistir, liguei para um homem, músico de uma dessas bandas que tocam em festas de formatura. Ele me deu mais detalhes, já era músico na época e se lembrou de quando Olga se mudou para Londrina. Lá, arrumou um namorado que cursava direito, um curitibano arrogante e com fama de mulherengo. No começo do curso, os dois estavam sempre juntos, exemplo de casalzinho universitário que matava todos de inveja."

"E como era o nome dele?"

"Alfredo Rosa."

"E aí?"

"Esse sujeito nunca teve nem um tostão no bolso. Olga tinha berço, não trabalhava, coisa rara entre os de sua turma. Morava sozinha em um apartamento, era uma das poucas jovens que não moravam em repúblicas. O tal Alfredo surge, resgatado pela memória popular como um aproveitador, e provavelmente conhece a jovem em alguma festa. Ele a esnoba, mas também a procura, porque vive sem dinheiro. No prédio em que viviam ainda mora uma velha senhora, que narrou a libertinagem do apartamento dos dois: cheiro de maconha, gritos excitados, tapas, camas rangendo, além da barulheira que os dois chamavam de música."

"Sim, ela amava um pobretão picareta? E daí?"

"Calma, ainda não contei a melhor parte: Alfredo Rosa se formou em direito e sempre foi conhecido pela lábia. Vivia uma vida confortável com Olga, pulando a cerca aqui e ali. Até que, de repente, eles terminaram."

"Por que ela descobriu que ele pulava a cerca?"

"Não se sabe muito bem. O que se diz é que Olga largou Alfredo para viver com uma companheira. Uma grande fofoca na cidade."

"Você conseguiu o nome da moça?"

"Não, Olga preservava a identidade da companheira."

"E Alfredo Rosa?"

"Chorou, bebeu, dormiu na sarjeta, mas a dor de cotovelo durou pouco. Arrumou uma ricaça e logo se mudaram para Curitiba. Voltou uma vez a Londrina, travestido de afamado advogado da capital e caprichando para falar com sotaque, como se fosse um estrangeiro desde sempre. Deu voltinhas com um conversível na Higienópolis e procurou Olga. Já tinham terminado o namoro de maneira estranha, e ele ainda teve a cara de pau de pedir à ex-namorada que fosse barriga de aluguel do filho dele e da ricaça. Disse que pagaria bem, que só fazia o pedido porque confiava nela."

"E Olga?"

"Recusou. Em sua nova vida, na escolha que tinha feito, não poderia mais ter filhos do próprio ventre. Coisa estranha, não?"

"Estranhíssima. Se o tal Rosa quis voltar cantando de galo, conseguiu, e com estilo. Ofereceu dinheiro e a possibilidade de maternidade para a ex-financiadora e ex-namorada, agora lésbica. E Olga não o colocou para correr?"

"Parece que conversaram educadamente em um café. Ninguém saiu da linha, foi o que restou na lembrança do povo."

"Isso que é estranho... Ou ele pretendeu mexer com os brios de sua ex..."

"Ou?"

"Ou realmente acreditou que Olga pudesse aceitar."

"E o que o senhor acha?"

"Não sei, é tudo superficial, ainda... Sabe de alguma coisa sobre Rosa, depois disso? Ele conseguiu ter o filho?"

"O que se sabe é que largou a advocacia e fugiu para a Europa, ao lado da milionária."

"Só?"

"Só? Liguei para metade de Londrina para conseguir isso."

"Certo. E Olga?"

"Tempos depois, ela se mudou com a parceira para Curitiba."

"Por quê?"

"Pelo preconceito. Lá, naquele tempo, não conseguia namorar sem que um casal de idosos a olhasse de canto de olho, no cinema ou na padaria. E na capital teria mais oportunidades para crescer profissionalmente."

"E como foi parar ao lado de Koch?"

"Pelo visto, foi na raça. Olga não tinha nenhuma indicação quando chegou a Curitiba. Inscreveu-se no programa de mestrado da PUC e passou."

"Nenhum rancor com Juliana?"

"Não. Aparentemente, o fato de estar com Koch no dia do sumiço de Juliana é uma coincidência. Ela não tem motivo algum para acobertá-lo, o que iria contra tudo o que prega. Afinal, saiu do interior para evitar o falatório. E apesar de todas essas histórias estranhas, quase ninguém lá se lembra dela – é quase um fantasma, que poucos viram e de quem menos pessoas ainda se lembram."

"Estranho. Olga, em algum ponto, ter de se chocar contra os Klein. Continue com as pesquisas."

"Sim, doutor."

23. Sartre nunca matou ninguém (4)

2011

"Sim, mencionei a palavra 'casal'. Rosi e o marido, Alfredo Rosa. Por que isso poderia ser importante?"

"Esse nome não é estranho... mas, antes, preciso confirmar."

Pediu licença, saiu da sala, reviu a foto enviada por Gómez: um Koch, Franz, abordava duas Klein, Juliana e Rosi, os três cordialmente sentados à mesa de um café. Rosi de volta da Alemanha, com Gabriela, e sorrindo para o inimigo. *Não perca Koch de vista*, respondeu em nova mensagem, e em seguida discou o número do escrivão.

"Preciso de uma informação urgente. Quem é Alfredo Rosa?"

"Está de sacanagem, doutor? É o antigo namorado de Olga Rezende de Oliveira, o álibi inocente. Olga o largou para ficar com a outra menina."

"Puta que pariu!"

"Alfredo é aquele que virou garoto de aluguel de uma ricaça que não podia ter filhos. Que voltou para Londrina e pediu à ex que se tornasse barriga de aluguel. Coisa de novela mexicana."

"Está na frente do computador? Preciso de outra informação. Todas as irmãs Klein sempre moraram em Curitiba?"

"Espere um pouco", pediu Sanches, e era possível ouvir o barulho de sua mão digitando no teclado. "Não. Rosi Klein fez três anos de administração na UEL. Trancou o curso no mesmo ano em que Alfredo Rosa se formou em direito. Está no site da Universidade. Sabia disso?"

Irineu não conteve o próprio coração: aquele quadro, agora iluminado por outra luz, mostrava-lhe traços totalmente distintos. *Será um longo e cansativo dia*, pensou, olhando o céu cinzento curitibano e confiando no próprio instinto. Bateu na porta e pediu a vista dos autos.

"Tenho uma informação que pode ser importante neste processo, Excelência. Mas preciso confirmá-la."

O juiz suspendeu a audiência por quinze minutos, a contragosto. Os advogados de Mirna Klein e de Salvador Scaciotto saíram da sala. O jovem magistrado pediu um café e permaneceu, digitando outra sentença. Irineu se sentou diante dele.

"Excelência, há nestes autos todos os procedimentos para adoção feitos por Rosi Klein. O primeiro foi feito em agosto de 1991. Consta também que a ideia da adoção partiu do marido, Alfredo Rosa."

"E?"

"Eles só se casaram em 1993. Se ela já tinha feito o procedimento para adotar uma criança em 1991, a ideia de fazer o curso não pode ter sido do marido."

"Mas o que tem isso? Só mostra que Rosi tinha conhecimento de sua incapacidade reprodutora antes de se casar, que Rosi e Alfredo mantinham relações sexuais antes, um casal comum de namorados... O que pretende insinuar com isso?"

"Eles não se relacionavam em 1991. Nessa data, Alfredo Rosa cursava direito na UEL e namorava uma estudante de filosofia chamada Olga de Oliveira. Eles romperam, Olga se assumiu lésbica e se mudou para Curitiba com a companheira. E ela é um dos álibis de Franz Koch."

"E?"

"Três estudantes botam a mão no fogo por Koch. Das três, duas já tinham motivos para acobertá-lo. Faltava Olga."

"Mesmo conhecendo pouco deste caso, confesso que tenderia mais a acatar os três álibis que a voz de uma criança – então com 12 anos – que via a mãe ser agredida brutalmente. E vai denunciar Franz Koch porque um dos álibis namorou um cara que a traía com Rosi Klein? Acha que Olga quer se vingar dos Klein, mais de uma década depois?"

"Não. Penso que o namoro de Olga e Alfredo Rosa foi de fachada: Olga não queria que soubessem de sua homossexualidade, Alfredo precisava de dinheiro. E se ele já acompanhava Rosi em consultas a ginecologistas e Varas de Infância naquela época, é possível que Olga soubesse. Lembro-me, Alfredo Rosa voltou de Curitiba e pediu a Olga que fosse barriga de aluguel; ela recusou porque não queria ser mãe, mesmo por tempo limitado. Alfredo Rosa, vejo agora, é a ligação entre Olga e Juliana Klein. Olga não tem nada contra Juliana, mas Rosi, sim... tem motivos para querer a morte da irmã."

"Rosi Klein? O senhor está louco, delegado? Está dizendo que Rosi, a mulher a quem concedi a tutela de Gabriela, matou a própria irmã?"

"Nos autos, há registros de diversos trâmites de adoção, e todos são embargados no momento em que Rosi finalmente consegue. Por quê?"

"Delegado, já disse que é faculdade da adotante ficar com a criança. A lei não pode obrigar uma pessoa a cuidar de um menor."

"Rosi recusa as crianças que são mostradas para adoção porque quer uma criança específica. Quer uma que seja de seu sangue, isso me parece claro. E qual é a única criança Klein existente? Mirna, a bonachona irmã, não conseguia arrumar namorados, deve ter morrido virgem. Na Alemanha são todos fantasmas, não sobrou nenhum Klein lá. Rosi sempre tratou Gabriela como filha. Sempre achou que a menina fosse uma bênção sua, e não de Juliana."

"Você está louco. Inventou isso agora? Não permitirei que faça acusações. Se continuar, terei de notificar seus superiores."

"O senhor que não entende como funciona a cabeça dessa família. Se olhasse mais para a realidade, veria que os esforços de Rosi não foram para se tornar uma *mãe adotiva*."

"E foram para quê? Ser uma assassina?"

"Foram para que ela, pessoalmente, pudesse perpetuar o sangue Klein", explicou Irineu. "O Tempo é um bom conselheiro, Excelência, e não só para os réus. O tempo muda o julgamento. E o julgador. Peço desculpas pelos inconvenientes, mas isso não me impede de trabalhar. Sabe com quem Gabriela está agora? Com Rosi, em um café. E sabe quem apareceu e foi dar um olá? Olhe esta foto."

Sacou o celular e mostrou a foto: Koch, com a barriga saltada, as mãos na cintura, a pose insolente, estava diante de Gabriela, que o olhava com os olhos verdes muito parecidos com os da mãe. E Rosi, com um inútil sorriso estampado na cara – um ser até então estranho ao delegado –, pedia permissão para sair na fotografia.

Sangue Koch e Sangue Klein, frente a frente, mais uma vez: os profetas e os historiadores, os realejos e os arqueólogos, cada qual ao seu modo, dizendo que, no passado e no futuro, a reunião daquele sangue não dá certo.

24. Saber-se infinito

2011

Fomos criadas para perpetuar nosso sangue. Ser Klein é saber-se infinito, é viver em função dessa busca. O pensamento voltava com total força, enquanto Irineu se lembrava da mulher dizendo que ser Klein era postular a eternidade. *Fomos educadas assim:* Juliana, a protagonista; Mirna, a melancólica, e Rosi, a estéril, um trio assombrado por Derek, o sujeito que trouxera de Frankfurt o peso de ser Klein para, posteriormente, morrer enforcado no mitológico casarão do Batel. Suprimindo-se da balança Mirna, sobravam, equilibradas, de um lado Juliana, do outro Rosi – esta última preenchendo a ausência no ventre com orgulho ferido e inveja da irmã. Postulavam a eternidade, e, para uma Klein específica, postular a eternidade demandava urgência, além da necessidade de abdicar do próprio sangue: significava verter sangue Klein ao chão, uma heresia em nome de posterior santificação.

Matar uma irmã pela menina. Irineu sabia que cogitar essa afirmativa poderia custar-lhe caro – quiçá a pá de cal que faltava para que fosse condenado. O fantasma de Juliana Klein voltava com força gigantesca, novamente como vítima, mas dessa vez com outros argumentos, vindos do seio de seu sangue.

Seu telefone mostrava duas chamadas perdidas de Gómez. Retornou.

"Que porra é essa? Você me deixa alarmado e depois não atende ao celular?"

"Desculpe. Tentei alertar o juiz, mas ele não me deu ouvidos."

"Irineu, pelo amor de Deus, não faça nenhuma cagada!"

"Gómez, quero todas as viaturas *agora* na casa de Rosi Klein."

"Quê?"

"Você já vai entender. Pegue-me aqui no fórum, confie em mim. Rosi Klein pode ser uma das mandantes."

"Rosi? E Koch? E as três testemunhas?"

"Gómez, precisamos deter Rosi Klein imediatamente!"

O delegado curitibano não respondeu: xingou e esmurrou o volante da viatura. Passou pelo rádio o endereço antigo de Rosi Klein, uma casa velha na Rua Amintas. Dez minutos depois, estava na frente do fórum. Irineu pulou para dentro do veículo e arrancaram.

"Não vai me contar como conseguiu colocar o ovo em pé? Vai me deixar puto por quanto tempo?"

"Você também vai achar que estou louco, como sempre faz."

"Porque você costuma presumir tudo. E presume tudo errado."

"Não presumi. Investiguei, não se lembra?"

"Lógico que me lembro. Inclusive, há um processo administrativo disciplinar em curso, você que parece não se lembrar disso."

Em pouco tempo, estavam no início da Rua Amintas. Irineu invadiu a casa, e Gómez o seguiu. Alfredo Rosa estava sem camisa, vendo TV, com uma lata de cerveja na mão.

"Onde está Rosi?", quis saber, aos gritos, o delegado maringaense.

Alfredo Rosa levantou as mãos, em uma mistura de pânico e incompreensão.

"Como assim?"

"Onde estão as duas?"

"Saíram."

"Para onde?"

"Tomar um lanche. Depois, fariam um passeio. O que houve?"

"Onde está Olga?"

"Que Olga?"

"Olga Rezende de Oliveira, sua ex-namorada."

"Por que eu deveria saber? Faz décadas que não sei dela."

"É mentira. Olga foi álibi de Koch no assassinato de Juliana Klein. E Rosi tinha interesse na morte da irmã."

O advogado tributarista mantinha as mãos erguidas, os sovacos peludos e molhados à mostra, uma cerveja em uma das mãos. Irineu continuou.

"Rosi estava até agora há pouco com Franz Koch. Por quê?"

"Não sei, pelo amor de Deus!"

Irineu se aproximou e, furibundo, pôs a arma na cabeça do sujeito.

"Onde está a maldita Olga?"

"Por que eu deveria saber?", retrucou Rosa, olhando para a arma e tremendo.

"Vocês tinham um namoro de fachada. Então você descobriu Rosi e a convenceu de que estava apaixonado por ela. Vai negar isso também? Rosi era estéril e sonhava em ser mãe, e você viu nesse fato a possibilidade de se ferrar, mas também um passaporte para sair da vida de merda que levava. Onde estão as duas?"

O advogado riu, nervoso, com as mãos ainda erguidas.

"Veio aqui para me insultar?"

"Fale, seu filho da puta! Não podemos esperar."

Irineu deu um tapa com a mão aberta em Alfredo Rosa, que caiu, derrubando a cerveja.

"Está maluco, Irineu!"

"Não podemos esperar, Gómez. Diga, Rosa! Onde estão as duas? Convenceu Olga a lhe dar um teto, e assim Londrina não saberia que ela era homossexual. Quando o trato se desfez, já em Curitiba, você pensou que Olga tivesse os atributos para ser mãe de aluguel: ela não se incomodava com sua podridão, era discreta... Rosi precisa ser detida."

"Você está delirando."

Irineu torceu o braço do homem, no chão.

"Vai ser assim, é? Rosi tinha dinheiro, você conhecia as leis. Tentou convencer Olga a ser barriga de aluguel, mas ela não topou. Aí retomou a história de adotar uma criança, uma história que apoiara desde que era só um pé-rapado em Londrina. Não foi?"

"Por favor, me largue. Não é isso..."

"Irineu, está passando dos limites. Ele não sabe de nada..."

"Gómez, ele sabe. Nos processos de adoção, na hora H Rosi desiste. Não consegue olhar uma criança estranha e chamá-la de filha. Então vão para a Alemanha em busca de respostas, mas os médicos repetem que ela nunca será mãe. E, de lá, observam a briga de Klein e Koch, e Rosa arma a arapuca. Convence Rosi, o que os olhos não veem o coração não sente. O acaso ajuda, Salvador está encarcerado, Olga será importante álibi no episódio da morte da mãe de Gabriela. Só não contavam que a outra Klein pudesse intervir. Não foi, seu desgraçado? Não contou com a entrada de Mirna nesta história, não foi?"

"Irineu, você está com muita raiva. Vai machucá-lo, e será pior!", gritou Gómez.

"Não vai nos contar? Vou ter de fazer com que relembre tudo? Não contavam que a tutela da menina fosse para a solteirona do meio. Então voltam da Alemanha. Rosi alega insanidade de Mirna – é um ato desesperado, que evidencia que, da Europa, vocês as vigiavam. O desespero é tanto, que também matam Mirna. Acha que estou equivocado, Gómez?"

"Onde está Gabriela?", gritou o delegado curitibano, já com a mão na arma, pesando a dúvida sobre se deveria sacá-la também ou não – um sentido novo, insensato como tudo o que orbitava aquele caso.

"Por favor, largue-me, que conto o que aconteceu."

Irineu soltou o advogado, que rolou no chão, tamanha a dor que sentia.

"Juro que não sei onde as duas estão. Você acertou algumas coisas, confesso: flertei com Rosi pelo dinheiro e percebi que uma adoção poderia resguardar a relação. É verdade também que ela nunca quis concretizar a adoção de nenhuma criança, sempre desistia na última hora, chorava, pedia perdão, mas pensava que estaria colocando um estranho dentro de casa. Para não deixar o sonho morrer, ela repetia os procedimentos, que se acumulavam – era o que a mantinha viva. Mas essa história com Olga... isso é uma das coisas mais absurdas que já ouvi."

"Vai negar que tinham um namoro de fachada?"

"Nego. Gostei muito de Olga, e ela também gostou de mim."

"Não se relacionava com Rosi Klein já naquele tempo?"

"Namorei as duas, mas isso não significa que Olga soubesse. Caí de encantos pela Rosi, pelo dinheiro dela, se querem realmente saber. A princípio, foi um namoro escondido, mas a história foi crescendo, Rosi dava a entender que queria constituir uma família. Fiquei sem saída e contei para Olga, que foi ao fundo do poço, queria trancar o curso e jurou que nunca mais iria amar homem nenhum. Depois de tudo, não foi difícil pedir a ela que também se aproveitasse da situação: poderia ser mãe de aluguel, ganhar um bom dinheiro, e eu estaria por perto. Pedi, enfim, que olhasse Rosi como aliada. Ela se juntou com outra mulher, e nos ameaçou de todas as formas – tenho provas. Por isso nos mudamos para a Alemanha. Não podíamos conviver com a instabilidade de Olga."

"E voltaram às vésperas da morte de Mirna?"

"Rosi voltou por Gabriela. Quando Juliana morreu, ela se preocupou com Gabriela, que já não tinha pai. Muitas vezes comentou que seria um desperdício deixá-la com Mirna."

"Não acha estranho que Rosi tenha reclamado da irmã em juízo, e que, pouco tempo depois, Mirna tenha sido assassinada? Logo Mirna, que nunca teve inimigos?"

"Mudo o enfoque da pergunta, doutor. Se Rosi tramasse contra a vida de Mirna, acha realmente que faria um pedido a um juiz antes? Isso é o que dá quando se tenta ajudar. Mudamos de continente para cuidar da menina. Só por isso houve o retorno."

25. Sempre há o retorno

2008

O retorno era sempre mais difícil nessas circunstâncias. Quando voltar a Maringá significava voltar ao gabinete atulhado de casos, às lembranças de Juliana e ao processo administrativo a que deveria responder. E ainda mais difícil porque, a tudo isso, se somava ainda seu fracasso, seu particular e intransferível fracasso. Olhava concentrado uma pilha de papéis, e suas costas suavam. O escrivão bateu na porta, parou diante do absorto delegado, pigarreou.

"Muito ocupado, doutor?"

"Não. Alguns casos novos. A roda não para."

"Nunca. Doutor Gómez, de Curitiba, ligou no seu celular. Agora ligou para o telefone aqui ao lado. É para dizer que está ocupado?"

Irineu pegou o celular do bolso e viu que havia quatro ligações não atendidas.

"Não escutei. Diga que já ligo de volta."

Sanches apertou os lábios e balançou a cabeça. O delegado esperou que a porta se fechasse, arrumou lentamente a pilha de papéis de sua mesa e discou para o colega curitibano.

"Está incomunicável, homem? Seu telefone não dá linha, o celular você nunca atende..."

"Não vi as ligações no celular. O telefone do gabinete eu desliguei..."

"Por quê?"

"Muita aporrinhação. Cada hora é um filho da puta diferente. Eu fiz isso, vou responder por aquilo, não deveria ter quebrado o sigilo. Agora, eu me tornei o problema de tudo."

"Fez por merecer, né?"

"Ah, Gómez! Vai também encher o saco?"

"Não vou. Aliás, não tive oportunidade de lhe agradecer: obrigado por dizer que eu não sabia de nada, que agiu por conta própria."

"Só falei a verdade."

"Eu desconfiava. Aquela história de tirar férias em Curitiba foi ridícula. Como está a ação?"

"Contratei um advogado conceituado, paguei os olhos da cara, e o desgraçado me disse que há casos de perda de cargo por muito menos. Em todo caso, há recursos e recursos."

"Você é um idiota. Sinto não ter dito isso antes."

"Mas que inferno! Ligou mesmo para encher o saco?"

"Seu subordinado disse que desde que voltou está diferente. Quase não fala, está com olheiras terríveis. Verdade?"

"Exagero."

"Que acumula casos, que pega o dobro de inquéritos. Ele acha que está se afundando para esquecer Juliana Klein."

"Ele fala demais. Aliás, você também. O que quer, afinal?"

"Saber como está. Apesar de idiota, você é amigo meu. Cuido dos meus idiotas."

"Agradeço o carinho. Posso voltar para os meus casos agora?"

"Ele me disse que passou noites na delegacia. Está preocupado com você, Irineu. Eu também."

"Vocês que são idiotas. Agora, porque estou sob os holofotes, resolveram bancar os bons samaritanos, estão preocupados? Sempre fui assim."

"Estou preocupado por Juliana..."

"Juliana morreu. Outros morrerão, se eu não trabalhar."

"Acredita mesmo nisso? Que ela foi transformada em pó?"

"Foi o que o inquérito concluiu, não foi? Quem sou eu para discordar!"

"Irineu, promete que não vai brigar com seu escrivão?"

"Mas o que..."

"Ele gosta de você. Disse que você ligou, mais de três da manhã, que estava embriagado e que pediu a ele que fizesse uma pesquisa sobre preservação de DNA em corpos cremados."

"Aquele filho de uma puta..."

"Não pode culpá-lo. E você prometeu..."

"Prometi porra nenhuma."

"Largue de ser ridículo! Não consegue crer que Juliana não existe mais?"

"E não é você que vai mudar isso. Podemos encerrar?"

"Não, realmente preciso conversar. Quero saber como está, porque tenho uma informação..."

"Que informação?"

"Não é nada exatamente novo. Quando o pó foi enviado, você foi ao casarão, e logo chegou o corno esposo, e foi toda aquela confusão. Depois, houve mais confusões: o enterro, Fernanda Oviedo, a brilhante ideia de investigar por conta própria, o processo por ter quebrado o sigilo daquela outra vagabunda que fodia com o Koch..."

"Gómez, por favor, não precisa me lembrar de tudo."

"Pois bem, você esqueceu que, no dia em que tentava esquecer a xoxota de chucrute da Juliana perambulando por Curitiba, eu ligara para dizer que tínhamos encontrado uma mensagem sob o sangue."

"E que maldita mensagem era, afinal?"

"Chegamos ao ponto alto da conversa, Irineu. Quer realmente saber o que estava escrito?"

"Lógico."

"Não vai pirar? Querer voltar, fazer mais merdas?"

"Diga logo o que é."

"Mandarei um e-mail. Com uma foto da cena, como nossos peritos a viram. Quero que confira com seus próprios olhos. Depois conversaremos. Às vezes Juliana falava algo parecido enquanto tinha orgasmos..."

Irineu xingou Gómez, que riu. Desligou o telefone e ficou atualizando a página de e-mails. Logo, uma mensagem com o título "Juliana Chucrute" apareceu na caixa de entrada. O coração, mesmo sem querer, denunciava que ele ainda ficava nervoso ao ler o nome de uma vítima. No corpo do e-mail, uma frase de Gómez: "Fique bem, velho idiota." Ao lado, um anexo: uma foto que rapidamente se abriu.

No centro da imagem avermelhada, destacado digitalmente, havia alguns traços amarelos, indicativos da frase. Anexada, uma pequena carta com o nome dos reagentes utilizados pela perícia para separar o sangue e a citação do método empregado. Em um segundo, Curitiba voltava com incompreensão: as ruas do Centro pelas quais tanto caminhou, o sempiterno Relógio do rio em que viajamos, refletido no relógio das Flores, no sol em seu corpo na Feirinha do Largo da Ordem, na Praça Manoel Osório, no cinza, nas discussões do Chain, no Prado Velho, na XV, nas lendas, nos sobreviventes, nas mortes... E a lembrança de Juliana Klein revivia integralmente, sorrindo e explicando uma frase em latim, sua maneira de fazer amor, as costas orvalhadas e tatuadas com outros relógios arquetípicos.

Novamente, recordava o sorriso e o sangue da professora. Um inevitável suspiro, a mente abruptamente retornando ao quadro da cena do casarão: o sangue abundante, Gabriela na pior noite de sua vida, um italiano encarcerado, jurando-o de morte.

Olhou a imagem no computador e sorriu. Absurdamente sorriu. A frase não revelaria nada, era como os tantos aforismos que Juliana utilizava para responder às indagações que ele lhe fazia. Quem sabe não fosse uma citação? Talvez tivesse um significado importante para eles, em seus mundos, em seus contextos, mas que, para a morte, para o motivo da morte, para a investigação, a frase era nula. Já estava cansado de pedir ao subordinado que pesquisasse a tradução de frases que Juliana dissera – ou as conexões que pudesse haver entre elas. Invariavelmente, a resposta estava em páginas vindas diretamente do Google.

Pegou o telefone e retornou para Gómez.

"Sabe o que eu acho? Que são todos uns loucos. Deve ser alguma frase de algum pensador idiota. Briga de acadêmicos, todos com egos filhos de uma puta, que só dão trabalho, querendo aparecer. Se queria saber o que acho dessa frase, acho que não servirá para porra nenhuma."

"Está falando isso apenas para me agradar, Irineu?"

"Não farei nenhuma cagada, fique tranquilo. Essa frase não o levará a lugar nenhum. Mas me ligue se houver alguma novidade."

"Combinado", respondeu Gómez. E desligaram.

E mesmo sabendo que era uma frase inútil, os dois delegados não conseguiram esquecê-la ao longo de todo o dia: Irineu a rememorou em voz alta, e, no pensamento, revivia o batom vermelho de Juliana Klein, que sorvera. Na foto, do computador, era possível ler a paradoxal (ou antitética?) sentença:

"O retorno ocorrerá."

26. Saber-se infinito (2)

2011

"O que disse?"

"Que tentar ajudar dá nisso."

"Não, sobre voltar da Europa."

"Falei que retornamos por Gabriela. E então somos recebidos como assassinos."

"'O retorno ocorrerá!' A frase, Gómez. Escrita com batom. Não é um pensamento: refere-se ao retorno de Rosi Klein da Europa, é óbvio! Quem matou Juliana sabia que a menina era o único modo de trazer Rosi de volta."

"Puta que o pariu, Irineu!"

"Errei, Gómez: Rosi Klein não trama a morte da irmã. Mas... Olga quer se vingar da inimiga, que está na Alemanha. Quando um gordo manco tira Juliana de seu quarto, deixa escrito em sangue: "O retorno ocorrerá." Com as irmãs mortas, Rosi precisa voltar... E onde estão as duas, pelo amor de Deus?"

"Quer saber aonde Rosi e Gabi foram? Eu não sei."

"Tente lembrar. É importante."

"Saíram para comer, mas logo depois voltaram, dizendo que o clima estava louco. Então pegaram blusas e saíram de novo."

"Faz quanto tempo?"

"Meia hora, talvez."

"Tem o número do celular delas?"

"Claro."

Alfredo Rosa tentou diversas vezes. O celular de Gabi estava desligado; o de Rosi chamava e chamava, até que a ligação caía.

"Estranho. Dificilmente minha esposa não atende ao celular."

"Devem ter comentado aonde iriam. Tente se lembrar."

"Não, não disseram nada. Rosi sempre passeia com Gabi. Comenta que a menina adora parques."

"Parques?"

"Sim. Com grama, carrinhos de pipoca..."

"Fodeu, Irineu!", resmungou o delegado curitibano. "Sabe quantos parques há nesta cidade?"

"Precisamos escolher um. Alfredo, acredito que a vida de sua esposa esteja correndo perigo. Por favor, preciso de uma dica, qualquer uma."

O homem coçou a cabeça.

"Não sei, não sei. Só sei que vão sempre ao mesmo local, porque Rosi já comentou que há um lugar que Gabriela ama. Não sei o motivo, parece que é um parque especial para a menina."

"Você nunca foi a esse parque com elas?"

"Sempre tinha outras coisas para fazer."

"Irineu, eu escolheria o Barigui. É popular, cheio de crianças e de namorados, um local a que uma tia adoraria levar a sobrinha preferida. O que acha, Alfredo?"

"Parece coerente. Mas fico na mesma, não me recordo de minha esposa falar do Barigui."

"A notícia ruim é que o Barigui é, também, o maior parque daqui. Precisaremos de mais pessoas vasculhando", continuou Gómez.

Um parque, no domingo, é cheio de jovens, de crianças, de vendedores... O problema – algo falava instintivamente aos delegados – estava no trajeto para o lugar, onde quer que fosse. Iam começar as buscas, quando Irineu estancou diante do carro.

"Não sei, não me parece certo."

"O quê?"

"Rosi não levaria a sobrinha a um local muito cheio, repleto de crianças fazendo bagunça e jogando bola. Alfredo Rosa disse que o parque é especial para Gabi; deve ser um lugar que tenha mais sentido na companhia da tia."

"E por que não poderia ser o Barigui? É lindo, e há um lago enorme lá."

"Gabi pode ir ao Barigui sozinha, ou com os colegas – não precisa da tia. Buscamos um lugar cujo significado só as duas entendam." De repente, Irineu teve um estalo: "E aquele bairro alemão, Gómez? Como é mesmo o nome?"

"O Jardim Schaffer? Koch mora lá. É um reduto de descendentes de alemães."

"E há algum parque por lá?"

"Sim, o Bosque Alemão... que tem um mirante e uma trilha com painéis de azulejos que narram a história de João e Maria, o conto de fadas."

"Isso!", confirmou Alfredo Rosa. "Lembro que Rosi perguntava à menina se ela queria conhecer a história de João e Maria... Falavam também desse mirante, acho que se chama Torre dos Filósofos... nem sabia que existia de verdade."

* * *

A viatura de Gómez partiu da frente da velha casa de Rosi Klein. Uma sensação ruim, tão duradoura quanto Curitiba, revolvia o estômago de Irineu. Se ele estivesse certo, todos os seus problemas se apagariam: os danos morais pedidos por Thamine Arnault; as ameaças que pesavam sobre seu cargo, e as notícias jocosas do *Diário* e da *Gazeta* sobre o delegado que, apaixonado por uma vítima, procurou seu assassino no Facebook de uma universitária de propalada beleza. Olhou para o banco do motorista, Gómez permanecia concentrado, um sulco de rugas formado na testa, enquanto pedia pelo rádio que seus homens fizessem caminhos alternativos para chegarem ao Jardim Schaffer.

O sentimento ruim aumentava, estar certo, dessa vez, significaria, também, estar perdido, ter sido derrotado na decisiva batalha para salvar Gabriela. Fechou os olhos e pensou no cansaço que sentia, na transformação por que passara ao longo de todos esses anos de trabalho no caso dos alemães, e na exaustão que, por fim, agora o dominava, de modo que até sua função de delegado parecia carecer de sentido. Talvez fosse melhor errar e ser demitido.

Despertou dessas reflexões com um xingamento de Gómez. Abriu os olhos e viu um automóvel capotado – um modelo do tipo que Alfredo Rosa descrevera como o carro da esposa. Irineu rapidamente correu os olhos pelo local: já estavam lá os bombeiros, a turba dos curiosos, o SAMU, e um veículo do IML.

"Que merda é essa?"

A voz de Irineu quase não saiu. Estava hipnotizado pela imagem do carro capotado.

"Irineu, Irineu", repetiu Gómez. "Vá ver o que houve. Você conhece Rosi Klein de fotos, né? Consegue ver o que aconteceu?"

O delegado maringaense, ainda em choque, respondeu que sim com a cabeça.

"Certo, darei um jeito aqui. Já até imagino as fotos que estarão na internet amanhã..."

Irineu de Freitas escapou da multidão, amortecido pela sensação da tragédia, e mostrou o distintivo a um senhor de branco que caminhava em direção à ambulância. Passou pelo cordão de isolamento e confirmou, olhando a placa, que se tratava mesmo da que Alfredo Rosa informara. Uns trinta metros adiante, outro carro batido, uma provável, terrível colisão, talvez porque alguém não tivesse respeitado o cruzamento. A reconstituição mental da cena acontecia por fragmentos velozes, por pinceladas incompletas, porque Irineu, seu espectador, parecia já saber os próximos capítulos, conhecia o doloroso fim – e o sabia por prenúncios que ele mesmo completava, pela experiência com tragédias e pelo pessimismo latente, que fazia todo seu organismo se encher de bile e o peito se revolver de raiva.

Dois ou três homens andavam da ambulância do SAMU até o carro capotado, que tinha ao lado um carro do IML. O senhor para quem Irineu havia mostrado o distintivo batia em seu ombro, mas o delegado custou a prestar atenção.

"Coisa terrível que aconteceu, não, delegado?"

Irineu não respondeu, observando a porta entreaberta do carro preto do IML.

"Doutor, deixe que o apresente a uma pessoa...", continuou o homem de branco.

Apontou com a mão para um senhor que estava ao lado e que não demonstrava nenhuma reação. Irineu o olhou de canto de olho, e viu um idoso de óculos, camisa azul e boné enfiado no rosto. Pelas feições, pelo corpo descarnado por baixo da camisa azul, pela respiração funda, teve certeza de que se tratava de um sujeito muito idoso, talvez com mais de 80 anos. Cumprimentou-o silenciosamente e voltou a olhar o carro capotado e as três letras que compunham o logotipo do Instituto Médico-Legal.

"Foi ele que ligou para o SAMU. Mora perto, foi o primeiro a ver a batida e tirou um dos corpos com vida do carro. Se não fosse esse senhor, certamente teria sido pior... Apresentei-o, caso precise de testemunhas."

"Obrigado", respondeu Irineu, sem coragem de se aproximar do carro preto, pensando que, se um corpo fora retirado com vida, outros não tiveram a mesma sorte. Sem olhar para o velho que estava ao seu lado, perguntou, sem prestar muita atenção nas próprias palavras: "O senhor mora aqui perto?"

Neste exato momento, um homem saiu da porta dos fundos do carro negro e Irineu imaginou ter visto um lençol, o inevitável lençol branco mortuário. Não precisou seu tamanho, não conseguiu determinar se guardava o corpo de uma jovem de 15 anos ou de uma senhora de 50. A porta do carro se fechou, e o delegado permaneceu em transe, tentando adivinhar quem estava ali dentro, quem sairia diretamente para um velório, para mais um velório Klein.

"O senhor mora perto? Na Amintas?", repetiu a pergunta, voltando a si. Só então percebeu que estava sozinho, no meio da multidão de curiosos e de homens trajados de branco. Procurou o idoso de camisa azul e de boné enfiado na cara, e não o achou; ele escapulira furtivamente. Não havia perguntado seu nome nem anotado seu endereço, era uma testemunha perdida. Deixara escapar a pessoa que retirara com vida um corpo do carro acidentado. *Estou aéreo e preciso voltar*, pensou. A porta de trás da van do IML se abriu, e dois sujeitos saíram. Reuniu o resto de coragem que tinha e mostrou a carteira de delegado. Eles se entreolharam.

"Doutor, temos um corpo. Quer ver?"

Respondeu que sim, sem muita certeza do que dizia. Os dois homens abriram a porta e moveram, por um trilho, um corpo envolto no lençol. Um chumaço de cabelo loiro escapou do lençol e Irineu sentiu, enfim, o prenúncio de um dia que tinha tudo para ser terrível. Fez um sinal com a mão pedindo que não levantassem, levou a outra mão até a boca; sentiu vontade de mordê-la até ver escorrer o próprio sangue.

"É Gabriela?", perguntou, a voz opaca, já não conseguindo disfarçar as lágrimas que rolavam de sua face.

"Não sabemos o nome, senhor. Não quer ver?", perguntou um dos homens, já com menos decisão, imaginando que talvez o corpo fosse de algum parente daquele delegado. Irineu continuou em silêncio. Olhou para trás, limpou os olhos, Gómez discutia com três jovens que insistiam em mirar o celular para o carro virado. Queria que seu amigo resolvesse tudo sozinho, queria desaparecer, que Curitiba sumisse, mas isso seria impossível: do ponto em que estava, não podia simplesmente dar meia-volta e mandar tudo à merda. Era necessário, agora, revirar tudo. Os legistas perceberam que o delegado chorava e que tentava disfarçar. Mesmo acostumados à comoção popular e ao inconformismo dos familiares, era inédito que o próprio delegado se sentisse comovido. Um dos homens de branco olhou para o companheiro e fez um pequeno gesto com a cabeça, como se tivesse achado a resposta daquela situação embaraçosa.

"Senhor, achamos um pequeno objeto junto ao corpo."

E tirou de um invólucro de plástico preto um pequeno chaveiro do Bob Esponja.

27. Uma pequena cópia fiel

2005

"Bob Esponja!", exclamou Juliana Klein, gargalhando. "Que fixação é essa? Freud deve explicar."

Conversavam diante do Casarão, e Irineu ficou sem graça. A mulher riu ainda mais ao perceber o desconforto do delegado quando ele perguntou:

"É tão engraçado assim?"

"O que é engraçado é o fato de um delegado gostar tanto do Bob Esponja. Vai me dizer que sente fixação sexual por ele?"

"Vá se ferrar, Juliana."

Ela o abraçou.

"Estou brincando. Sei que faz por Gabriela, e é muito amável. Só acho divertido que insista, parece que é você que gosta do personagem."

"Falam de sua inteligência, Juliana, mas estou decepcionado. Como não tenho filhos e sou um sujeito embrutecido, comprei algo que sei que ela gosta."

"Certo. É um bom sofisma, porém não irrefutável. E o que explica o fato de que esse bruto, quando vejo à minha casa com o intuito de prender meu marido, tenha trazido uma delicada agenda do Bob Esponja?"

"Mas... eu... eu já não expliquei? Não acredito que ache que eu a tenha comprado pelos desenhos! Sério que acredita nisso?"

Juliana ria até perder o fôlego.

"Foi um presente inusitado. Nas primeiras páginas, havia anotações da execução de Tereza Koch, como Salvador empunhara a arma, quanto tempo as testemunhas levaram para chegar... Gabriela me perguntou: 'Mamãe, por que meu presente está riscado?' Eu respondi que não era nada, que fazia parte de uma brincadeira sem graça sua. Joguei fora, lógico..."

"Não acredito. Jura?"

"E você até me colocou no rol de suspeitas. Depois riscou meu nome..."

"Que vergonha!"

"Tudo bem, querido. Gabi é pequena, salvei a tempo. Só foi engraçado. Fico imaginando que pai você seria..."

"Um bom pai, com certeza."

"Um bom pai, que dá a arma para sua criança."

"Não fale isso nem de brincadeira, senhora Juliana!"

"Agora vai me tratar de 'senhora'? Não fique bravo, Irineu. Só achei divertido."

"Estou envergonhado, acho que nem vou dar mais este presente."

"Deixe de ser bobo! Se me disser que gosta mais do Bob Esponja que de minha filha, eu vou entender", disse, abraçando-o. "Acho melhor entrar. Sabe como é, né?"

"Sei. As bocas. A reputação. Não pode ser vista ao lado de um delegado cruel..."

"Quanto drama! Seria, sim, terrível para a minha reputação que eu fosse vista ao lado de um delegado que, às escondidas, assiste ao Bob Esponja."

Puxou-o, fechou a porta e lhe deu outro abraço. Com o corpo colado ao da mulher, Irineu pensava na noite de amor no casarão, ao mesmo tempo sentindo remorso e vontade de possuí-la. O silêncio foi quebrado por Gabriela, enquanto ele desajeitadamente se afastava dos braços de Juliana.

"Tio. A agenda está quase cheia. Escrevi coisas ao papai. Quer ver?"

"Lógico. Traga lá."

Gabriela saiu cantando uma música infantil.

"Não sei o que fez. Esta menina o adora."

"Deve ser coisa de família..."

"Convencido. Mas deve estar certo."

"Coisa desse mistério chamado 'sangue Klein'."

Juliana o olhou com os olhos grandes e o tom professoral que assumia, quando, com sua boca, parecia querer confessar o segredo de toda a humanidade.

"Ter sangue Klein é postular o infinito, Irineu!"

"Sei. Traduza."

"Fomos criadas para perpetuar nosso sangue. Não consegue conceber a importância que esta frase possui para mim, para o velho Derek, que se suicidou a poucos metros de onde estamos. Ser Klein é saber-se infinito, é viver em função dessa busca."

"Ser Klein é gostar de um delegado maringaense."

"Talvez."

"Parece preocupada com isso."

"Com o quê? Com o fato de o sangue Klein gostar de um delegado que gosta do Bob Esponja?"

"Sim."

"Talvez mais por Gabi..."

"Não quer que sua filha goste de mim?"

"Irineu, apesar de gostar de desenhos, você é cruel. Gabriela vai crescer, então será impossível esconder... Imagine quando ela descobrir que foi você que prendeu o pai dela? Vai se sentir enganada."

O delegado nem teve tempo de responder, pois a menina já voltava correndo.

"Tio, olhe a minha agenda", falou, jogando-se às pernas dele. A mãe reprovou com a cabeça, os braços ainda cruzados.

Irineu folheou, desajeitado, a caderneta com páginas arrancadas e anotações da criança: Gabriela brincando, comendo, passeando com a mãe. No maior desenho, três borrões vinham com legenda: ela e dois outros rabiscos, que eram sua mãe e seu pai. O delegado se demorou olhando o desenho tracejado do pai, que estava riscado.

"Ela riscou porque o pai não está mais aqui. Fará um novo desenho quando ele retornar. É isso que quer saber?", perguntou Juliana Klein.

Irineu confirmou e percebeu que era besteira vasculhar o crime nas anotações de uma menina de 9 anos.

"É muito inteligente, Gabi. Estou impressionado. Por isso, trouxe mais um presente."

A menina arregalou os olhos, pegou o pequeno pacote com ambas as mãos e pediu ao delegado que se abaixasse. Deu-lhe um beijo e sussurrou em seu ouvido:

"Gosto muito de você. O mesmo tanto que gosto do meu pai."

Foi um sussurro que deixou Juliana constrangida.

Gabriela abriu o pacote e descobriu um kit de objetos do Bob Esponja. Primeiro, viu um pequeno chaveiro do personagem: os dois braços esticados, o sorriso largo. Gabriela já brincava com o porta-chaves quando percebeu escapulir do embrulho um pedaço de pelúcia. Pegou o Bob Esponja de pelúcia, e sua pose era parecida com a do chaveiro: o mesmo sorriso, os mesmos bracinhos abertos, artista que acabou seu show e agora se apresenta para a plateia, esperando os aplausos, como, em vão, esperou Tereza Koch no Guaíra. O delegado olhou triunfante para Juliana, que mantinha o tom recriminador, enquanto a menina abraçava a pelúcia – um estranho e feliz quadro naquele casarão acostumado com desgraças.

"Há ainda mais um presente", falou Irineu, apontando para o embrulho semiaberto.

A menina largou a pelúcia e retirou do embrulho uma corda amarela.

"O que é isso?"

"Uma corda de pular."

"E para que serve?"

"Não acredito que não saiba!"

Juliana interveio.

"Acha que alguma criança ainda brinca com isso? Elas têm a internet, Irineu!"

"Mas nem sabem o que é? É tão antigo assim?"

"Tão antigo como você."

"Não sou bom com explicações, Gabi. Não sou um professor, como sua mãe, mas vou tentar. Você deve segurar firme nas duas pontas..."

"Assim?", perguntou Gabriela, enquanto segurava as duas pontas na mesma mão. Juliana riu da falta de jeito do delegado.

"Não, não. Tem de segurar uma ponta em cada mão. Agora, deixe a corda encostar em seu calcanhar."

A menina deu dois passinhos tímidos e passou os pés sobre o objeto amarelo.

"Assim?"

"Isso. Agora, a parte mais difícil: você vai puxar a corda, ela vai passar por cima de sua cabeça e, quando estiver caindo, você dará um pulinho."

"Por que um pulinho?"

"Porque aí a corda irá passar por baixo de seus pés. E você deverá continuar a empurrá-la, e novamente a pular. E fazer isso diversas vezes."

"É isso a brincadeira?"

"É. Falando, parece não ter muito sentido. Mas é engraçado. E um ótimo exercício. Sabe, o tio aqui faz muito isso no trabalho. Ajuda a ficar em forma...", falou, apontando para a própria barriga.

"O que é ficar em forma?"

"É fazer exercício. É bom para a saúde e para o corpo. E a barriga não irá crescer."

"Papai não está em forma, então", falou, fazendo um gesto que desenhava no ar uma barriga enorme. Juliana e Irineu gargalharam.

"Mais um motivo para que você se esforce. Pode ensinar a seu pai, depois. Que tal?"

"Não sei", respondeu Gabi, reticente.

"Ao menos tente."

A menina obedeceu, segurando as pontas, concentrada, e mantendo a gravidade no olhar que era inerente a qualquer Klein quando diante de uma atividade que julgava homérica. Deu dois passos e encostou a corda nos calcanhares. A corda passou rente à cabeça, com pouca força, quase não completando seu círculo, e parou na ponta dos pés.

"Não consigo", falou, decepcionada. "Vai ficar triste se eu não conseguir?"

"Lógico que não, Gabi! E você vai aprender, sei que vai."

"Ora, Irineu! Ela nunca viu como se faz, e você vive fazendo. Por que não mostra como é?", cortou Juliana.

"Quer que eu pule corda aqui?"

"Não quer ensiná-la? Um mestre deve demonstrar ao aluno como se faz."

"Está de brincadeira? Estou de terno, vou ficar suado."

"Já ficou suado comigo, e não reclamou. Não seja hipócrita e faça, assim ela poderá ver."

"Juliana, pelo amor de Deus! Olhe o tamanho deste negócio. É uma corda infantil!"

"Seus braços irão compensar o tamanho: é só ter boa vontade. Estamos esperando." Sentou-se no sofá da sala de estar, e Gabriela a acompanhou.

"Isso, tio! Mostre como se faz."

"Vocês duas estão malucas. Eu não vou pular."

Juliana e Gabriela riram, um riso parecido, um riso de mãe e filha.

"Não pense que vai escapar. Ficaremos sentadas aqui até que você mostre!"

Juliana cruzou os braços e as pernas e fez uma cara séria, que talvez fizesse quando participasse da banca de alguma tese importante. Gabriela olhou e estudou a mãe, copiando o braço e a perna cruzada.

"Não é possível que estejam falando sério. Vou tropeçar e cair, vai ser um desastre."

"Será engraçado", rebateu Juliana, sem rir.

"Será engraçado, tio. Pule", falou a menina, com o sorriso impresso no rosto, apesar do braço cruzado e da posição de professorinha séria.

Irineu percebeu que o olhar de Gabriela e Juliana as denunciava. *São muito parecidas!*, pensou. Mãe e filha sorriam, um sorriso confundido, um sorriso único diante do patético delegado que perdia toda a sua autoridade e quase implorava para não ter de pular com uma corda amarela com desenhos do Bob Esponja. *Uma cópia fiel, uma pequena cópia fiel*, pensou ele, olhando o confuso sangue Klein, que sempre teve como objetivo postular a eternidade.

Olhou para a mãe, que, naquele momento, segurava a pelúcia, e para a filha, que sorria e tinha nas mãos o pequeno chaveiro do Bob Esponja.

28. Saber-se infinito (3)

2011

"Um pequeno chaveiro do Bob Esponja...", falou o responsável pelo Instituto Médico-Legal.

Irineu o pegou: o objeto quadrado e amarelo cabia na palma de sua mão e parecia ainda menor do que da última vez que o vira, seis anos atrás. Fechou a mão e o comprimiu contra o rosto, chorando sem disfarçar, um pranto já destinado à memória de Gabriela Klein.

"Gabi!" Falou entre os soluços, entre os espaços em branco das memórias do Casarão Klein: a morte de Tereza Koch; a imagem de Gabi correndo, feliz e ignorante da realidade do pai em uma penitenciária. Chorou no espaço dos lapsos que havia entre o desaparecimento do corpo de Juliana Klein e sua ressurreição como pó; entre a Gabriela que imergira em um mundo de pelúcias praticamente órfã e a rediviva inteiramente feita da cólera em que tinha submergido. Chorou lembrando-se do assassinato de Mirna Klein; de uma menina que se recusava a sair do quarto, e de um talho feio na cara. Da Gabriela que se lembrava da mãe, da mãe ideal, que não vivia mais ao seu lado, mas apenas nas lombadas dos tantos volumes das teses defendidas no curso de filosofia da UFPR. "Gabi, falhei mais uma vez! A última vez!"

Os homens do IML se entreolharam, arrependidos.

"Nossos sentimentos, doutor. Era parente desta senhora?"

"Senhora?"

"Sim. É sua parente?"

Irineu suspirou e ergueu o pano branco. Os ferimentos foram feios, o corpo precisaria de muitos retoques para que o caixão não ficasse fechado. Demorou a reconhecer a mulher que estava ali estirada: a única certeza que teve foi a de que não era Gabriela Klein. Vasculhou com os olhos o interior do carro: não havia mais lençóis brancos mortuários. *Apenas uma vítima fatal*, suspirou, com alívio. No entanto, logo se deu conta de que o SAMU também estava ali, e não tinha a mínima ideia de como poderia estar Gabriela.

"Havia outra passageira no carro. Onde ela está?"

"A jovem? Foi levada para o hospital. Estava usando cinto de segurança, e isso foi sua sorte. Bateu a cabeça, machucou o lábio e luxou um braço; a perna está machucada, talvez quebrada, mas nada de grave. Ficou presa nas ferragens, e gritava. Um senhor a acalmou. Um idoso, não sabemos como conseguiu entrar no carro capotado. A menina está mais assustada que machucada."

"Para onde a levaram?"

"Para a Santa Casa."

O delegado olhou novamente para o carro. De fato, era uma sorte imensa não ter acontecido nada grave a Gabriela. A tia ficara quase irreconhecível.

"Essa senhora não estava de cinto?"

"Não. Com o impacto, o corpo foi arremessado. Foi terrível o que ocorreu aqui."

"Concordo. Um acidente feio."

Os legistas se entreolharam.

"Desculpe, doutor. Chegou tão rápido, que pensei que soubesse..."

"Que eu soubesse o quê?

"Bom, não foi um acidente..."

"Como não? A parte frontal de um carro bateu na lateral do outro, alguém furou a preferencial... não foi isso?"

Novamente os dois homens do IML se entreolharam. Um deles abriu a porta do veículo e o outro puxou a maca com o corpo de Rosi Klein.

"É melhor que olhe com seus olhos. Esqueça os ferimentos, pense como um delegado."

Cacos de vidro e marcas de asfalto se misturavam com a pele da testa e os olhos ainda abertos de Rosi. O nariz quase não existia, era praticamente um buraco vermelho. Sob o cabelo, uma fenda, causada talvez por alguma parte pontuda do carro. *Pense como um delegado*, repetiu. Rosi Klein era jurada de morte, e havia atravessado um oceano para fugir de uma mulher instável como Olga Rezende de Oliveira. Em Frankfurt, talvez conseguisse médicos capazes de driblar sua infertilidade. O que poderia tê-la trazido de volta ao Brasil era, agora, apenas um fato miraculoso e semovente – semovente mais por acaso que pelo cuidado dos que deveriam zelar por sua saúde; um fato com nome de mulher, cabelos louro-avermelhados, olhos verdes, rosto juvenil e sobrenome alemão, e que havia poucos minutos dera entrada na Santa Casa de Curitiba. Por uma série improbabilíssima de acontecimentos, o pai da menina é preso por homicídio, a mãe é sequestrada e declarada morta após um testemunho e alguns gramas de pó, uma tia é assassinada após voltar do mercado. Um novo acidente – por mais elementar que pudesse parecer a cena do sinistro – seria uma coincidência improvável. Pensar como delegado significava juntar todos os destroços de todos os fatos, de todos os tempos, liquefazê-los em uma una e teleológica teoria, pensar como um acusador, um criador de teorias conspiratórias. Aquela mulher, destroçada, misturada com cacos de vidro, sangue e asfalto, tinha sido assassinada? Como? O acidente parecia elementar...

Colocou uma luva de plástico e controlou a aversão, aproximando-se da cabeça de Rosi. Pelo queixo ainda quente, fez uma suave rotação no pescoço e percebeu que, no lado direito, havia uma quantidade maior de sangue. Retirou os cabelos encharcados e descobriu do que os homens do IML falavam: na têmpora direita, um buraco redondo escuro denunciava que um tiro certeiro havia entrado ali.

"Não acredito! Ela foi alvejada?", disse, retórico para que acreditasse em si mesmo, apesar de pensar como um delegado.

"Foi. Um tiro apenas, o cara que atirou era bom. Acreditamos que, depois do tiro, o carro ficou desgovernado, ultrapassou o sinal vermelho e colidiu com o outro veículo."

"Acham que o tiro foi anterior ao acidente? Descartaram a possibilidade de alguém ter se aproveitado do acidente para disparar?"

"Doutor, não somos peritos, mas temos quase certeza de que depois do acidente ela estava visivelmente morta. Qualquer leigo perceberia."

"Há algum suspeito?"

"Ninguém viu. Além do senhor que ajudou a menina, outro rapaz, que dirigia um carro que vinha metros atrás disse que, no momento do estampido, um motoboy passava ao lado do carro. No entanto, não tem certeza, está nervoso, diz que naquela hora estava trocando a música no som do carro."

"Há câmeras nesta via?"

"Nenhuma. O assassino parece que sabia disso. É um dos poucos pontos cegos da Amintas."

"Os senhores ajudaram muito. Há mais alguma coisa a ser mencionada?"

Um dos homens coçou a cabeça.

"Bom, é o delegado e terá acesso... Acho que não há problema se adiantarmos. Espere, já volto."

Abriu a porta do veículo, retornou segundos depois, trazendo mais um invólucro negro.

"Encontramos esse objeto a cerca de dez ou quinze metros do acidente."

Irineu abriu o envelope e descobriu uma pequena semiautomática.

"O sujeito atirou e jogou a arma na rua? Foi isso?"

"Considerando a posição de disparo e o local em que encontramos a arma, parece que sim."

Irineu calçou uma luva de plástico e manuseou a pequena semiautomática. Poderia jurar que ainda estava quente, talvez pela exposição ao sol, talvez pelo restolho do calor propagado pelo tiro que matou Rosi Klein. Era incomum encontrar a arma do crime na cena do crime. Desde que se sabia delegado, a arma fazia parte do desconhecido, do complexo e obscuro conjunto de motivos ensejadores da morte. Como as razões do assassino, o objeto propiciador do assassinato deveria permanecer em segredo – esta era a norma. Contudo, durante esses seis anos em que viajava pelo rio chamado Curitiba, aprendera que, nesse caso, a regra era diversa: o assassino dos Klein gostava de deixar a arma ao lado do corpo – ou da ausência do corpo.

Tomou a semiautomática nas mãos, sentindo o peso e procurando na textura ou no formato qualquer detalhe revelador. Não havia nada incomum: tratava-se de uma semiautomática HK, igual a tantas outras existentes ao redor do mundo. No entanto, diferentemente das outras armas deixadas nos demais crimes, nesta o nome da marca estava gravado não apenas pelas iniciais, como era usual. *Nesta* pequena pistola havia o nome completo, um nome capaz de fazer o tempo parar e de invocar muitos fantasmas.

Tratava-se de uma semiautomática comum, como outras tantas. No entanto, em Curitiba, a cidade que insistia em não o deixar, Irineu sabia que algumas lógicas se subvertiam: aqui o objeto do crime era propalado orgulho e, quanto a ser uma semiautomática comum, *ser comum*, neste caso, mostrava exatamente a particularidade: a pequena arma ostentava *naquele* específico cano o nome completo, a popular marca conhecida como HK e que levou munição e projéteis para todo o mundo. Aquelas duas letras, ao contrário do que a princípio poderiam parecer, não revelavam apenas a facilidade de sua obtenção, mas também denotavam traços de orgulho daquele que a portava:

Tratava-se de uma HK, que, naquele momento, Irineu lembrou ser a abreviação de Heckler & Koch, a mais popular arma alemã.

29. Marcados pelo signo da guerra

2005

"Koch é o popular alemão desta Universidade", disse o estudante. "Há professores de outras nacionalidades, mas creio que ninguém seja tão conhecido quanto ele."

Irineu estava parado na frente do *campus* da famosa instituição de ensino superior católica de Curitiba, localizada no bairro do Prado Velho. Tinha a ingrata missão de conversar com Franz Koch, o marido da assassinada. Conversar com familiares de vítimas era penoso, ainda mais quando o defunto estava fresco no caixão, como agora. Mais de uma vez já tivera conversas como a que teria: passados poucos dias da morte da consorte, ainda no prazo de nojo, já o marido misturava luto com trabalho. Talvez para se esquecer de sua dor, Koch se afundava em pilhas de textos acadêmicos, diziam os dirigentes da PUC, e apesar da insistência ninguém conseguia mandá-lo para casa. Irineu sabia que os que saíam do velório para o trabalho eram os piores: reprimidos pelo próprio orgulho ou por algum sentimento obscuro, mais cedo ou mais tarde, a dor afloraria, talvez já metamorfoseada em outros nomes, em outras ações, em outros crimes.

Na frente do prédio, pensou na conveniência da entrevista: Scaciotto se deixava prender citando Heráclito; Juliana mencionava medo do futuro citando Nietzsche, e ele não entendia nada: o que diria à vítima restante, e o que a vítima restante diria? As bandeiras da PUC e do Brasil estavam ainda a meio mastro. Koch devia se lixar para a bandeira ou para símbolos de padres acadêmicos: seu Brasil era apenas um pedido feito pela defunta esposa e que agora doía, e a PUC era somente um antro de carnes femininas para seu voraz apetite sexual.

O delegado olhava as bandeiras tremulando quando viu um menino que passava. Parou o estudante, perguntou-lhe se cursava filosofia. O jovem respondeu, assustado, que não, que estava no primeiro ano de direito.

"Perguntei por que queria informações de um senhor estrangeiro que dá aulas de filosofia."

"Fala do alemão viúvo do Bloco Amarelo?"

Descobriu, assim, que a ala de filosofia era conhecida como Bloco Amarelo, e que Koch já era uma lenda antes mesmo de que toda a Curitiba falasse da morte de sua esposa. Inteligente, mau poeta, com fama de excêntrico, o professor gostava de falar alto, de ingerir litros e litros de cerveja e de fazer trovas sobre a terra natal, devidamente lidas e aplaudidas pelos outros trezentos milhões de imortais da Academia Paranaense de Letras. Gostava de repetir que o brasileiro era padronizado, uma previsibilidade observada nas ações, na ausência do pensar crítico, no rotineiro arroz com feijão e na cerveja local, que era o mijo das alemãs. Arrotava aos brados, enquanto se embriagava pagando caro a importação da Binding e da Henninger, as duas cervejas de Frankfurt. Bêbado de sua terra, ficava mais vermelho misturando o português arrastado com um alemão ardente, e dizia que só estava nesta porque Tereza Koch, desde que pisou em Curitiba pela primeira vez, criou um improvável amor.

Quem conheceu Tereza Koch – antes de o furacão Aline entrar no bairro do Prado Velho – confirma a informação: o amor da mulher era fruto da excentricidade que via no Novo Mundo, é correto afirmar. Mas era amor. Encantara-se pela mistura de descendentes alemães, poloneses, ucranianos e italianos, todos em comunhão, como se esse insensato *Admirável Novo Mundo* fosse capaz de extirpar todo o absurdo, todas as rusgas e todos os ódios das fronteiras, das estirpes e dos códices europeus. O céu, o cinza e a tristeza de determinados poentes a faziam se lembrar de sua Alemanha. Mas o verão lhe mostrava que, não obstante todas essas misturas, estava em um país tropical, onde as polaquinhas encapotadas de roupas e de maçãs vermelhas, com a mudança das estações, saíam de seus casulos e apareciam na faculdade com saias curtas e decotes. E todas as jovens de olhos claros, polacas ou bávaras, e as ruivinhas flamengas, e as moreninhas de lábios grossos ibéricas, e as mulatinhas bantas, e todas as misturas, todas as tonalidades, todas as variações de cores, sons e cheiros eram apenas sinais da vida, múltiplas e ainda assim únicas em suas diferenças – sinais da vida colorida e feliz de Curitiba.

Bêbado, Koch dizia odiar o calor que o empapava, que grudava entre a pele e a camisa cara, que pinicava a proeminente barriga e não permitia raciocinar com liberdade. A liberdade é uma questão de opinião, até mesmo na geografia, sabia o diletante casal. Enquanto Tereza viu bons selvagens de torsos nus e desfiles de jovenzinhas babélicas, Franz Koch iniciou sua saga de odiar a comida, o clima, o idioma, e, além disso, achava um absurdo continuar a guerra contra os Klein tão longe de sua casa. Sentia que a briga só tinha sentido em sua cidade, com os de seu sangue.

No Brasil deu seu fico apenas para satisfazer um capricho raro da esposa. Pela mulher que largou um mundo burguês alemão para aprender filosofias, e que, nesta terra, tornou-se radiante, Franz Koch abdicou do sonho de voltar para a sua Alemanha. E, aqui, o homem fez floresceram teses, mentiras sobre os Klein e, principalmente, semeou e regou seu enorme apetite sexual. Diziam as lendas que só pelo amor a Tereza conheceu alunas que trocavam diplomas por sexo.

As lendas ganharam corpo – femininos – quando se soube que o vermelho professor mantinha relações sexuais frequentes com uma específica aluna, cobiçada nos intervalos, nos pescoços virados de jovens, de tantos cursos próximos ao Bloco Amarelo, que viam toda a filosofia do mundo naquela provocante saia e que, sem coragem de dizer, apenas pensavam: "Erga a saia e mostre-me o mundo, filha!" E os pequenos burburinhos ganharam outros mananciais, confirmando este detalhe aqui, aquela piscadela ali, aquel'outro sorrir comungado e secreto, e viraram um rio caudaloso de histórias e de adjetivos pejorativos assim que a menina se tornou professora da PUC. E Tereza Koch, antes risonha em um país exótico, entrou em silente, porém visível, depressão.

Se até então a relação entre Koch e Aline era história, Tereza era palpável. Sua pele corada tornou-se irreversivelmente pálida, como em outro tempo e em outro espaço em que um médico dizia que seu organismo necessitava de vitamina D e ela respondia que em Frankfurt não fazia muito sol. Emagreceu, emudeceu e, nas poucas tentativas de alguns colegas professores de abordar o assunto constrangedor e delicado, esquivou-se, desviando a conversa para um filósofo ou para a metodologia que deveria utilizar nas aulas.

Nunca se soube a verdade porque, enquanto esteve viva, Tereza Koch não ousou contá-la a ninguém. Imagina-se, porém, que ela não o fez porque afinal haviam ficado nesta terra porque ela quis e, portanto, se o marido tivesse se enfeitiçado por uma jovem aluna, a culpa também seria dela. Uns diziam tal fato assim como narrado – jurado e escarrado. Outros rebatiam: "Que absurdo! Não se trata de *O cortiço*, não foi o alemão que foi corrompido pelos nativos inocentes e indolentes, mas ele, sim, que foi um filho de uma puta, e a aluna uma vagabunda, e só.

As histórias aumentavam nos adjetivos: Aline obteve o título de mestre e esteve presente no simpósio que foi o local e o motivo para a morte da esposa de seu amante. Enquanto uma sorumbática Tereza Koch falava sobre secular razão e vícios e virtudes, o marido a enganava. Naquele momento, ela já não devia amar Curitiba como a amou à primeira vista. Os muitos povos, as muitas raças, todos em harmonia, agora se uniam para rir dela; fora sua a decisão de ficar neste mundo bonito, mas cruel, e não tinha forças para se erguer, para falar em bom português ou bom alemão um belo de um palavrão, um babélico e sodômico xingamento, um "filho de uma puta" raivoso, cru, do fundo de suas entranhas e que poderia ser reconhecido de todos os modos e em todas as línguas. Ao contrário, continuou sua fala monocórdia, sem saber que eram as últimas palavras que falava em vida. Quando saiu do palco, de cabeça baixa, alguns a viram chorar, fato que estimulou conjecturas de que estava infeliz e, portanto, procurara a própria morte.

No entanto, "procurara a própria morte" é subjetivo demais. Por mais que estivesse infeliz, não havia cordas, cianureto nem faca que justificassem cortar os próprios pulsos em seu camarim. Além disso, sua fala havia sido escutada por centenas de testemunhas, que, apesar de não prestarem atenção, podiam garantir que Tereza não dera nenhum sinal de que tiraria a própria vida. E se suicídio era improvável, a tese de homicídio, ao contrário, não poderia ser mais consistente: Salvador confessara o crime, e por motivos torpes – uma prova incontestável.

30. Marcados pelo signo da guerra (2)

2005

Irineu decidiu entrar no *campus* e conversar com o professor. Apresentou o crachá na portaria e se dirigiu ao Bloco Amarelo. Subiu dois lances de escada e visualizou a porta com um losango amarelo e a placa informativa: *Franz Koch, doutor e coordenador do curso de filosofia*. Bateu e não esperou que a abrissem. Entrou, e o professor o cumprimentou sem parar de rabiscar um papel.

"Olá, delegado Irineu! Preciso chamá-lo de doutor?"

"É um costume."

"Fez doutorado em direito, delegado?"

"Não. Mas há uma lei que autoriza o uso do título para autoridades policiais e judiciárias."

"É uma mentira, isso. Uma mentira difundida. Todos escutaram e a confirmam como se fossem especialistas no assunto. Um amigo disse que é possível ser doutor sem fazer o doutorado. Mas isso não é ser doutor, que exige métodos criteriosos de obter informação. É exatamente o contrário: é a Wikipédia, é baixo."

"Por que está me ofendendo?"

"Não quis ofendê-lo. Não me dirigi a você, dirigi-me ao costume."

"Faz este discurso para todo advogado com quem conversa? Para todo médico que consulta?"

"Nem sempre. Para os que fizeram doutorado, não preciso dizer nada."

"Parece que está lutando contra moinhos de vento. Não é uma energia que desperdiça, ao opor-se contra um costume tão difundido?"

"É curioso escutar, vindo de você, que luto contra moinhos de vento. Não sente o mesmo, delegado? Todas as vezes, busca um padrão, o criminoso de Lombroso, o formato da cabeça, as condições sociais e históricas, os erros que não foram corrigidos por Foucault... e as merdas continuam, dia após dia, ano após ano, sem que se encontre um padrão. A merda vem de todo lado, de todos os jeitos, de todos os tamanhos, do filhinho rico que se entediou e tacou fogo no mendigo; do jovem que saiu bêbado da festa e acertou em cheio cinco idosas que deixavam a igreja; do pobre que matou para comer; da moça de 19 anos que não sabe quem é o pai de seu filho porque deu para meio mundo, então esconde a gravidez de todos – é um verdadeiro prodígio! – e, na hora H, se senta na privada e expele a criança como se ela fosse uma merda, para em seguida jogá-la, embalada em um saco de lixo, no rio poluído de sua cidade. O Barigui se tingirá de vermelho mais que o Eufrates; há em Maringá um rio Belém como o daqui? Aí, vem um advogado, dativo é óbvio, a moça não tem dinheiro para porra nenhuma, e o advogado invoca os direitos humanos e a literatura médica, e diz que ela sofreu de estado puerperal. Aí o juiz cai nessa – ou finge que cai nessa –, afinal é difícil comprovar o contrário: os exames são caros, o estado não deu nem o ensino fundamental a essa desgraçada, quanto mais um complexo exame que mostre quanto sua taxa hormonal caiu enquanto ela cagava filho na privada. Logo, para tirar o seu da reta, o juiz diz que a coitada matou o filho em estado puerperal, e dá a sentença: pena em regime aberto por dois anos. Dois anos em regime aberto, a moça tem de comparecer bimestralmente em juízo e assinar um livrinho, ou seja, o assassinato que cometeu sai barato: doze assinaturas, parceladas em dois anos. E enquanto ela assina, outras tantas assassinam, cagando suas crianças, e outros juízes vendem as crianças cagadas que não nasceram mortas, vendem adoções, procedimentos e o caralho. A merda vem de cima, de baixo, dos lados. Do juiz cujas bolas você lambe; dos advogados; das mães que cagam seus filhos; do estado, e de todos do estado que deveriam fazer algo, mas apenas jogam mais merda. E você dá a cara à tapa, está na frente: se a merda cair no ventilador, sobra só para você, não é assim? Não é isso que é lutar contra moinhos de vento?"

"Novamente, você parece muito agressivo."

Koch suspirou, olhou fixamente para algum papel qualquer e pigarreou. Exagerou no novo tom de voz, plácido, quase advindo de um penitente no confessionário.

"Desculpe. Esta conversa é conhecida: você diz que estou agressivo para tentar extrair meu comportamento raivoso, vingativo, não é? Mas sua conduta é previsível. Perguntará se houve algum incidente antes do dia do teatro, e eu direi que não, que absolutamente não esperava o que aconteceu. Aí, então, perguntará o que eu estava fazendo na hora do crime. Como é uma conversa informal e, até onde sei, não gravada, e apesar de saber que posso ficar em silêncio, direi que estava comendo uma aluna. Uma aluna gostosa que todos adorariam comer, todos os professores, todos os alunos de educação física, de direito ou medicina, todos os alunos merdinhas da faculdade, que ficam só na punheta. Aí perguntará há quanto tempo mantenho relações com essa menina. Responderei: 'Há um bom tempo.' Em seguida, indagará como eu poderia saber o que se passava com minha esposa, se estava focado. E também como eu poderia afirmar categoricamente que não houve nenhum entrevero com os Klein, se estava mais interessado na minha pupila. Aí responderei – até porque, de fato, você não deve saber, e isso talvez seja a coisa mais importante em todo o caso – que isso dos Klein é coisa minha, portanto, se existisse algo, eu saberia. É uma briga de sangue, não dos que obtêm o sobrenome no cartório. E sangue Koch sou eu. Por isso digo que não houve nada. Concordará com a cabeça e perguntará, então, se acho que o crime foi para me machucar."

"Foi?"

"Acredito que sim. Tereza nunca foi o alvo, era uma agregada."

Parou de falar, olhou para cima, pensativo, e os olhos duros em um segundo se encheram de lágrimas.

"Na verdade, Tereza era uma coitada. Pensando agora, vejo que morreu infeliz. E que tive boa parcela de culpa."

"Quem teve culpa foi Scaciotto."

"Dispenso seu manual de condolências baratas."

"E quem disse que estou consolando você? Só afirmei que Scaciotto teve culpa."

"E?"

"Não é uma briga de sangue? E sangue se obtém no berço, e não em uma certidão de casamento, não foi o que quis dizer? É uma briga pessoal, intransferível, correto? Por que Scaciotto entraria nela?"

Franz Koch deu de ombros.

"Você tinha alguma coisa contra Salvador?"

"Lógico que não."

"E por que ele fez isso?"

"Não tenho a mínima ideia. Ele vai para a cadeia, não vai? E nada mudará: saíram dois agregados, os inimigos ainda estão no combate."

"Está sugerindo algum tipo de vingança?"

"Não, não sugeri nada."

"Falou que ainda está no combate."

"Como também falei que Juliana está no combate."

"O marido dela acabou de ser preso. Acha que ela faria algo?"

Koch deu de ombros novamente. Suspirou e limpou uma lágrima que estava suspensa em sua face.

"Não sei como Juliana vai se portar, e como vou me portar diante das atitudes de Juliana. A única coisa que posso alertá-lo é que as coisas tendem a se repetir aos Klein. Sempre foi, sempre será assim."

"Como repetir?"

"Repetir, delegado. Ocorreu, ocorrerá... Quer saber um detalhe curioso?"

"Diga."

"Direi porque é policial, e poderá dar o valor correto para a anedota. Meu pai, Heinrich Koch, foi conhecido como o mais pacato vendedor de frutas de Frankfurt. No entanto, foi azedado pelos Klein. Aí tudo mudou. No fim da vida, meu pai tinha um prazer gratuito em falar que era parente do engenheiro Theodor Koch, cofundador de uma marca bélica. Repetia comendo nectarinas podres e ameixas passadas, mastigava espumante, com a boca aberta desenhando círculos imaginários em que juntava eixos de famílias e, enfim, chegava ao epicentro bélico do clã. As conexões eram todas superficiais, quando não inexistentes, mas Heinrich Koch passava com seu caminhão por elas e, no caminho de volta, a caçamba de seu veículo estava municiada. Ser Koch é saber da guerra – como herói, mártir, santo – por deuses germânicos, ou pelo Deus protestante norte-americano que matou Konrad Klein, talismã de guerra para eles, maldição para nós. E assim se dá a guerra, como no futebol ou na política: duas visões distintas de um mesmo fato. No fim da vida, Heinrich descobriu que as frutas, as lojas, nada daquilo valia algo. Ser Koch não é carregar seu caminhão com frutas doces e saborosas, mas com negras e pesadas armas, e estar pronto para a guerra – uma tábula rasa que deve ser preenchida com escritos advindos de um cano de uma arma Koch. Somente uma arma Koch tem o poder da redenção.

"Não entendo por que precisam falar de forma tão difícil."

"Parece metafísico para você? Para mim, é um mantra. Cresci escutando essa lição. Os Koch são marcados pelo signo da guerra, do grande deus da guerra que paira sobre nós. Em sã consciência, distingo a lenda dos fatos. Sei que provavelmente a história do parentesco com os Koch fabricantes de armas é uma falácia. Mas isso não muda nossa história nem nosso destino. Nem o fato de que haverá sempre um Klein em nosso caminho, em nosso belicoso caminho... Escute bem, delegado: ocorreu, ocorrerá."

31. G.K. A.K.

2011

A *Gazeta* do dia seguinte trazia duas grandes notícias na capa. A primeira, ilustrada com uma foto do carro capotado, esmiuçava a morte de Rosi Klein e o modo como, por milagre, a menor G.K.S. se safara. A outra grande reportagem, ilustrada com as fotos de Koch e de suas três alunas, tinha o seguinte título:

PRESOS OS SUSPEITOS DO
ASSASSINATO DA RUA AMINTAS.

A matéria era cuidadosa ao citar os envolvidos como suspeitos nesse e nos outros casos de morte na família Klein. Irineu era lembrado como o curioso delegado que decidira investigar por conta própria, mas que retornava oficialmente às investigações para auxiliar a polícia curitibana. A reportagem atribuía seu retorno ao fato de que as autoridades públicas estavam morrendo de medo da exposição e da opinião pública. Desta maneira, com a conjunção destes fatores – um delegado que colocava sua mão no fogo e a pressão do secretário de Segurança Pública – logo o fórum estava cercado da imprensa paranaense com os quatro presos.

Da primeira viatura saiu Aline Arnault, tapando o rosto com os cabelos e vestindo uma pequena saia que deixava à mostra o par de coxas responsável por virar os olhos azuis de Franz Koch. As outras viaturas trouxeram Fernanda Oviedo e Olga de Oliveira, também escondidas sob os cabelos e muito assustadas com o número de câmeras e de jornalistas em frente ao fórum. Alguns jornalistas já sabiam os pormenores do caso, mesmo com o processo correndo em segredo de Justiça. Um deles perguntou se era verdade que Olga estava envolvida na morte de Rosi Klein porque ainda amava Alfredo Rosa. A acusada levantou a cabeça – o rosto captado pela câmera demonstrava seu terror – e negou veemente, balbuciando "não, não, não" – uma imagem efusiva, chupada por todos os obturadores presentes.

Por fim, veio Franz Koch. Ao ver o tumulto, ergueu a cabeça, propositalmente arrogante – um Koch não prostra os olhos ao chão –, mesmo sendo o principal acusado da morte das três Klein. Seu olhar insolente e resoluto aumentava sua vileza: sua foto, no jornal, parecia a desses assassinos seriais orgulhosos das mortes que cometeram. Os jornais não se furtaram a contar que as mortes das mulheres da família Klein foram causadas por tiros de uma HK, cuja letra K aludia a Koch, não comprovadamente a Franz Koch, mas a Heckler & Koch.

A prisão do professor foi discutida nos noticiários locais: em tom reprovativo pelos alemães pioneiros do Jardim Schaffer, logo confirmado pelos frequentadores da Boca Maldita. Na PUC, alunos combinaram pela internet um ato contra a precipitada decisão. No lado da Federal, o prédio da Reitoria apareceu com um boneco gordo de pano que ostentava o dizer "Morra na prisão, Porco Koch", que logo foi retirado pelos zeladores. Uma discreta faixa negra foi pendurada na direção da Filosofia em homenagem a outro Klein que se ia. Na Livraria do Chain a discussão foi lembrada, e livros de Juliana Klein e Franz Koch foram colocados lado a lado na estante, talvez pareados e quietos pela primeira vez na vida. Lado a lado, Juliana, de outro mundo, e Franz, preso preventivamente. Se em Frankfurt os Klein e Koch se odiavam por desenganos e amores interrompidos, na babilônica Curitiba o ódio que cultivaram não tinha nada de casuístico. O fim, propalado pelas TVs e pelos jornais, era trágico para todos, de todos os lados: os agregados Salvador e Tereza se encontravam respectivamente preso e morta; as três filhas de Derek Klein foram assassinadas de maneira grotesca, e o renomado professor Franz Koch convocou um exército de não simpatizantes dos Klein e foi ao revide. A brilhante carreira e a inteligência, adjetivos tanto de Franz Koch quanto de Juliana Klein, tinham ido para o espaço ou para o xadrez: os dois foderam com a própria vida, diziam as bocas e as reportagens – uns, de maneira mais educada; outros, fazendo uso de todos os palavrões devidos, em alemão ou em português.

Quanto ao fato de foderem com a vida dos seus, inevitável a lembrança dos maiores inocentes desta história: Gabriela Klein e Adam Koch se distanciavam no sangue e na convivência, mas se aproximavam na idade e na tristeza de terem, ambos, perdido pai e mãe – seja para a morte, seja para a prisão. Gabriela Klein e Adam Koch, diziam os desocupados da Ponte Preta, os tagarelas da Rua 15, as lavadeiras do Capão, os membros da Fanáticos ou da Mancha – ou simplesmente G.K.S e A.K, segundo as publicações sérias dos impressos – levarão as marcas desta briga para o resto de suas pobres vidas.

32. Lamentações de Curitiba

2011

"Levará Curitiba com você", apostou Gómez. "A cidade deixa marcas em todos: os que a amam e os que a odeiam."

"Sinto informar, não vou embora: Curitiba permanecerá."

"Não precisa voltar?"

"Pedirei férias, ficarei mais uns dias. Não adianta me olhar assim: sei que não acredita, mas não há nada que eu possa fazer de errado agora. Quero ver Gabi, pedir desculpas por ter demorado tanto para conseguir colocar esses caras na cadeia."

"Irineu, já escutei isso uma vez."

"Juro, Gómez. Sabe que me sinto responsável por ela."

"É só ir até a Santa Casa. Gabriela está lá, não está?"

"Está. Mas não sei se devo, agora."

"Está com medo da menina?"

"Por quantas tentativas de assassinato ela passou nos últimos anos? É absurdo."

O delegado curitibano concordou. "Fique o tempo que quiser. Só tome cuidado..."

Despediram-se, e Irineu voltou ao Hotel O'Hara. Tirou a roupa e se jogou na cama. Permaneceu deitado algumas horas, olhando o teto cheio de teias de aranha, pensando na intrincada trama arquitetada por Koch. Vestiu-se, saiu do hotel, sentou-se em um banco que ficava de frente para o prédio histórico da Federal. Uns bêbados dormiam nos degraus da escadaria que os zeladores tentavam lavar. Um dos zeladores pulou negligentemente os degraus-dormitório dos bêbados, talvez porque soubesse que não adiantaria enxotá-los dali com o cabo da vassoura, no máximo, conseguiria fazê-los escorregar para outro degrau, do qual precisariam ser novamente enxotados.

Negligenciar talvez fosse a resposta, e não só para os bêbados dos degraus da Federal, mas para a vida que levava, pensava Irineu. Se agisse com dedicação, se quase se matasse para evitar tragédias, ainda assim outras sempre ocorreriam, em outros lugares. Não poderia estar em todos os degraus de todos os locais. De fato, como dissera Koch seis anos antes, a merda vem de todo lado, de forma que se proteger de uma significa expor-se às demais. A única maneira de evitá-las talvez seja recebendo todas, e deixando a cabeça em outro universo, como faziam aqueles sujeitos embriagados.

Pensou que, naquele momento, queria juntar-se aos bêbados e ao seu sono rascante. Mas sentia que, de todos os cantos, Curitiba o perscrutava. Tinha ainda o O'Hara, e, na intimidade do quarto poderia beber sem maiores preocupações, apenas trancaria a porta de seu quarto, deixaria a velha Colt a postos, e qualquer vampiro ou fantasma, qualquer Koch ou Klein, que entrasse seria advertido com chumbo, mesmo que o delegado estivesse embriagado. Um bêbado coçou a barriga e se arrumou. Poderia beber até morrer em seu quarto, ou se juntar aos bêbados da UFPR, que não seria incomodado – nem mesmo pelo zelador que tenta fazer a limpeza da escada. Então, por que relutava? Não era Gabriela Klein, que mais uma vez estava enferma; não era *apenas* porque Gabriela estava machucada por fora e por dentro.

Sentiu que estava mais cansado que o normal. Já não tinha idade para passar tantas noites à base de café, lendo Nietzsche em busca de descobrir o motivo que teria levado um professor a matar uma professora. Dito dessa forma, ali, agora, enquanto observava os bêbados e os zeladores, representantes de uma Curitiba rotineira e elementar – feita dos que precisam limpá-la e dos que estão cagando e andando para tudo isso –, o fato de estudar filosofia para efetuar uma prisão parecia grotesco, um filme ruim, uma peça mal-encenada. Atrás de si, ele não se esquecia, estava o Teatro Guaíra, que também era mantido limpo graças ao trabalho de zeladores, e igualmente era residência de moradores de rua e poetas bêbados. O maior teatro da cidade era o ponto de partida, o local em que, por algum motivo ainda obscuro, Salvador Scaciotto abreviara a vida de Tereza Koch. Ao lembrar-se de Scaciotto, recordou a reportagem da *Gazeta*, a foto de Koch insolente, as três meninas envergonhadas tapando os rostos com o cabelo e de Salvador, que acabara de sair da penitenciária de Piraquara. A indignação, antes sentida porque um assassino conseguira liberdade condicional seis anos após o crime cometido, era tacitamente substituída pela piedade que agora sentiam pelo professor viúvo e, principalmente, por Gabriela.

Um vento frio e um arrepio perpassaram o corpo de Irineu, que saíra vestido apenas com uma camiseta amarrotada. Foi até o lado da praça oposto ao do O'Hara e entrou na Confeitaria do Teatro. Pediu um pastel de carne e uma cerveja. Acabou, pediu outra cerveja, e permaneceu ali, olhando para o Guaíra, que gradativamente era coberto pelas negras brumas de Curitiba. Não era noite de espetáculos, o teatro estava às escuras. Perguntou se havia uísque, o dono procurou e lhe disse que restara um pouco de um nacional. Cancelou, pediu uma cachaça e se recordou, pela enésima vez, da noite de amor com Juliana, do uísque caro e de como saíra furtivamente de sua casa ao amanhecer: um adolescente pego em flagrante, sob o olhar duro da agora defunta Mirna Klein.

Juliana desaparecida, sangue vertido sobre o chão, escondendo a mensagem "O retorno ocorrerá". Três dias depois, o retorno: não ressurecta, como no dizer bíblico, mas vertida ao pó, do pó os Klein vêm, ao pó os Klein voltam – com o auxílio, é claro, de um idiota de um crematório que faz serviços para Franz Koch. Não era a primeira vez que crematórios apareciam em seu caminho: mais de uma vez, suspeitos de assassinato tiveram como último desejo da vítima a cremação com a ausência do corpo todas as provas estavam queimadas. O pó não guardava nada: as três pequenas tatuagens nas costas de Juliana Klein haviam se perdido para todo o sempre, e, se os anos em Piraquara não o tivessem transformado em um ateu, talvez Salvador ensinasse a Bíblia citando a mulher. Pediu outra cachaça, disse que não queria o copo pequeno, gostava mais do copo americano, e que pagaria aquilo. O dono riu sem achar graça, pessoas com essa história logo ficam bêbadas como gambá e dão trabalho; o dono tem de chamar reforço policial, todos os outros clientes se mandam, ele perde dinheiro.

"Está indo rápido demais, camarada. Dor de corno, ou foi despedido?"

Irineu negou tudo com a cabeça. O sujeito continuou.

"Não vou precisar chamar policiais para tirar você daqui, não é? Não gosto de porcos aqui, mas, se for preciso, vou chamar. Tem dinheiro?"

Sem tirar os olhos do Guaíra, retirou a carteira e mostrou uma nota de cinquenta e a identificação de delegado da Polícia Civil. O homem pediu desculpas, quase se curvou. Trouxe o copo americano transbordando, pediu desculpas novamente.

Por que a morte de Juliana foi tão diferente das demais? Nos três casos, a Heckler & Koch estava lá, como aviso. No caso de Juliana, no entanto, não foi a HK a causadora da morte. E por que não enterrá-la, simplesmente? Levar o corpo a um crematório, em nome da universidade, era algo complexo, que possibilitava chegar ao nome de Koch com facilidade. Virou a metade do copo que restava, fez uma careta e pediu outro. O dono correu com a garrafa. *Já que é impossível guardar material genético, quem garante que a pequena caixa pertencesse à Juliana?*, pensava. Os defuntos de indigentes na PUC são muitos e viram o mesmo pó: bastava que Koch mandasse qualquer um, e não haveria como contradizê-lo, todos acreditariam na morte de Juliana. E, ainda assim, não havia nenhum sentido em matá-la e enterrá-la no quintal para, em seguida, mandar pó ao viúvo como quem mandasse flores para a ex. É absurdo, certamente deve ter pensado que, ao fazer isso, praticamente se denunciaria. Os investigadores poderiam não conseguir uma prova concreta; no entanto, mais um elo estava formado: *a vingança e a utilização de um serviço pago por sua faculdade*. Irineu acabou de esvaziar o copo. *Não havia sentido em esconder uma morte – quer tenha ocorrido por tiros, facadas ou socos – e dizer que se matou de outra maneira.*

Foi quando teve a sensação estranha de que era observado. Virou-se e viu que o dono do bar estava de costas, lavando copos. Sentiu um clarão que vinha do seu lado: um sujeito com uma câmera fotográfica o mirava. Irineu tentou se levantar e se lembrou dos tantos copos, dos bêbados da UFPR, de Curitiba pesando dentro dele. O homem com a câmera se virou e saiu apressado. Irineu cambaleou, segurou-se na mesa, que virou junto com ele. Copo, restos do pastel, Ketchup foram ao chão... junto com o delegado. Desacordado.

    Porém, com vida.

33. Lamentações de Curitiba (2)

2011

Acordou vomitando bile e restos do pastel. A cabeça ainda rodava, a noite anterior vinha aos poucos, em golfadas de fragmentos incertos. O teatro, um raio que o fotografava na noite cinzenta curitibana. Agora que tudo estava acabado, outros sinais mostravam que não importava se ele comia um pastel e se emborrachava com bêbados, ou se infringia a lei tentando incriminar um professor e suas alunas, algo ainda o cutuca, além da ressaca e da memória de Juliana. Dos solilóquios da noite anterior, lembrava-se brumoso do que havia pensado na Confeitaria, lembranças de lembranças, o que se recordava de sonhos alimentados pelo álcool, as razões e os signos se alterando e se alterando, mesmo com tantas forças que fazia naquele momento para se manter fiel. Um novo dia se acabava, os tons de cinza progrediam, logo Curitiba estaria novamente entregue ao domínio de seus vampiros e de seus notívagos. Na Federal, os mesmos bêbados se enrolavam em conchas nos degraus, contínuos dervixes de suas personalíssimas fés e razões. Decidiu voltar ao mesmo café e pedir o mesmo copo americano de cachaça. Nesta noite e nas noites seguintes, trôpego, deixou-se levar pelo cansaço e se deitou na Federal junto aos bêbados. E, na privada do O'Hara, testemunha de seu abraço e de suas falas imaginárias, viu na água amarelada o cabelo loiro de Juliana e os olhos claros de Gabriela. Na sétima ou na oitava manhã em que saía destruído do hotel, o recepcionista o chamou e lhe disse que alguém o havia procurado.

"Quem?"

"Não sei. Não disse o nome."

"E você confirmou que eu estava aqui?"

"Confirmei. Achei que fosse algum amigo seu. Não podia?"

Não havia passado para ninguém o endereço de sua residência provisória em Curitiba. Pegou o telefone e discou o número do amigo.

"Diga, velho Irineu! Não vá me dizer que fez alguma merda..."

"Acho que não, Gómez. Espero que não."

"Porra. Você tem fogo no rabo. Tem horas que acho melhor que seja desligado da polícia."

"Nem brinque. E me fale uma coisa: andou me procurando?"

"Não. Você está de férias!"

"Isso me preocupa. Não tenho mais nenhuma pendência aqui... e um sujeito sabe quem sou e onde estou. O que acha?"

"Acho que você chama doidos, Irineu. Pense no que estou dizendo, é sério. Esqueça a polícia, você já fez um belo serviço. Mas até para dar o fora é preciso ser sábio. Saber sair na hora certa é uma arte, e a maioria não sabe. Saia, monte um bar. Ou um puteiro. Conheço umas boas meninas..."

"Gómez, por favor, agora não. Estou preocupado."

"Fez algo que pudesse deixá-lo preocupado?"

"Não sei. Dormir com os bêbados dos degraus da Federal é motivo de preocupação?"

"Irineu, não acredito. Está em Curitiba para isso?"

"Gómez, preciso de solidão. E de descanso."

"Vá pro Caribe! Há algo mais que deva me contar?"

"Bom. Acho que alguém tirou fotos minhas."

O silêncio do outro lado da linha se transformou em um escandaloso riso.

"Fotos suas? Estava pelado, é?"

"Lógico que não."

"Esqueça. Está imaginando coisas. E Gabi? Já falou com ela?"

"Ainda não. Tem notícias?"

"Não saiu ainda do hospital, mas está bem. Os médicos querem que ela faça todos os exames possíveis, e acham melhor que permaneça mais um pouco lá, descansando."

"Sei."

"E você não tem coragem..."

"Não. Como está o caso?"

"Estão em cima do Koch e das três meninas. Arrombaram todas as informações sigilosas, os interrogatórios, as testemunhas, e até agora nada. Eles estão bem protegidos."

"Filhos de uma puta."

"Posso lhe dar um conselho? Vá logo ao hospital; eu vou junto, se quiser. Diga suas desculpas e dê o fora. Você sozinho nesta cidade, esse bando de coisas estranhas, isso está cheirando a merda. Vamos ver a menina? Encontro você na Santa Casa daqui a uma hora."

Irineu desligou o telefone e decidiu se sentar naquele mesmo banco, em frente à Federal. Tentou olhar os bêbados com simpatia – uma semana atrás, ele os via como seres concentrados no próprio mundo, no próprio caos, apesar do caos que há aqui, do lado de fora. Mas eles não eram solitários nem ascetas – eram apenas as porras de uns bêbados, que, se não estivessem naquele estado soporífero, certamente estariam por aí aumentando o número de merdas que ele, como delegado, deveria resolver. O céu continuava cinza, e o tempo frio e a luminosidade machucavam seus olhos. Com a mão protegendo a vista, olhou da Federal ao Guaíra tentando, pela milésima vez, encontrar algum filho de uma puta com uma máquina em punho. Voltou à Confeitaria do Teatro, pediu uma dose, mas frisou que queria no copo pequeno, não no americano. Pediu um táxi, uma corrida até a Santa Casa. No vidro, conseguia enxergar o próprio reflexo, que vinha do vidro, nos vãos da Curitiba semovente além da janela. Sua barba estava enorme, branca, não a barba por fazer que, junto ao terno e ao impecável cabelo, normalmente lhe emprestava charme: estava grande, espetada, indecisamente grisalha. E que, como um rio caudaloso chega ao mar, se juntava ao cabelo em tons, espessuras e cores diferentes.

Os olhos estavam fundos: não se recordava de já ter tido uma olheira tão grande como aquela. Olhava no fundo do olho esquerdo e a pele sob ele estava tão inchada e negra, que, naquele ponto, não conseguia enxergar a cicatriz deixada por Gabriela Klein. E foi assim que percebeu que a visita naquele estado era absurda.

"Amigo, dá para passar em um shopping antes?"

O taxista o olhou pelo retrovisor e confirmou com a cabeça.

Na frente da Santa Casa, Gómez lembrou que seria mais conveniente ligar, que talvez não fossem bem-vindos. Discou o número da recepção e perguntou se poderia visitar a paciente Gabriela. A atendente o colocou na espera e voltou minutos depois, dizendo que sim, desde que aguardasse meia hora.

Dez minutos depois, os delegados se esconderam para que Salvador não os visse. A dúvida se confirmara com a saída do homem: o pai não queria topar com Irineu, então pediu meia hora para sair. Ao ver o italiano dobrando a esquina, os dois delegados resolveram entrar. Subiram dois lances de escada, até que deram com o número 206. Irineu bateu à porta e não esperou que a abrissem. Colocou, como de costume, uma parte do rosto pela fresta e escutou vir de dentro um pequeno sussurro que traduziu como um "entre".

E um "entre" vindo de Gabriela Klein é um ótimo sinal, pensou. Sinal de que sua entrada era permitida, mesmo naquele local em que a esperança não permanecia textualmente viva.

34. Imemorial e volúvel

2011

Gabriela estava deitada, com os olhos fechados e as mãos cruzadas sob o corpo. Uma enfermeira olhava sorridente, e Irineu se deu conta de que o "entre" não tinha sido verdadeiro, vindo de uma pessoa que não tinha autorização para permitir sua entrada.

"Ela tomou um remédio e dormiu. Os senhores podem esperar?", sussurrou a enfermeira, com o sorriso ainda impresso no rosto.

"Temos todo o tempo do mundo", respondeu Gómez, também sorrindo.

Quando a menina se espreguiçou e abriu os olhos, uns quarenta minutos já se haviam passado. Quando a enfermeira fechou a porta, Irineu suspirou, tomou a iniciativa.

"Oi, Gabi."

"Veio dizer que sente muito. Que nada mais acontecerá. Estou errada?"

"Não. Vim pedir desculpas. Sei que isso não muda nada, mas eu preciso."

"Não é egoísmo? Pede suas desculpas, volta para Maringá aliviado, tudo acaba. Não é? Depois, é só voltar quando alguém mais morrer."

"Pode ser egoísmo. Mas venho porque me machuca vê-la sofrer."

"Por quê? Eu não gosto de você, você não é da minha família."

"Gabi, eu a conheço desde que tinha 9 anos..."

"Desde que meu pai matou Tereza Koch..."

"Prometi à sua mãe que cuidaria de você!"

"Por isso que me enche o saco? Por minha mãe? Ela morreu, não sabia?"

"Gabi, por favor..."

"Morreu! Foi cremada!" A menina gritava, com ódio.

"Está certo, está certo. Não precisamos entrar nesse assunto", interveio Gómez, com um tom apaziguador. "Só nos diga o que aconteceu, e prometo que iremos embora."

"Prometo que iremos embora, que nada de ruim irá acontecer. Prometo a paz mundial e um show do Paramore em Curitiba... Vocês parecem políticos." Gabriela falava com rancor, mas com sobriedade. Suas palavras eram extremamente medidas, como as da mãe. Gómez a encarou, perplexo. Por um instante, ficaram os dois se olhando: a menina, aparentando sentir ódio; o delegado curitibano, sem uma expressão definida.

"Quem diabos é Paramore?"

A menina franziu o canto da boca, decepcionada.

"Uma banda. Se tivesse Facebook, saberia. É a banda que tocou as músicas de *Crepúsculo*."

"Aquele filme sobre vampiros?"

A jovem concordou com a cabeça, aparentando superioridade. E Gómez deu uma estrondosa risada, que só terminou com tossidos.

"Qual é a graça?"

"Adolescentes são todos iguais: sejam geniozinhos, sejam repetentes; sejam filhos de militares, sejam descendentes daquele filósofo... aquele de nome difícil, de que vocês gostam tanto... Começa com Ne... Ni alguma coisa."

"Nietzsche", replicou Gabriela, com a voz ainda embargada pelo desprezo.

"Este. Todos iguais. No fundo, querem ver seus ídolos bonitinhos de Hollywood. Diga o que quiser, filha, eu já vivi isso. É uma variante do 'paz e amor': paz na terra, amor para mim."

Riu novamente e, sentindo ânsias, teve de correr para o banheiro. Em frente à privada, gritou que pediu a paz e ganhou uma cirrose. Irineu e Gabriela se olharam. A jovem tentou, mas não conseguiu segurar um riso delicado, que há muito Irineu não escutava. *Foi bom que Gómez veio*, pensou. *Ao menos conseguiu quebrar o gelo.*

"Bom, peço desculpas. Prometo que esse triste espetáculo não irá se repetir", falou Gómez, voltando do banheiro. "É só eu não tentar bancar o engraçado, e pouparei vocês dessa cena."

Gabriela novamente abriu um sorriso, Irineu suspirou. Talvez o melhor fosse voltar para Maringá e esquecer que um dia conhecera os Klein.

"Ok, todos aqui temos pressa, certo? Então, sejamos diretos: Gabriela Klein Scaciotto, conte-me como foi o acidente", pediu Gómez, ligando um gravador.

"Minha tia estava me levando ao Bosque Alemão. Aí aconteceu aquilo."

"Por que o Bosque Alemão?"

"Conhece? É um lugar lindo. Tia Rosi sempre me levava lá, e eu sempre pedia a ela que me contasse a história de João e Maria. Eu sabia o conto de cor, em português e em alemão. Mas ler, apenas, não me satisfazia."

"Por quê?"

"Porque lá caminhava para descobrir os passos dos personagens. A história era contada em marcos, com desenhos da bruxa e das crianças. Sempre ficava feliz quando completava o trajeto, quando encontrava o marco "Felizes para sempre". Acho que não há sonho maior que este, não é?"

"É, acho que sim...", respondeu, titubeando, Gómez. Não queria perder o fio da conversa, não queria desembocar em discussões filosóficas que sabia serem comuns naquele sangue.

"Foi você que pediu para ir ao Jardim Schaffer?"

Gabriela fechou os olhos, pensativa. "Não, foi ela que teve a ideia. Viu que eu estava triste e me perguntou se eu ainda gostava do nosso lugar secreto."

"E você?"

"Respondi que sim. Mais para não chateá-la, eu não estava com vontade de sair de casa."

"Certo. Ela avisou seu tio?"

"Não lembro. Eles quase não conversam, são bem diferentes dos meus pais, que tinham teses e palavras difíceis para explicar tudo. Eu estranhava a falta de conversa dos meus tios, mas parece que, no final, eles se entendem bem assim."

"Certo. Então você saiu com sua tia. Foram no carro dela?"

"Sim, no carro que capotou. No caminho, ela aumentou o volume do som, estava feliz. O ar-condicionado não estava ligado, apesar de estar fazendo calor."

"E por quê?"

"Eu pedi. Quando era criança, lembro que minha tia abria o vidro, eu gostava de colocar a cabeça para fora e sentir meus cabelos voando. Minha mãe não deixava, achava perigoso, aí minha tia permitia."

"E quis lembrar o passado?"

"Quis sentir o vento no rosto. Perguntei se podia desligar o ar, abri a janela. Ela sorriu, eu nem precisei dizer nada. Fechei os olhos, o vento vinha forte... realmente lembrava o passado."

"E?"

"Abri os olhos. E vi o homem da moto."

"Você o conhecia? Já o havia visto?"

"Não sei, ele estava de capacete. Ficou ao lado do carro e vi uma arma. Dei um grito, e me abaixei dentro do carro. Escutei o estouro e, quando olhei para minha tia, vi que havia muito sangue escorrendo de sua cabeça. O carro passou o sinal e bateu... e não me recordo de mais nada..."

"Não se lembra do senhor que a ajudou a sair do carro?"

"Estava desorientada, foi uma pancada grande. Sabe qual é o pensamento que não sai da minha cabeça?"

"Qual?"

"Que, se eu não tivesse me abaixado, nada disso teria acontecido..."

"Pelo amor de Deus, menina, não diga uma coisa dessas!"

"Eu sei, e vocês sabem, mas fingem, porque não querem me contar. O alvo era eu – sou eu. Ele só vai parar quando eu morrer. E, como não morro, ele vai matando todos ao meu redor. Sou culpada de todas essas mortes."

"Gabriela, não diga isso nem de brincadeira. Sente dor e se culpa por sua tia. Mas isso é um absurdo."

"Se eu não me abaixasse, o tiro pegaria em mim. Se pegasse em mim, o carro não perderia o controle, não causaria a batida. E eu não estaria aqui, sofrendo..."

"Você é uma vítima, certo?"

"Uma vítima que está causando muitas mortes."

Gabriela Klein Scaciotto respondia friamente a todas as perguntas de Gómez. Apesar de rompantes curtos de raiva ou tristeza, respirava fundo e retomava uma narração impecável sobre o Bosque Alemão, o motociclista que sacara a arma ou o modo como o carro colidiu e a tia foi projetada para o asfalto da Amintas. Quando respirava profundamente, antes de falar, trazia à lembrança de Irineu a imagem de Juliana explicando o passado de Frankfurt ou a forma como o futuro tende a repetir o passado. É claro que se parecem. São mãe e filha, o estranho seria se não se parecessem, pensou. Mas não se tratava só da entonação e dos trejeitos, que Gabriela certamente estudara e copiara de Juliana. Ao ser inquirida, ao inalar profundamente o ar antes de responder, parecia também estudar a pergunta e todas as possíveis variantes da resposta; parecia uma professora *ad hoc*, ali feita e desfeita, em segundos se tornando Juliana Klein, aparentando muito mais que seus poucos 15 anos. Gómez ia desligar o gravador, então olhou para Irineu e perguntou se o amigo tinha algo a acrescentar.

"Ninguém desejava cremar Juliana", suspirou o delegado maringaense. "Não há sentido discutir este assunto com a filha, que está no hospital, depois dessa brutalidade... Mas, Gabi, você sempre foi tão forte! Acho que, além de pedir as desculpas de sempre, vim para que pudesse me alentar..."

"De quê?"

"De que Juliana pode estar viva."

"Pode esquecer. Não vou vender promessas mentirosas, como você sempre fez."

"Gabi, você pode até não acreditar, mas nada mais irá acontecer a você."

"O mesmo papo, só porque prometeu para minha mãe. Deve imaginar que seu espírito observa e aplaude, enquanto come pipoca." Bateu com as palmas das mãos ruidosamente, enquanto fazia entonação de voz mais forte e, rapidamente, transformava-se em uma Juliana rediviva, reversível, amedrontadora.

"Bravo! Gosto ainda mais de você por isso, querido. Quem sabe o procure nos sonhos. Nos sonhos não há passado, nos teus futuros sonhos acordará sozinho, pensando que fez amor com meu fantasma, a grande Juliana Klein, enquanto meu marido estava na cadeia. Não é isso que tanto busca? Realizarei seu sonho porque vem cumprindo a promessa de cuidar de minha filha. Sim, você tem suas falhas, ela ganha uns ossos quebrados, mas tem sorte, ela vai sobrevivendo, ao contrário dos outros, que vêm cada vez mais pro meu lado..."

Irineu fechou os olhos e abaixou a cabeça.

"Está machucada, eu compreendo. Se eu não tivesse me envolvido, talvez as coisas estivessem melhor agora."

"Tenho certeza que sim. Pelo menos meu pai seria só viúvo e não corno..."

"Gabi, tenho certeza de que não irá acontecer mais nada de errado. Posso ter feito muitas coisas erradas, mas pus Koch na prisão. Estou sendo malhado por isso, você não consegue nem imaginar. Sofro vários processos porque fui além dos limites para incriminá-lo."

"E conseguiu?"

"Incriminar Koch? Consegui. É uma história longa, você não vai querer escutar. Além de fechar o cerco, tivemos de demonstrar a culpa de mais três mulheres, que serviam de álibi."

"Meus parabéns! Deve estar orgulhoso. Deve se sentir o James Bond."

"Não. Fui contra meus superiores e tive de fazer investigações ilegais."

"O Paraná inteiro sabe que investigou ilegalmente porque tinha um caso com minha mãe."

"Só investiguei Koch porque você jurou que o vira entrar em sua casa. Quando se escondeu na sua caixa de bonecas..."

"Então eu sou a responsável? Depois contará aos seus amigos que se não fosse aquela menina mentirosa, estaria numa boa, seria ainda delegado. Mas não..."

"Pelo amor de Deus, Gabriela, não é isso! Só disse que sempre acreditei em suas palavras."

"Meus parabéns, novamente. É um ser iluminado. Deve ser por isso que minha mãe gostava tanto de você."

"Acha mesmo que sua mãe morreu?"

Gabriela Klein fechou os olhos, respirou fundo pela boca. Abriu os olhos com um movimento demorado dos cílios, um movimento que Irineu vira em Juliana Klein.

"Responderei como minha mãe me respondia quando eu sabia não existir negociação para o seu 'não'. Quando eu sabia que essa era a resposta final e, então, eu deveria me calar. *Não há, neste nem em qualquer presente, nenhuma Juliana Klein.* Houve uma, ela continua em seus livros, nos seus alunos. Mas minha mãe está morta. Agradeço ter feito todo esse esforço para prender os culpados. Mesmo que depois da morte de todos da minha família..."

Não. Neste presente. Em todos os outros presentes, de todas as voltas do mundo. Irineu, completamente derrotado, pressentia o fantasma de Juliana sussurrando seu peremptório não. Qualquer continuação do diálogo com Gabriela seria inútil.

"Obrigado. Fique bem. Se precisar, me chame."

"Qualquer coisa eu envio um *bat* sinal, meu herói."

"Sei que não chamará. Mas vou embora tranquilo. Os vilões estão presos e, por isso, o herói se aposenta, monta uma barraquinha de lanches. A protagonista sairá do hospital, irá se recuperar completamente e viverá feliz para sempre, junto com o príncipe encantado que encontrará ao longo do caminho. Amém."

"Que assim seja!", respondeu a jovem, fechando os olhos, na tentativa, talvez, de esconder que estavam marejados.

"Adeus, Gabi. Fique bem."

Gómez desligou o gravador e Irineu se virou em direção à porta de saída. Já estava com a mão no trinco quando escutou, entre soluços, seu nome. Ele se voltou na direção do chamado e viu Gabriela enxugando os olhos – o conflito entre a Juliana imponente que deveria ser e os resquícios da criança que ainda a habitava resquícios da infância, que jorravam silentes, que irrompiam nos olhos, ainda sem a casca feroz de ser uma Klein. Um antitética, paradoxal vítima.

"Posso fazer a última pergunta? Antes que se aposente do cargo de meu herói?"

"Claro."

"Você acredita mesmo que foi Franz que matou minha família?"

"Sim. Koch juntou a raiva que já possuía e quis matar todos os Klein que estavam à sua frente."

"E acredita que não mais tentarão me matar?"

"Sim."

"Pois, sabe...", falou, limpando o rosto molhado. "... eu não acredito. Sei que sofrerei mais..."

"Não há o que eu possa fazer para que acredite em minhas palavras. Talvez o tempo faça algo por mim. Ah! Antes de vir, comprei um presente."

Entregou-lhe o pacote que até o momento estivera segurando. A menina rasgou o embrulho e viu o boneco de plástico do Bob Esponja que, ao dar corda, dizia frases engraçadas. Gabriela deu corda algumas vezes, escutando as frases sem rir. Colocou o presente ao lado da cama e agradeceu com frieza.

O delegado sentia que, a cada segundo que passava, distanciava-se séculos da jovem. Estava novamente com a mão no trinco, a porta já semiaberta, quando perguntou:

"E você? Ainda acha que foi Koch que entrou na sua casa?"

"Não sei. Acho que não. Sou muito volúvel. Coisa de adolescentes, acho."

"Um pouco antes do acidente, você estava com sua tia em um café. Koch chegou e falou com vocês. O que conversaram?"

"Estavam me seguindo? Não conversamos. Ele deu um 'oi', acho que foi só. Que exagero..."

"Gabriela, sabemos que ele lhe entregou um papel. O que era? Franz coagiu você e sua tia a fazerem algo?"

"Está louco? Coação? Sabe o que Koch me entregou? Um resumo da história da Segunda Guerra. Tinha feito para o filho, me viu e quis ser gentil, devia saber que eu não tinha cabeça para estudar. Tínhamos prova de história no dia seguinte. Fiz mal em aceitar?"

Irineu suspirou. "Acho que não. Bom saber que não guarda ódio. É algo sensato, vindo de uma Klein. Sendo adolescente, volúvel ou não."

Quando estava fechando a porta, no entanto, pôde escutar a voz de Juliana Klein, a mestra imemorial:

"Quanto a ser volúvel, *hoje* eu odeio o Bob Esponja."

35. Para sempre

2005

"Bob Esponja? Que merda é esta, Gómez?"

O delegado curitibano gargalhava, e os risos invariavelmente acabavam em um engasgo, seguido de uma tosse feia.

"Tempos difíceis, Irineu. É isso que temos para hoje. É pegar ou largar."

"Não acredito. Está certo, sou um delegado do interior, não opino em nada... Só peço uma coisa — não é uma arma do Exército nem uma loira que me faça pensar melhor. É um bloco de notas! E o que me dão?

"Um bloco de notas?"

"Do Bob Esponja. Isso é proposital?"

Gómez ria sem parar, e a cada risada se engasgava e tossia mais, enquanto reafirmava que iria parar com o cigarro.

"Porra, ignore o desenho! Dá para anotar tudo o que for preciso, como qualquer outro bloco."

"E acha que serei respeitado? Alguém dará crédito a um delegado que for prender um homem com um bloco de anotações do Bob Esponja?"

"Esqueceu-se de que você é o galã da polícia paranaense? Pode ter o bloco de anotações que quiser, que elas nem vão perceber."

Irineu de Freitas pegou emprestada a viatura-camburão do delegado curitibano e indicou no GPS um endereço que ficava no bairro do Batel. *Será um dia longo*, pensou, enquanto escutava a voz feminina do navegador. Não sabia ao certo o que esperar, e isso o afligia: Juliana e Salvador eram imprevisivelmente inteligentes. Quinze minutos depois, o aparelho sinalizava a chegada ao destino. Irineu tirou os óculos escuros para admirar a arquitetura do Casarão e pegou o bloco de anotações amarelo no bolso do paletó. Para rememorar os personagens, leu em voz alta as anotações que fizera e guardou o bloco de anotações junto com o mandado de prisão. Verificou a Colt na cintura: estava carregada e pronta. Apertou a campainha e logo viu Juliana aparecer com um sorriso amarelo – seu cumprimento ao inimigo.

"Preciso mostrar-lhe o mandado judicial?"

"Imagine", respondeu Juliana Klein, docemente. "Aqui, é nosso convidado."

Irineu se sentiu constranger. Era mais fácil quando não havia instrução: só mandava que algum soldado raso metesse o pé na porta, e o mandado o credenciaria como autoridade do estado, "sim senhor, não senhor". Ali, era apenas um monarca diante de iluministas. Seu papel valia menos, os destinatários do mandado sabiam não apenas ler, mas também interpretar. Entrou sob o crivo do olhar doce e intencionalmente manso da dona da casa, e conferiu rapidamente as fotos, os detalhes da grande sala, o lustre de cristal, alguns brinquedos jogados pelo chão. Seus olhos caçavam algo que sabia ser muito importante naquele dia, então parou e olhou tudo ao redor, todos os rastros deixados por ela no chão e nas fotografias abundantes na parede. Enquanto reconhecia o ambiente, sentia o olhar quente de Juliana em sua nuca; sentia que a mulher sabia – tanto quanto ele – que aquele detalhe era mais importante que o próprio objetivo que o levara ao Casarão do Batel.

Olhou e a descobriu. Estava a um canto, com os olhos inchados de tanto chorar. Talvez, por meio de metáforas e fábulas, já a tivessem prevenido, já a tivessem informado de que o papai teria de fazer uma viagem muito longa, e de que talvez se aventurasse e desventurasse em série na busca dos anéis e dos bruxos de seus livros. A pequena Gabi: os cabelos bagunçados a caírem sobre o rosto, os olhos vermelhos fitando o chão... a imagem imemorial de uma criança triste.

"Posso?"

A mãe assentiu. Em um ato reflexo, Irineu conferiu se a Colt na cintura estava travada e então se ajoelhou.

"Como está?"

A menina não respondeu. Os olhos se encheram de lágrimas, suprimidas por uma careta.

"Não quero que chore. Eu lhe trouxe um presente."

Foi a primeira vez que ela tirou os olhos do chão.

"Que presente?"

"Gosta do Bob Esponja?"

A menina balançou a cabeça afirmativamente, mas não disse nada.

"Que bom!" Sem que tivesse havido intenção, aquele bloquinho o salvaria.

Retirou-o do bolso do paletó, e o mandado de prisão veio junto. Aos olhos de Juliana, parecia um gesto educado, que talvez o elevasse: não era apenas um bronco com um mandado de prisão, mas um bronco cortês com um mandado de prisão, o que lhe daria – quem sabe! – alguns pontos extras. Gabi pegou o bloco de notas amarelo, mas não o abriu. Seus olhos estavam fixos no outro objeto que Irineu segurava.

"E esse papel?"

O delegado escondeu o mandado, um pouco constrangido, e abraçou a menina. A mãe estava com lágrimas nos olhos.

"Já sei ler", disse Gabriela. "Posso ler esse papel, tio? O que tem nele?"

Se entrasse em detalhes, Irineu poderia contradizer-se, pois não sabia o que os pais lhe haviam dito. Pensava ainda na resposta quando escutou uma voz resignada.

"Vamos acabar logo com isso?"

Virou-se e viu Salvador Scaciotto, que o olhava conformado.

"Vamos", respondeu Irineu, desvencilhando-se do abraço infantil da filha única do assassino que deveria prender. "É melhor que seja assim. Tão logo esteja pronto, podemos ir: já estão à nossa espera."

"Então será você que levará meu pai para viajar? Tome cuidado com ele, tá?"

O delegado concordou, forçando um sorriso, e Juliana se virou, procurando não chorar.

"Vou me cuidar, filha. Você sabe que seu pai é um homem forte, não sabe?" Ajoelhou-se e a menina se aproximou, tristonha.

"Mas tem de viajar mesmo, pai? O homem não pode ir sozinho?"

"Já conversamos sobre isso. Papai precisa viajar para ficar mais forte..."

"O papai já é forte!"

"Mas serei o mais forte de todos. O pai mais forte do mundo."

Gabriela sorriu. "E por que não posso viajar com você?"

"Também já conversamos sobre isso: se você for, quem vai cuidar da mamãe? Papai não estará aqui, e a mamãe não pode ficar sozinha. Se alguém tentar fazer algum mal para a mamãe, você não deixa."

"Se algum malvado entrar aqui em casa, eu me escondo no esconderijo das bonecas."

Salvador riu, cuidando para não mostrar para a filha que também chorava.

"Não, mocinha. Você tem de proteger sua mãe, está bem? Estamos combinados?"

A menina assentiu.

"Escreverei toda semana, contando todas as minhas aventuras, e sobre todos os países, todos os reinos, todas as princesas que conhecer."

"Promete?"

"Do fundo do meu coração."

Pai e filha se abraçaram. Entre o choro dos dois, Irineu teve certeza de que escutara Salvador dizer algo próximo ao ouvido da menina:

"Para sempre, filha."

Talvez fosse ilusão; talvez um soluço que tivesse tentado disfarçar dizendo a primeira coisa que lhe passou pela cabeça ao pensar nos muitos e árduos anos que viriam, ou no obscuro motivo que o levara a matar. No entanto, entre outros soluços, entre o som abafado do choro de pai e filha, escutou a voz infantil de Gabriela repetir o que Scaciotto acabara de dizer:

"Para sempre, pai."

Salvador se levantou e se recompôs em poucos segundos, arrumando a camisa.

"Estou pronto."

"Vamos", confirmou o delegado.

O italiano abraçou Juliana e lhe deu um frio beijo próximo aos lábios, sem dizer adeus ou até logo.

• • •

A triste despedida dos dois – pai e filha –, marcada por um abraço e por uma frase em comum, dilacerante e sem sentido, ecoava em Irineu. No trajeto para a prisão, olhou pelo retrovisor e enxergou uma pessoa serena. Salvador retirara os óculos e, com um meio sorriso estampado na face, suspirou aliviado mais de uma vez.

Dentro da viatura, Salvador não quis se mostrar forte. Não estava vestido com a couraça intransponível que usaria no dia de seu julgamento e mesmo há pouco, ao pedir pressa para ser preso e beijar friamente a esposa. No longo caminho que separava o casarão Klein de Piraquara, Irineu teve a plena certeza de que o preso estava muito mais calmo que ele próprio. Quando chegaram, Salvador estava com os olhos fechados e sorria, um sorriso que lhe só foi retirado quando o delegado o chamou de seus particulares sonhos.

"Chegamos", falou, apontando para o complexo à sua frente. "Aqui será sua morada por alguns anos."

"Juliana sempre me diz que devemos encarar nosso destino com amor. Que devemos querer o que nos aguarda. Somos muito diferentes em nossos pensamentos. Esse otimismo, eu acho, é um dos poucos pontos em que concordamos."

Entraram pelos labirintos engradados de Piraquara, até o ponto em que o delegado o entregaria, após a assinatura do termo de entrega. Olharam-se, delegado e preso, e, antes da despedida, a expressão de Scaciotto mudou completamente: os olhos se encheram de lágrimas, a que se seguiu uma súplica, um doloroso pedido:

"Por favor, pelo amor que sente a Deus e à sua família, cuide de minha esposa."

Irineu respondeu que o faria com a própria vida.

36. Noites de Curitiba

2011

No opressor quarto de hotel, Irineu de Freitas escreveu o fim de seu relatório sobre a família Klein, um relatório que começava no Guaíra e terminava na Santa Casa. Deitado, estava cercado pelos manuscritos desordenados do presente, do passado – referentes à morte de Juliana Klein – e do passado do passado – sobre a morte de Tereza Koch. Com relação a essa reunião de três tempos e crimes não solucionados, pareceu que se esquecera de alguma fala fundamental de Juliana ou de algum pensamento mais profundo de Gabriela. Não estava com a mínima vontade de voltar ao Afonso Pena, de ter de passar pelos detectores de metais e pelas salas de espera. Era melhor comprar uma passagem de ônibus, afundar-se em uma das poltronas e deixar-se levar pelos pensamentos. O silêncio de Gabriela era apenas o prolongamento do brutal silêncio de sua mãe. Juliana tentara lhe explicar, no passado, que passado e futuro coincidiam. No entanto, porque se ausentava, negava a explicação prática da doutrina que adorava repetir.

"Tudo é repetição", falou, diante do espelho, observando como estava acabado, com uma aparência ruim. "Gabriela é uma repetição de Juliana." Os olhos estavam secos, e o cabelo penteado e a barba desgrenhada eram antitéticos – ou paradoxais, não saberia explicar, não era tão bom com as palavras como Salvador Scaciotto. "Tudo repetição... Juliana e Gabriela...", disse, uma última vez, sem resposta, nas trevas do silêncio do O'Hara. "Juliana e Gabriela... Elas que se fodam." Elas, de suas ausências, com as doutrinas que bem entenderem.

Escolheu a camisa menos amarrotada, juntou as demais e as enfiou todas na mala. Era hora de dar adeus ao hotel, aos táxis alaranjados, aos bêbados da capital. O homem que saía era completamente distinto do que chegara semanas atrás, quando um jovem policial foi buscá-lo no Afonso Pena. Como o rio e o homem imerso de Heráclito, Curitiba era seu rio, e ele, o homem, redivivo. Nem ele nem Curitiba eram os mesmos. Ainda tinha tempo antes de partir, então permaneceria observando as águas do rio Belém passarem por si, ou sobre si. Decidiu caminhar, o quarto lhe parecia cada vez mais insuportável. Em uma banca de jornais da Marechal Floriano viu uma manchete esportiva noticiar que Antônio Lopes não era mais o técnico do Atlético Paranaense. Com aspas, o técnico afirmava que saía com o coração dolorido. De novo.

"Que coisa, não? Não deixaram nem que o homem trabalhasse", falou o bigodudo dono da banca.

"Pois é..."

"Atleticano ou Coxa Branca?"

"Torço para o Grêmio Maringá. O Galo Terror do norte do Paraná."

O homem deu um sorriso ameno, quase piedoso. Irineu sentiu vergonha de sua jactância.

"Pois então, contratam o cara e nos enfiam goela abaixo que ele é a salvação do time. Aí, perde três partidas e já mudam o discurso: ele é um péssimo treinador."

"Como no passado..."

"Oi?"

"É a quinta vez que contratam Lopes. É a quinta vez que o elegem herói e depois vilão."

"Sabe que não tinha parado para pensar nisso..."

"Os heróis e vilões do Atlético de hoje são os mesmos heróis e vilões do passado", Irineu falou e riu. O homem bigodudo riu também, certamente pensando que aquele sujeito de olheiras fundas era estranho. Irineu não comprou nenhum jornal, e despediram-se. Entrou em um boteco e pediu um Rabo de Galo.

"O quê?", perguntou o dono do bar.

"Rabo de Galo: pinga com vermute."

"Nunca ouvi esse nome."

O delegado, então, orientou os ingredientes e a quantidade, tomou quatro e, para não ficar com o gosto da cachaça na boca, tomou duas cervejas com uns ovos de codorna de um pote de conserva. Ao seu lado, alguns bêbados gritavam – uns dizendo que Lopes era um burro; outros, que era um gênio, e que o problema era dos diretores que o fritaram. "Gabriela... Juliana", falou, enquanto uns gritavam "burro", outros, "gênio", e ninguém prestou a mínima atenção ao que ele dizia, porque todos estavam preocupados com glórias e erros do passado ou, quiçá, porque era comum que um melancólico e solitário sujeito colocasse o ombro no balcão e dissesse "fulana ou beltrana, eis a questão". Do brilho dos ovos de codorna no potinho à sua frente ao copo de cerveja já quente, ali, entre torcedores de times rivais, tudo o fazia lembrar-se de Gabriela, que rira para Gómez e o ignorara.

"Que pequena vadia", falou, amargurado. "Depois de tudo o que fiz por ela..."

Um homem escutou seu lamento, bateu em seu ombro e disse:

"Não fique triste, amigo. São como andorinhas. Vão. Mas voltam."

"Não sei", respondeu Irineu, pensando em Juliana Klein. "Queria muito que tivesse razão."

"Amigo, não é o primeiro a quem dou conselhos. E não será o primeiro a voltar para me dizer que eu estava certo."

Deu um sorriso, os dentes tortos e amarelos. Gabriela, inquirida se ainda estava certa de ter visto Koch entrar em sua casa, agora dava de ombros. "Tinha 12 anos, talvez tenha me enganado", falara na Santa Casa, o mesmo argumento de que prudentemente se valiam alguns juízes ao explicarem por que não deviam dar tanto crédito ao depoimento de uma criança que acabara de perder a mãe. Gabriela cada vez mais parecida com Juliana, mesmo que a mãe já estivesse em outro mundo. O sorriso, o jeito de falar, os olhos glaciais que deixariam Arkadius, o velho especulador, orgulhoso. Se o patriarca conhecesse a neta, talvez a colocasse entre o rol de suas pedras mais preciosas, entre seus livros mais raros. Gabriela e Juliana, sangue Klein, duas fortalezas: uma na memória – tão forte quanto o batom que escreveu no chão que "o retorno ocorrerá" –, outra crescente, aos trancos, de solavanco em solavanco, pedindo silenciosamente por socorro.

Retornou ao hotel, tentou por duas vezes reescrever o depoimento de Gabriela, mas os rasgou em seguida. Faltava algo, sentia-se um copista que negligentemente deixava de fora algum detalhe primordial. Saiu, virou um gole de cachaça, comprou uma coxinha e um fardo de cervejas. Tomou um banho gelado, gritando de frio, e se deitou sem roupas, comendo a coxinha e tomando as cervejas. Fechou os olhos e teve pesadelos em que era perseguido e ludibriado pelos Koch e Klein em uma cidade que não conhecia, com ruas de nomes estranhos cheios de consoantes. Gritou por Gabriela, que poderia ser esse salvo-conduto, esse incerto oásis, esse tomo ideal, mas Gabriela não aparecia, não escutava, não via. Então gritava mais forte e imaginava, em seu delírio, que a jovem o escutava, mas se recusava a responder porque estava magoada: "Quando mais precisei, você nada fez."

Acordou no meio de um grito, no silêncio da madrugada, com a cabeça zonza da bebedeira e a visão turva das cervejas se multiplicando ao lado da cama. O relógio mostrava que eram duas da madrugada: havia perdido o ônibus para Maringá. Tomou outro banho gelado e vomitou a coxinha, misturando espasmos com palavrões, a cabeça querendo explodir, o fantasma de Juliana Klein pedindo permissão para entrar em seu corpo.

* * *

A cabeça doía. O sol, já alto, entrava pelas frestas da janela. A terrível noite era lembrada por rastros de vômito no lençol sujo. Saiu para comprar analgésicos e, no caminho, viu na capa de um jornal seu rosto, enorme e disforme. Pediu um exemplar, com vergonha de que o dono da banca o reconhecesse.

A reportagem contestava a prisão preventiva de Koch. Segundo os jornalistas do periódico, Franz sempre se destacou pelo respeito e pela ética em tudo o que fazia; sempre se mostrou solícito ao acompanhar qualquer tipo de investigação criminal. Além das bebedeiras, era também mencionado o passado de Irineu, seu envolvimento com a falecida Juliana Klein e o fato de, três anos antes, ter procedido a uma investigação ilícita que gerou processos, todos ainda pendentes, e que o podiam tirar do posto de delegado.

"Filhos de uma puta! Por isso foram me procurar no hotel. Foram esses desgraçados que tiraram fotos minhas!", gritou. No canto da reportagem, sem muita visibilidade, uma pequena nota dizia que Gabriela receberia alta do hospital e o juiz manteria a guarda com Alfredo Rosa, viúvo de Rosi Klein. Mais um pedido de Salvador Scaciotto para ter a filha de volta era rechaçado, mesmo depois da morte de Rosi Klein, o último parente materno no Brasil. Enquanto isso, o ex-sentenciado de

Piraquara tentava voltar à normalidade de sua vida, no antigo Casarão da família.

Irineu se esqueceu de sua foto e leu, incrédulo, a notinha que registrava mais uma negativa a Salvador quanto à guarda da filha. Lia a matéria pela terceira vez quando sentiu o celular vibrar. A foto do gordo escrivão iluminava a tela.

"Está vivo, doutor?"

"Acho que sim."

"Sentimos sua falta. Há muito trabalho aqui, muita coisa pendente."

"Sei disso. Mas preciso concluir esse caso."

"O senhor já prendeu os responsáveis. Não há mais sentido em ficar perambulando por aí. Só está desgastando sua imagem."

Desligou o telefone e pressentiu, furioso, que suas fotos já tinham chegado a Maringá. Curitiba amedrontadora, chupando seu sangue. Ligou para Sanches, pedindo que passasse um pente-fino na vida de Salvador Scaciotto. Meia hora depois, recebeu a resposta.

"Nada de mais, doutor. Liguei para Piraquara. Está em condicional e precisa prestar serviços e assinar mensalmente no fórum. Uma das condições de sua liberdade é a consulta regular a psicólogos. Segundo disseram, está em choque, não come, não dorme. Tudo lembra sua Juliana. Parece que nem ao celular ele conversa mais."

"Por quê?"

"Porque, segundo os psicólogos, o celular foi instrumento para a morte dela."

"Como assim?"

"A informação era confidencial, mas argumentei que era necessária à investigação. Ao ser preso, Scaciotto deixou o celular em casa. Quando retornou, ligou o telefone e viu que a última ligação datava de 2008. Ligou para o número registrado e foi surpreendido pela voz de um funcionário do crematório. Desligou e começou a chorar."

"O filho de uma puta ligou da casa de Juliana? Usou o celular de Salvador?"

"Não sei se conseguiu. Mas parece que tentou."

"E por que nunca soubemos disso?"

"Talvez porque a polícia nunca tenha achado o celular."

Desligaram, sem falar mais nada. Em quinze minutos, Irineu de Freitas chegava ao Casarão do Batel.

37. Chá das cinco com Juliana

2005

"Entre, delegado", falou a dona do casarão mais famoso do Batel. "Aqui, é um convidado, coloque isso na cabeça. Não tratamos de mandados por autoridades estatais, mas de convidados particulares." Mostrou todos os dentes brancos, antecipando a resposta à pergunta que o delegado faria: 'Preciso mostrar o mandado?'"

Irineu sorriu de volta para Juliana Klein, que lhe indicava o caminho. "Acho engraçada a sua formalidade." A mulher parou de caminhar e se virou, de modo que Irineu pôde fitar seus olhos verdes.

"Acha engraçado que um delegado de polícia seja formal?"

"Não. Acho engraçado que sua formalidade seja repetida. Sempre tenho a impressão de que sua memória se foi e é a primeira vez que me vê. Toda vez, sinto como se estivesse prestes a se apresentar e a perguntar meu nome. É *isso* que acho engraçado."

"Não nos conhecemos tão bem...", respondeu Irineu, sem jeito.

De fato, não se conheciam mesmo. Tinham conversado pouquíssimas vezes – a mais marcante delas, na ocasião em que prendera Salvador Scaciotto. Depois, durante a realização do inquérito, tomaram chá na sala de jantar do Casarão do Batel, enquanto Juliana lhe contava todas as brigas, desde Frankfurt, entre os Klein e os Koch. No final da inusitada conversa, teve de escutar o pedido para que cuidasse de Gabriela, custasse o que custasse. O julgamento do marido logo ocorreria, e muitos pontos ainda estavam obscuros. Saiu do Batel tentando compreender por que a mãe temia tanto pela segurança da filha. Foi até o *campus* da PUC e conversou com Franz Koch. Atrás do gordo e atarefado homem, tendo ainda pulsante na memória o pedido de Juliana, sentiu que, cada família a seu modo, Klein e Koch se preparavam: uns para o revide, outros para a defesa.

"Não somos íntimos, mas somos conhecidos. E conhecidos não necessitam de apresentação cada vez que se encontram. Aposto que veio para que continuássemos nossa conversa. Quer chá?"

O delegado sorriu e aceitou. Logo estavam em silêncio, concentrados na infusão de uma xícara fumegante. Um silêncio quebrado aos poucos, entrecortado por gritos e risos que vinham do quarto de Gabriela.

"Como vai a menina?"

"Está bem, como pode perceber. É uma menina forte."

"Koch tem um filho, não é?"

"Sim, Adam. Ele perdeu a mãe. Sinto um aperto terrível no coração ao pensar nisso."

"Imagino. Você é mãe também."

"Sinto pelo menino. Ele não tem culpa. Como Jannike Koch e Heike Klein, Adam é uma vítima. É o sucessor da dor de Jannike e Heike... Adam dá a ideia de princípio, assim como Arkadius. E o fim se une ao começo. O primeiro da estirpe chora seus filhos, e o último chora seus pais."

"Que quer dizer?"

"Uma predição. Duvida de que eu seja capaz de ver seu futuro?"

"Estamos falando sério, Juliana. Por favor."

"Nunca falei tão sério na vida. Por favor, dê aqui a sua mão."

Irineu estendeu a palma da mão direita.

"Curitiba já era um redemoinho de escombros quando Irineu pulou onze páginas para não perder tempo em fatos conhecidos e começou a decifrar a última página dos pergaminhos, como se estivesse se vendo em um espelho falado. Então – opa! –, deu outro salto para averiguar, como bom detetive que é, as datas e as circunstâncias. Porém, antes de chegar ao verso final, já havia compreendido que não sairia jamais desta cidade, pois já é escrito nas *Lamentações de Curitiba* que a cidade dos espelhos seria mais uma vez desterrada da memória dos homens assim que os últimos da estirpe acabassem de decifrar os pergaminhos. E que tudo que estava escrito neles seria eternamente repetido desde sempre e para sempre, porque as estirpes condenadas a cem anos de solidão possuem sempre uma segunda chance sobre a terra. E uma terceira. E uma quarta..."

"Que merda é essa, Juliana?"

A mulher riu. Para mudar de assunto, perguntou como iam as investigações. O delegado respondeu que algumas dúvidas ainda pairavam sobre os acontecimentos..

"Já lhe contei como meu avô Arkadius faleceu?"

"Acho que não. São tantas histórias..."

"Tomou veneno, misturado no vinho. A polícia de Frankfurt obviamente correu no encalço dos Koch. E sabe qual foi o resultado? Nada. Nunca foi provado quem colocou veneno no vinho e abreviou a vida do velho. O que acha, além da constatação de que o presente repete o passado?"

Irineu de Freitas deu de ombros. E logo estavam em um constrangedor silêncio novamente. O delegado pensou em milhões de maneiras de começar aquela conversa, todas tautológicas ou inconvenientes, todas superadas pela risada abafada que vinha do quarto de Gabriela Klein. Decidiu começar pela que achou mais inconveniente:

"O que espera agora, senhora?"

"Como assim, 'o que espero'?"

"Agora que seu marido foi preso? O que espera daqui para a frente?"

"Só espero o que conheço. Só prevejo o que tenho na memória. E espero o inferno."

"Por que não facilita as coisas para mim, com respostas mais diretas?"

"Parece um dos meus alunos."

"Por quê?"

"Prefere que eu diga as coisas fáceis em que já está pensando. Só quer que eu confirme suas perguntas já feitas, mesmo que isso não lhe traga uma sombra de dúvida que seja, nem uma gota de incerteza."

Irineu riu. "Não. Só quero que me diga claramente o que espera."

"Pois eu já disse. Se não se preocupasse tanto com anotações e registros, se somente pensasse, saberia que já lhe dei *todas as respostas* que você precisa saber."

"Fico impressionado com a maneira como fala!"

"Sou uma professora, querido. Se não conseguir impressionar, não acreditarão em mim."

"A senhora me disse tudo o que preciso saber? Tudo o que uma pessoa precisa saber sobre Salvador e Juliana, sobre a morte de Tereza, sobre os Klein e os Koch?"

"Sim."

"Preciso saber, portanto, que espera o inferno. E que espera o que passou."

"Sim?"

"Logo, o que passou foi o inferno."

"*Cogito, ergo sum.*"

"Por que acha que passou pelo inferno?"

"Não se lembra da nossa última conversa? Todo o sangue derrubado porque um homem de uma família decidiu que a outra família era inimiga. Não é nada fácil crescer neste ambiente."

"Você não precisa odiar os Koch porque seus ancestrais odiaram."

"Não é simples. São quase inatos o ódio, a dor... A memória é tão presente como a visão. E a visão percebe não só o que foi impresso em brasa, mas também a perspectiva, o que está por vir..."

"'O futuro repete o passado, eu lembro. E vem daquele filósofo sobre quem conversamos na última vez."

"Nietzsche. Achei que não se lembrasse. Achei que só desse atenção às leis."

"Está tirando sarro? Fui até a biblioteca, pedi uns livros de um tal Zaratustra, um da Ciência alguma coisa..."

Juliana deu um enorme riso, que ficaria na memória do delegado por muito tempo.

"Pois bem, confesso que não entendi muita coisa. Na verdade, não entendi nada. Ele se parece com você falando: diz, diz, e quando chega ao final da frase, já não nos recordamos do começo, não lembramos qual era o assunto..."

Juliana continuava a rir, e Irineu subitamente se sentiu bem, feliz por fazê-la rir.

"Além da questão da repetição, há aquela outra história sobre o amor ao destino..."

"O *amor fati*."

"Isso. Sabe o que acho?"

"O que acha do quê? O que um delegado de Maringá acha do *amor fati* de Nietzsche?"

"Sim. Algum problema?"

"Não, acho que não."

"Bom, acho que esse negócio é conformismo."

Juliana parou de rir subitamente.

"Por quê?"

"Porque dizer que não há possibilidade de escolha, que tudo já está escrito e que devemos amar esse futuro, independentemente de ele ser bom ou ruim, só pode ser uma atitude conformista. De alguém que se recusa a lutar. De uma pessoa que perdeu e que quer justificar sua perda."

"Está enganado, delegado."

"Por quê?"

"Não há nenhum conformismo no *amor fati*. Não há essa dedução lógica e simplista entre o *amor fati* e a ausência do livre-arbítrio."

"Mas é o que estou dizendo desde o começo: nada é simples quando vem de vocês. Precisam complicar tudo, ao máximo."

"Não é conformismo. Em primeiro lugar, *amor fati* significa que o sujeito conseguiu compreender o que a maioria dos seres humanos, de todos os povos e de todos os tempos, não conseguiu compreender: que a história é circular e que, para enxergar o futuro, basta compreender o passado. Que o primeiro passo para ter uma vida promissora é justamente olhar para trás e perceber os erros e os acertos dos que viveram, testemunharam e morreram."

"Certo, até aí compreendi."

"Talvez esse seja o maior ensinamento de Nietzsche, de todos os seus grandes ensinamentos. Por isso, por não ser de universal compreensão, costuma-se falar que se trata de uma lição seletiva: a compreensão desses infindáveis ciclos temporais é marcada pela seletividade. E, dentre os seletos seres que adquirem sua exata compreensão geográfica e histórica no mundo, menos ainda são os que conseguem amar tal lição."

"A seleção da seleção. Darwin e Zagallo adorariam."

"Não seja irônico, falo sério. Poucos de poucos conseguem compreender que é necessário o amor por aquilo que está escrito. E isso de modo algum significa conformismo. Ao contrário: os que chegaram a esse ponto são iluminados, são eleitos dos eleitos. Em um funil concêntrico, esses sujeitos estão no fundo, e a última coisa que paira em seu espírito é conformismo."

"Juliana, por favor, não fique brava, não quis afrontar. Sou um leigo, um delegado que ficou uma hora em cima do livro."

"Leigos ou não, vêm com essa de conformismo. Sabe quem são os sujeitos que compreendem que o futuro é escrito no passado? Os que compreendem que a vida é aqui. Agora. Que a vida não é preparação para algo verdadeiro, que não é apenas arquétipo de outra coisa, posterior, metafísica e, afinal, para valer."

"Treino é treino; jogo é jogo."

"Falo sério, Irineu. Ou vai me dizer que paga dízimo parcelado em mil e duzentas vezes, com o objetivo de garantir seu terreno na morada verdadeira celeste? Vai me dizer que vive a prazo, esperando que algo chegue, que algo verdadeiro finalmente aconteça, que algo tenha sentido?"

"'Esperando o Carnaval chegar', como diz uma música, se eu não estiver enganado."

"Mas o Carnaval não vem. E quando se dá conta, é Quarta-Feira de Cinzas, e está na merda porque passou a vida inteira esperando esse maldito Carnaval. Como o sujeito que esperou o ano inteiro, mas, no momento do 'vamos ver', sua cabrocha deu para trás, e não desfilou para ele."

"Maldita seja."

"Malditos sejam todos os que esperam. Malditos, agora, enquanto há vida. Aí vem a importância do *amor fati*. Não se trata da explicação de um derrotado. É, ao contrário, a força motriz para enxergar que a vida que será é a mesma que um dia foi."

"Amém!"

"'Amém!', dizem, sarcasticamente, todos os irineus, de todos os circulares tempos que aqui tomam chá comigo, enquanto salvadores sofrem o castigo por seus crimes. 'Amém!', diz o coro dos irineus de Maringá e de Lyon, e seus gritos ecoam, ecoam, ecoam. No passado, Jannike e Heike morreram por amor. Eu digo que eles morreriam por amor, também, no futuro. Que assim seja, para todos os sempres!"

"É difícil acompanhá-la..."

"E se em um dia ou em uma noite qualquer um demônio se dignasse a vir a um país tropical, de Terceiro Mundo, um demônio diferente do de Fausto, e, aqui, decidisse vir a um estado fora do eixo central, e, no Paraná, decidisse ir até uma cidade interiorana como Maringá, e no fim deste fim deste fim de mundo escolhesse a sua casa, e, lá, se esgueirasse em sua solidão de delegado e lhe dissesse: 'Esta vida, caro Irineu, assim como tu a vives agora – tentando decifrar o enigma do reputado professor que matou outra pensadora – e como a viveste – prendendo pequenos meliantes, drogados, estupradores, assassinos, pedófilos, infanticidas –, esta maldita ou bendita vida, disso não sei, disso só tu sabes, no fundo da alma, nos confins de tua consciência, *esta vida* terás de vivê-la e de escutá-la inúmeras vezes, todas as mulheres que te oferecem chá e que te dizem estas coisas incompreensíveis. E não haverá nada de novo nestas vidas, mas tudo novamente, cada dor, cada derrota e cada prazer de prender um filho da puta que matou um pai de família no sinal da Avenida Colombo com um caco de vidro porque não recebeu os cinco reais que pediu; e cada pensamento, como o de que a esposa do assassino renderia bons minutos na cama; e cada suspiro, como o de quando tem de prender o assassino e vê a filha de 9 anos, em sua infantil imaginação, pensando que o pai verá princesas, quando, na verdade, verá negões tarados que farão sua própria justiça; que verá reinos, quando verá banhos de sol; que verá a vida, quando, na verdade, apenas verá a morte de perto. E tudo o que há de indivisivelmente pequeno e de grande em tua vida há de retornar a ti, e não só isso, mas tudo, absolutamente tudo, na mesma ordem e sequência. E do mesmo modo, não apenas todos esses detalhes, mas essa aranha e esta minha resposta, e do mesmo modo este instante e eu própria, a segurar uma xícara de chá fria e tentando ensinar o pensamento mais precioso a um sujeito que tem como bíblia o código penal. A eterna ampulheta da existência será sempre virada outra vez, e tu irás com ela..."'

"Não me ajuda dessa maneira, senhora Juliana."

"... Se descobrisse, Irineu, que eu e você e a ampulheta eternamente será virada, não se lançaria ao chão e rangeria os dentes e amaldiçoaria o demônio que lhe disse isso? Ou viveu alguma vez um instante descomunal, algum grande amor, alguma prisão que efetuou que lhe deu a sensação de sempiterno justiceiro, que viveria novamente, e assim diria: 'Tu és um deus e nunca ouvi nada mais divino!'"

"Por favor..."

"Portanto, a pergunta, a única pergunta possível diante de tudo e de cada coisa, mas também a convicção de que necessita para saber por que Tereza Koch foi morta, é a seguinte: 'Quero isto ainda uma vez e inúmeras vezes?' É seletivo entre a seletividade, Irineu? Depois de compreender que seremos o que já fomos, ainda o quer ser? Ser inúmeras vezes, ou não ser? Quer viver, doutor Irineu? Quer que eu repita sempre essas frases de efeito? Quer sempre se portar como se nos olhássemos pela primeira vez?"

"Não entendo como isso poderia me ajudar. E se quer mesmo saber, eu não estou nem aí para esse palavrório, senhora Juliana. Acho que minha entrevista já se encerrou."

"Se encerrou e se encerrará diversas vezes."

Levantaram-se e, antes de o delegado sair, Juliana pegou um papel, fez uma anotação nele e o entregou a Irineu.

"Todas as viagens exigem o retorno. Raskólnikov ansiava pela redenção do castigo, ansiava pelo regresso ao que era: o sujeito sem máculas de antes do crime.

Cristãos como Salvador buscam voltar à Morada Eterna. Ulisses e Leopold Bloom tiveram a *Odisseia* e também o *Nostos*. Nietzsche não buscou o retorno no espaço, mas, sim, no tempo. Quando retornar à Maringá, quero que se lembre da Curitiba que viajou. Não parece muita coisa, mas quero que considere este escrito um presente. Um agradecimento por tudo o que tem feito por minha filha."

No papel Juliana tinha escrito *Lasciate ogne speranza, voi ch'intrate*. Pelo Google, o delegado de Maringá confirmou que a frase pertencia a Dante Alighieri e significava: *"Deixai toda a esperança, ó vós que entrais."*

38. Que fim levou Juliana Klein

2011

Apertou a conhecida campainha, sem Juliana que o lembrasse de que sempre seria bem-vindo ali. Depois de alguns minutos, apareceu Salvador Scaciotto. Estava abatido, com os olhos fundos, mais magro, uns vinte anos mais velho. Eram dois restos de inimigos que se olhavam, sem forças para fazer qualquer coisa: seus cansaços eram, naquele momento, maiores que seus ódios.

"Podemos conversar?", perguntou o delegado.

"Acha necessário? Eu paguei tudo... paguei mais do que tinha. Fui réu confesso e estou quite com a Justiça. Você sabe que não tenho nada..." Enquanto falava, fechava a porta. Irineu a segurou.

"Não quero conversar sobre você. Quero falar de sua filha."

O italiano suspirou. No fundo daqueles olhos marejados, havia um homem que suplicava para ser esquecido, um redentor com boas intenções temendo o inferno.

"O que tem Gabriela?"

Irineu entrou e, ao fechar a porta, Scaciotto se sustentou na maçaneta, chorando muito.

"Tenho medo por minha menina. Como ela conseguirá crescer dessa maneira? Como terá uma vida normal?"

O homem continuava chorando, batendo com a palma da mão na porta fechada. Irineu lhe deu as costas e entrou na sala espaçosa, passando pela Vênus de Milo talhada em mármore e pelos aparadores repletos de pratarias. Andou até dar com o extenso corredor, que desembocaria nos quartos do casal e de Gabriela. No entanto, algo parecia diferente. Ao contrário da sala, que continuava igual, o corredor era outro. Percebeu a mudança ao ver que as paredes estavam desnudas e cheias de buracos feitos por parafusos.

"Resolveu tirar as fotos de sua esposa?"

"É o que parece, não é? Só eu sobrei, quem mais poderia ter tirado as fotos?", falou sem paciência, limpando as lágrimas do rosto.

"Por que tirou os retratos?"

"As fotos só estavam aí porque era uma exigência da minha filha. Havia muitas imagens de ancestrais de Juliana, de gente que eu nunca havia visto na vida. Como não há mais ninguém nesta casa, resolvi tirar."

"Posso ver o quarto da menina?"

"Não sei no que isso ajuda. Mas, sim, pode."

Os dois atravessaram o corredor com buracos feitos para retratos agora inexistentes, viraram à esquerda, e então Scaciotto parou. "Paro aqui. Fique à vontade. Prefiro não entrar."

Irineu concordou com a cabeça, vendo o homem dar meia-volta enquanto engolia o próprio choro. A frase ainda estava lá. O inferno que esperasse! Ali dentro ainda existia a esperança – ao menos a anunciada como propaganda de jornal; ao menos como mentirosa ideologia.

Com o peso de toneladas sobre as costas, o delegado compreendeu o motivo de o pai ter dado meia-volta: parecia existir, no ar, um perfume que exalasse de Gabriela, uma loção doce, ainda infantil, lembrança perene da presença e das dores da menina. Foi até a estante de livros e descobriu três ou quatro séries infantis estrangeiras, uma coleção de João Carlos Marinho em meio a alguns gibis da Disney e um antigo exemplar de *A gaia ciência*, em alemão. Porque se distinguia dos demais, pegou o exemplar de Nietzsche.

Na primeira página, havia os nomes de Arkadius, Derek e Juliana, todos riscados. Logo abaixo, uma caligrafia redonda e correta indicava que o livro atualmente pertencia à Gabriela Klein. Ao ver os nomes de Arkadius, Derek, Juliana e Gabriela, cada qual com sua devida assinatura, lembrou-se de Juliana contando do amor de seu avô pelos livros. Imaginou o momento em que o livro era passado de mão em mão, o momento em que o então proprietário riscava a linha anterior, dando fé pública de que o antigo portador não estava mais entre os vivos. Arkadius, Derek e Juliana riscados, como teria sido o momento em que Gabriela riscou o nome da própria mãe? Como foi o momento em que Juliana colocou na cabeça da pequena menina que aquele era um livro valioso, passado de geração em geração, e que em breve seria dela? Fechou o exemplar com cuidado e o deixou separado. Olhou de novo ao redor e teve a sensação de que o quarto também havia sido mudado; de que, como no corredor despido dos heróis de guerra Klein, também ali faltava algum detalhe. Olhou para a estante de brinquedos e viu alguns espaços vazios. Fechou os olhos: na mente, tentou reconstituir o quarto conhecido, o sempre dolorido quarto em que tudo parecia acontecer, menos a esperança. Retrocedeu lentamente: os livros estavam ali, o cemitério das barbies, a cama, tudo, tudo. Mas havia um espaço sobrando, algo que sua memória tinha de reconstituir. Continuava com os olhos cerrados, lembrando os capítulos e as dores de Gabriela. Recordou o momento em que a menina lhe pediu que cuidasse do pai dela; da fúria e dos gritos da filha que acabara de perder a mãe, e do abraço doce da criança que acabava de ganhar um Bob Esponja de pelúcia. Sim, o Bob Esponja! Foi até o cemitério de pelúcias e, com pressa, revirou todos os restos de brinquedos da menina. A pelúcia não estava lá. Fechou os olhos novamente, colocou, em sua memória, um objeto amarelo no espaço faltante: *Sim, isso, Gabriela havia colocado o Bob Esponja de pelúcia naquele espaço. E ele não estava ali agora.* Mas *agora* Gabriela odiava o Bob Esponja.

Pegou, cauteloso, o exemplar de *A gaia ciência*, saiu do quarto e chamou por Salvador. Não houve resposta. Gabriela tinha se tornado adulta mais devido às circunstâncias que ao tempo, de modo que era correto que não gostasse mais de um personagem bobo e amarelo. Gritou novamente por Salvador, e novamente não obteve resposta. Era circunstancialmente adulta, tinha pais pensadores, mas qual a possibilidade de uma menina de 15 anos gostar de Nietzsche? E não havia mais nenhum livro de filosofia ali: era apenas um exemplar empoeirado de *A gaia ciência* ao lado de romances juvenis e histórias em quadrinhos. Chamou de novo, mas a casa inteira era feita de silêncio e de grunhidos de sepultados. Deu mais alguns passos e gritou com todas as forças pelo nome de Salvador Scaciotto, sem resposta. Entrou no quarto do antigo casal: a cama de casal era a mesma, o mesmo piso de granito que recebera uma inscrição de batom sob o sangue abundante da ausente esposa. A cama estava revolta. Certamente seu dono não tivera uma noite agradável naquela casa de tantos fantasmas que, agora, pareciam reunir-se para lhe desejar más noites. Irineu chamou, mas Salvador não estava no quarto. O delegado saiu para o desnudo corredor, sem as fotos de Juliana. "Salvador!", urrou, seu grito voltando com o eco, sem nenhuma resposta. Pôs a mão no coldre, algo que fazia instintivamente quando achava que estava em apuros. "Salvador, onde está?" Tirou a arma do coldre e acariciou o frio metal do cano. Em uma das mãos, um exemplar de *A gaia ciência*, em alemão; na outra, a arma.

Balançou a cabeça, que ainda doía da noite anterior, arrependido de ter perdido o ônibus para Maringá.

39. Que fim levou Juliana Klein (2)

2011

No fim do corredor, gritou mais uma vez o nome de Salvador, completando que só queria ajudar, que não fizesse nenhuma besteira. Descobriu o homem, absorto, a olhar, em um aparador, a única foto de Juliana que mantivera na casa: uma foto discreta, em preto e branco, que mostrava uma Juliana ainda nova, possivelmente não doutora, não versada em Nietzsche. Chamou-o pelo nome duas vezes, com a mão ainda na arma, temendo alguma reação abrupta. Tocou no ombro de Salvador, que se virou lentamente, exibindo olhos fundos, vermelhos e molhados – esse devia ser o inferno.

"Sinto muita falta dela", confessou o italiano, debilmente. "Apesar de tudo, sinto falta da minha esposa." Irineu, que continuava com a mão no ombro do italiano, naquele momento pensou em falar que também sentia falta de Juliana.

"Depois que ela faleceu, nunca mais dormi. Nunca mais consegui fechar os olhos sem começar a ver minha Juliana pedindo ajuda. Quero que saiba de uma coisa:

eu faria de tudo para ajudá-la. Sempre fiz. Mas, longe, encarcerado, eu não pude fazer mais nada."

Irineu sentiu arrependimento. Falar de celulares e crematórios, agora, seria inútil.

"Todos sabemos disso. Não pode se culpar do que aconteceu."

"Sim, eu sou o culpado de tudo. Se eu não tivesse feito o que fiz, nada disso teria acontecido. E Juliana estaria aqui neste momento. Estaríamos, eu e ela, aqui com nossa Gabi. Seríamos novamente uma família feliz."

"Não pode se culpar. Você não imaginaria uma vingança tão brutal."

"Sim, eu poderia imaginar. Sempre soube. Juliana sempre disse dos Koch. Aqui, no Brasil, longe dos velhos que tanto promoviam esta batalha ridícula, sua maneira de viver o ódio era recordar. Eu sabia que Koch também desejava manter a chama viva. Eu poderia, sim, ter evitado..."

Subitamente, o homem sorriu, limpou os olhos e pegou das mãos do delegado o velho volume de *A gaia ciência*.

"Então encontrou o velho orgulho dos Klein?"

"Orgulho dos Klein?"

"É um volume antigo de Nietzsche. Parece que é uma edição rara e que, já na época, o velho Arkadius despendeu uma pequena fortuna para obtê-lo, dizendo que era a melhor coisa já produzida pelas mãos do homem, como forma de justificar seu gasto, seu amor por velharias. O livro foi para o pai de Juliana, Derek, e, depois, minha esposa o herdou. Foi a única coisa que herdou do velho. Na época, isto foi incompreensível: Juliana expressamente renunciou a todos os outros bens apenas por esse exemplar de *A gaia ciência*. É um livro valioso, não há dúvidas, mas Mirna e Rosi receberam uma bolada, por isso esbanjavam tanto."

"E, com a morte de Juliana, Gabriela pegou o livro para ela?"

"Não sei."

Irineu mostrou a contracapa aberta, com o nome do bisavô, do avô e da mãe, os três riscados.

Salvador riu nervosamente enquanto balançava a cabeça. Sabia que não era um bom sinal Gabriela prender-se a uma velha tradição Klein.

"Não sabia disso. Ela tinha muito orgulho da mãe. Sempre quis ser igual à Juliana, isso era motivo de orgulho para as duas. Sempre apoiei. Mas... Não imaginei que Gabriela fosse capaz de herdar a fixação quase insana que minha esposa tinha por este livro."

"Insana?"

"Força do hábito. Ela gostava muito dele, foi o que quis dizer."

"O senhor usa bem as palavras. Assisti ao seu julgamento e fiquei impressionado. 'Insana'?"

O italiano fez uma careta, coçou a cabeça.

"Irineu, sei que também se apaixonou por minha esposa. Em outras situações, eu diria 'tudo bem, não é o primeiro'. Mas, no seu caso, digo que talvez tenha sido o último. Deve ter conversado muito com ela, pelo inquérito e tudo o mais, e sei que Juliana encanta, mais que com a beleza, com as palavras. Também caí no seu canto de sereia. Mas, acredite, não é especial: não pense que ela largaria tudo por você, isso não é verdade. Há muitas coisas que ela não lhe contou."

"Pois me conte. Vim aqui justamente para isso. Quero saber tudo o que há de escondido nesta história."

"Para quê? Não vai mudar nada."

"Podemos fazer justiça ainda."

"Justiça? Juliana está morta. E nada mais poderá trazê-la de volta."

"Mas ainda há Gabriela..."

Salvador começou novamente a chorar.

"Olhe. A tal briga. A discussão acadêmica que houve no camarim do Guaíra... que culminou na morte de Tereza Koch..."

"O que é que tem?"

"Era uma briga a respeito de uma tese de *A gaia ciência*."

"Uma tese deste livro? Por que não disse isso antes?"

Scaciotto abriu os braços e, entregue, deixou-os cair, cansados, inertes.

"E que diferença faria?"

"Que tese?"

"Tereza Koch sabia das convicções dos Klein. As duas famílias cultivam há muito tempo uma discórdia específica de pensamento. Trata-se da 'cereja do bolo' de uma discussão muito maior, que envolve filhos preteridos, outros que morreram na guerra, amores proibidos entre os dois clãs..."

"Sei. Estudei a história dos Koch e dos Klein desde Frankfurt. Mas que discussão é essa?"

"Esse é o ponto em que a brilhante, doce e meiga Juliana Klein começa a ficar obscura, doutor delegado."

"Que discussão é essa, Salvador? Que diabo de discussão é essa?"

"Uma briga que se prolonga e se arrasta, mas que poderia ser qualquer uma, poderia ser o confronto de platônicos com aristotélicos, de estoicos com epicuristas, de atleticanos com coxas brancas. Bastava uma família falar A, que a outra já levantava a bandeira de B. Esta é a maior ironia de todas, delegado: a discussão filosófica entre os Klein e os Koch é séria e perdura, mas não só entre eles, mas também em toda a humanidade. E, ao mesmo tempo, é irrisória, porque casual. É arquétipo de um ódio anterior e mais forte. De instrumento, tornou-se mérito. De argumento, tornou-se a própria razão. Consegue me compreender?"

"Não, homem, pelo amor de Deus! Fale a minha língua!"

"Os Klein e os Koch só concordam em uma coisa: *necessitam do antagonismo em tudo*. O que um delibera, o outro contesta; o que um esclarece, o outro impugna; o que um outorga, o outro cassa. Essa é a razão de existir dos dois. E afinal de contas, foi o que acabou me unindo a Juliana Klein..."

"Salvador, sei que está dolorido, e que é inteligente. Diga o que houve de fato, deixe essas conjecturas para outra hora."

"Uns necessitam ser o oposto do outro, está compreendendo? Não podem se unir, essa é a sua máxima. Pois bem: em determinado momento, com o ódio já instalado entre as famílias, Arkadius consegue comprar este livrinho. O velho era esnobe, tinha uma boa garganta; as pessoas que o conheceram e que depois viram Juliana juram que são iguais, que até a entonação vocal é a mesma. O fato é que ele disse a Frankfurt inteira que encontrara uma raridade. Para legitimar o alto preço pago no pequeno exemplar, saiu tagarelando que Nietzsche era a mente mais brilhante de todos os tempos..."

"E daí?"

"E daí que a conversa caiu nos ouvidos do velho Koch. Ele nem sabia quem era Nietzsche, era quase iletrado. Mas leu *A gaia ciência* apenas para conhecer o território inimigo. E depois disso começou a ridicularizar Arkadius, dizendo que ele caíra no conto do vigário."

"Que conto do vigário?"

"Em uma famosa parábola, Nietzsche pregava o tempo cíclico. Koch respondeu que nunca lera nada tão ridículo na vida. A partir de então, Arkadius Klein virou um estudioso de Nietzsche, e Koch, um detrator. Dá para acreditar?"

"Mas e como isso nos leva à morte de Tereza Koch?"

"Tereza Koch ia bem, apesar do semblante triste. Eu estava preocupado, confesso: raramente ficávamos para ver algum Koch falar. Mas tudo ia bem, a mulher se continha. De repente, começou a falar de destino, de acaso. Afrontou os que acreditam no destino, disse que era uma fraqueza para os que não conseguem arcar com as próprias escolhas. Ali ela começava a fazer sua impreterível escolha. Já era uma indireta, forte e arrogante para um treinado ouvido Klein, até que ela complementou dizendo que Nietzsche sempre fora brilhante, exceto quando quis meter o bedelho no conceito de tempo. Aí, foi uma provocação direta..."

"Conceito de tempo de Nietzsche? Por favor, Salvador, explique."

"Nietzsche retomou uma teoria mirabolante sobre o conceito de tempo, uma teoria que tinha sido formulada pelos estoicos. Uma teoria que Arkadius comprou, e que veio até Juliana por Derek. Esta é a parte curiosa da coisa: o destino – que pregamos como pensadores – nos uniu. Conheci e me apaixonei por Juliana ao vê-la apaixonadamente falar sobre como devemos amar nosso destino. Eu era um estudioso de Agostinho. Juliana era encantada pela teoria do tempo de Nietzsche."

"Por que era tão encantada?"

O homem ergueu novamente as mãos. "Doutor... sua pergunta é tão absurda quanto querer que eu diga por que se encantam por um crucificado."

"E no que consiste essa teoria?"

"O tempo é circular e infinito. Tudo o que foi, novamente será no futuro. Há explicações nos átomos e na cosmogonia que dão conta de que o tempo é finito e cíclico. Quando chegarmos ao nosso fim, novamente voltaremos a viver as coisas que deixamos para trás."

"Desculpe, não quero parecer grosseiro. Juliana já me disse dessa teoria."

"Não duvido. Juliana só fala disso, é a razão de sua vida. Tudo o que fala são parábolas e variantes dessa mesma ideia. Resta saber se você conseguiu compreender tudo..."

"Não sei, sou um leigo. Diga-me você: consegui compreender tudo?"

"Irineu, meu caro, preciso dizer uma coisa em meu favor. Você acompanhou todo o meu julgamento, não foi? Em minha defesa, só tenho um argumento..."

"Qual?"

"Juliana Klein é a pessoa mais inteligente que conheci em toda a vida. Existe essa fixação no tempo circular, é verdade, mas que sempre funcionou como escape para a raiva contra os Koch. Veja, delegado: o crente pensador diz que a mulher que prega que Deus morreu é a pessoa mais inteligente, apesar da diferença entre seus pensamentos. Consegue me compreender melhor agora? Eu faria qualquer concessão por Juliana. Consegue me compreender quando choro em frente ao seu retrato e digo que faria qualquer coisa por ela? Ela devia estar no mundo, pregando, ensinando. Eu que deveria ter morrido."

"Pelo amor de Deus, Salvador! O que aconteceu? Está fugindo da pergunta: eu consegui compreender tudo?"

Na presença do delegado de polícia, algumas lágrimas rolavam da face do italiano.

"Eu não acredito no tempo circular. Acho que o passado deve ficar no passado. O que me apaixona em Juliana é a força com que ela segura a vida."

Disse e se abaixou; de cócoras, com as mãos na face, chorava muito.

"Você pagou por seu crime, Salvador. Juliana está morta. Isso não muda. Mas há ainda Gabi..."

O homem se levantou. Parecia tremer, parecia não acreditar que estivesse tendo aquela conversa.

"Nunca acreditei nessa história de tempo circular. Isso, para mim, sempre foi uma metáfora, e barata. Eu paguei o que tinha de pagar, já. Não pagarei novamente. A discussão sobre acaso ou destino era uma discussão deles, consegue compreender?"

40. Infinitas vezes ergui esta pistola

2005

"Conseguem compreender? Vocês que desdenham do acaso, da força centrípeta das escolhas, dos solavancos das conexões de nossas atividades volitivas, vocês não passam de conformistas. É conformismo acreditar que isto aqui já tenha sido escrito, que tudo esteja insculpido em um roteiro metafísico – divino ou satânico, isso não importa, porque, se há um roteiro, resta indiferente a nós, meros atores, conhecer seu grande Autor. Se há destino, a vida é fingimento. Sonho e consciência são equivalentes, porque são irreais. Para demonstrar que está no consciente, o ator, que está em um teatro como este, finge tocar um trompete. Em determinado momento, no entanto, para de tocar, mas o som continua. Então ela informa: 'Está tudo gravado. No hay banda'. 'Não há banda, é tudo gravação', repetem os que creem no destino. Está tudo escrito. E se não está bom, é porque ainda não chegou ao seu fim. Aí reside o conformismo dessas pessoas: acreditar que o plano chega ao fim com o 'felizes para sempre'. Essas pessoas ainda acreditam no 'felizes para sempre' escrito por um deus ou um diabo. Conseguem compreender?"

Tentava se mostrar raivosa, mas nem ela mesma se compreendia mais. Enquanto perguntava "Conseguem compreender?", desesperadamente dizia "Preciso de ajuda!". Só que, de fato, ninguém a compreendia. Queria ser uma mulher mais atraente, mais jovem, fértil, queria ser alguma coisa que pudesse trazer o marido de volta. Só. Enquanto falava de escolhas, sabia que as de sua vida a tinham trazido para uma vereda de dores, para uma infeliz realidade. A "Curitiba que viajara" tinha o cheiro das putas, os sons primitivos do sexo e o gosto da tenra e jovial carne feminina que dava de comer a seu marido. Dizia para se punir, porque escolhera mal, porque o encanto com Curitiba era falso, sabia agora que o paraíso estava circundado pelo inferno.

Então Tereza prosseguiu, já fora de si, já fora do mundo. Curitiba é um rio sorrateiro; um monstro que não larga, mas não mata de primeira. Açoita e cerca, sempiternamente, apenas sussurrando ao ouvido: "Você fez a escolha errada. Viajou até aqui, mas não poderá voltar. Consegue compreender?" Tereza Koch, atormentada, não compreendia, então prosseguiu. Naquele momento, Franz – que era Koch verdadeiro, de sangue, e não apenas de cartório – não estava ao seu lado e não pôde falar: "Pare, mulher! Se continuar a falar essas besteiras, irá declarar guerra com um pedido formal e assinado. Está doida, não está compreendendo?"

E assim falou Tereza, em nome dos Koch:

"O destino é uma falácia. E todas as variantes do destino são falaciosas, portanto. Seja nos filmes da Disney, seja nas doutrinas seculares. Veja a de Nietzsche, por exemplo. Poucas vezes se viu um absurdo tão estudado e tão difundido. Ele pregou que o tempo é circular e que um dia o mundo acabará e retomará suas formas originais. Conseguem conceber um descalabro maior que este?"

Ninguém conseguia conceber descalabro nenhum, porque ninguém conseguia nem mesmo prestar atenção na apagada mulher. Quase ninguém. Na primeira fila do Teatro Guaíra, Juliana Klein e Salvador Scaciotto tremiam com os olhos arregalados. Ele, de susto. Ela, de raiva.

Tereza Koch acabou de falar e saiu de cena chorando. E quando Juliana Klein e Salvador Scaciotto irromperam no camarim, além do susto, Tereza sentiu um princípio crescente de felicidade: a felicidade que lhe seria terminal. Pensou, no fim de sua vida, que ser ou assinar Koch não significava nada quando se era traída por um Koch e quando a única pessoa que a escutava na Terra era uma Klein. *Trata-se de uma briga estúpida, de fato, agora posso ver com clareza. Sou uma Koch que odeia os Koch, e serei salva por uma Klein. Para isso servem os inimigos: também são instrumento do casuístico rompante que é estopim da redenção...* nisso parou de pensar, porque as balas já perfuravam seu corpo. Morreu sorrindo, e isso não é clichê.

Tereza Koch deitava no camarim do Guaíra, sorrindo, redimida, enquanto Juliana Klein, ainda em posição de tiro, exortava sua última maldição – a arma ainda apontada para um inimigo imaginário, o cano ainda soltando fumaça. Em questão de segundos, a turba chegaria.

No entanto, naqueles segundos, naquela pequena fração de tempo, um fator determinante ocorreu: Salvador Scaciotto deu um golpe na mão da esposa – em momentos como aquele, não há como ser carinhoso ou cortês. Então a arma caiu no chão, ao lado do corpo de Tereza.

Não há condições de averiguar se ele poderia ter optado por outro sendeiro, ou se tudo já estava prefigurado antes mesmo de seu nascimento. Não há como afirmar claramente que o tempo seja cíclico e que, por conseguinte, infinitos salvadores apenas repitam os mesmos jargões. Nem que, como no paradoxo da tartaruga, o tempo seja infinitamente dividido e, entre todas essas suas frações, uns se tornem salvadores, outros, judas, e outros, ainda, façam pior e apenas lavem suas mãos, indiferentes. O correto, o palpável fato que pode ser transcrito para estas linhas é que, naqueles poucos segundos entre o tiro e a entrada da turba, logo após ter dado o golpe que tirara a arma das mãos de sua esposa, e escutando, cada vez mais forte, o som dos sapatos que se aproximavam, Salvador Scaciotto só teve tempo de falar uma coisa, tendo como testemunha o corpo da defunta Tereza:

"Não diga nada, meu amor. Deixe que eu resolvo."

Na mente fervilhante do homem havia sido gravado a fogo o que sua esposa, tão friamente, dissera à mulher que agora estava caída no chão e nada mais podia escutar. Juliana, assim que empunhou a arma, exortou:

"Infinitas vezes ergui esta pistola e infinitas vezes disparei fogo contra você. Neste momento, eu me torno o que sempre fui."

O pensamento ribombava, mas Salvador precisava de lucidez, precisava, naquele curto e eterno momento, de clareza para definir não só seu futuro, mas também o futuro de sua família. Sentia a voz embargada, sabia que começaria a chorar a qualquer momento. Então se conteve e pediu:

"Cuide de Gabriela. Ensine ao mundo. Eu sempre amarei você."

41. Que fim levou Juliana Klein (3)

2011

"Quer saber por que menti? Porque a amava. E sempre amarei Juliana. Consegue entender agora? É diferente de ter uma noite de amor com ela, não é? O que tenho é maior. Está feliz? É isso que queria ouvir?"

"Eu... eu não consigo acreditar."

"Não consegue acreditar por quê? Porque achou que ela tivesse se apaixonado por você? É nisso que não acredita? Acha que sabe tudo da vida dela, mas não sabe nada. E esse é o problema, Irineu. Se você soubesse o mínimo possível, ela não estaria morta agora. Se soubesse o mínimo sobre Juliana Klein, entenderia que ela sempre precisou de alguém ao lado dela, e que o único alguém que poderia ajudá-la estava preso."

"Desculpe-me... é absurdo demais."

"Seria absurdo se eu tivesse matado por uma teoria. Se você conhecesse Juliana, não acharia tão absurdo... Juliana Klein matou Tereza Koch. Está feliz agora? Ela matou, eu assumi a culpa e ela permitiu. Ambos sabíamos que era a melhor coisa a ser feita."

"Por que assumiu a culpa, porra?"

"Porque Juliana sempre foi genial. Era uma profunda pensadora e uma excelente mãe. Sempre a acompanhei de perto, sempre lhe dei toda a cobertura para que pudesse brilhar. Consegue entender, Irineu? Sempre fui o carregador de pianos para que Juliana pudesse brilhar. Além de segurar suas amarras."

"Não, você fez outra coisa. Isso não é amor: você acobertou um crime."

"E você é o delegado de polícia daquele caso, e olhe o que aconteceu depois: outros crimes, que você não conseguiu impedir. Se eu soubesse, nunca teria feito o que fiz. Como poderia prever os acontecimentos?"

"Que acontecimentos?"

Salvador deu de ombros, voltando a ficar de cócoras.

"Não sei, você é que tem a obrigação de me contar. O que sei é o que me contaram. Estava preso, sem conhecimento do que ocorria aqui fora. Minha esposa, segundo li nos jornais, foi assassinada. Prenderam Franz Koch e três alunas com base em provas refutáveis. Eles logo serão soltos... é isso?"

Irineu se sentou, perplexo, sentido os acontecimentos pretéritos voltarem com força e a toda a velocidade.

"Tudo é muito diferente do que eu imaginava. Não acredita que foi Franz Koch?"

"Como vingança? É um mundo louco, eles têm outras frequências de razão, que desconhecemos. Mas... não acredito. Tereza nunca teve verdadeiro sangue Koch e não acho que Franz se arriscaria tanto por um nome que não veio de nascença. Ele e Tereza eram diferentes. E a morte dela, no mundo acadêmico, foi um alívio. Então ele canalizou o luto e a atenção alheia para o trabalho. Franz fez da morte da esposa o óbolo para sua virtude."

"Acredita realmente nisso?"

"Irineu, Koch sempre se destacou como pensador, ninguém nega. Desde que tomou as rédeas da PUC, a UFPR o olha com respeito. Enquanto sadia, foi uma fase de ouro para Curitiba. A disputa transbordou no Guaíra, todos sabemos. Mas, mesmo antes, já dava sinais de que não ia bem. Koch não estava focado: destinava seu tempo mais para cultivar o ego e seduzir alunas. Toda a cidade sabia que ele já não era o mesmo, inclusive Tereza. Quando Juliana a matou, Franz assumiu o protagonismo da filosofia paranaense às custas de sensacionalismo e de piedade acadêmica. Tereza estava morta, eu em Piraquara, Juliana perdida em pensamentos de crimes e castigos. Só ele sobrou. O reinado de Koch."

"Mas ele entrou em depressão..."

"Até você caiu nessa? Isso é uma lenda. Difundida e aproveitada."

"Ele engordou. Deu sinais de dependência do álcool..."

"Deprimido porque engordou? Porque começou a beber? Está falando sério? Ele virou um astro, delegado! Isso foi o que se tornou: uma estrela. E estrelas comem e bebem."

Irineu tomou o exemplar de *A gaia ciência* das mãos de Salvador e o folheava, quando alguns envelopes caíram das páginas amareladas. Abaixou-se e abriu um deles. Estava vazio. Todos vazios. No remetente estava escrito "Franz Koch", e no destinatário "Gabriela Klein", ambos grifados no sobrenome. Às pressas, pegou outro envelope, com os mesmos personagens, invertidos: sublinhado e grifado, de Gabriela Klein para Franz Koch.

"Você sabia que sua filha se correspondia com Franz?"

"Isso é loucura! Gabriela nunca conversou com Koch."

"Loucura é Juliana matar alguém porque seus antepassados discutiram sobre a natureza do tempo. Olhe com os próprios olhos. Os dois conversavam."

Salvador Scaciotto pegou os envelopes vazios e seus olhos se encheram de lágrimas.

"Isso é ridículo. É completamente bizarro. Nenhum Koch e nenhum Klein fariam isso: nem mesmo minha filha."

"Pois fizeram, Salvador. Resta saber o motivo."

Uma ideia rapidamente veio ao delegado de polícia. Procurou nos envelopes as datas: estavam riscadas.

"O que está tentando descobrir?"

"Quem procurou quem. Foi Gabriela ou foi Franz quem decidiu iniciar o diálogo?"

"Acha que Gabriela procuraria Franz? Sempre o pintaram como um monstro. Eu conheço minha filha. Ela não faria isso."

"E, se pudesse opinar, acha que ela responderia às cartas dele, sublinhando o próprio sobrenome e o sobrenome do inimigo? Sua doce filha?"

Salvador negou com a cabeça e novamente seus olhos se encheram de lágrimas.

"De uma hora para a outra, parece que não conheço mais ninguém."

Irineu sacudiu as páginas do antigo exemplar de *A gaia ciência*, sem encontrar mais envelopes. Depois, ao folhear o livro, percebeu que uma das parábolas estava sublinhada. Apenas uma delas.

"Há algo diferente aqui. Algo grifado. Sabe o que é?"

"Não sei alemão. Mas é simples descobrirmos. É o aforismo 341. Basta encontrarmos a edição em português."

Cinco minutos depois, estavam diante do computador ligado, analisando uma versão digital de *A gaia ciência*.

Irineu leu o aforismo grifado em voz alta:

E se um dia ou uma noite um demônio se esgueirasse em tua mais solitária solidão e te dissesse: "Esta vida, assim como tu a vives agora e como a viveste, terás de vivê-la ainda uma vez e ainda inúmeras vezes; e não haverá nela nada de novo, cada dor e cada prazer, cada pensamento e suspiro e tudo o que há de indivisivelmente pequeno e de grande em tua vida há de te retornar, e tudo na mesma ordem e sequência – e do mesmo modo esta aranha e este luar entre as árvores, e do mesmo modo este instante e eu próprio. A eterna ampulheta da existência será sempre virada outra vez, e tu com ela, poeirinha da poeira!" Não te lançarias ao chão e rangerias os dentes e amaldiçoarias o demônio que te falasse assim? Ou viveste alguma vez um instante descomunal, em que lhe responderias: "Tu és um deus e nunca ouvi nada mais divino!"

"Caralho! Essa frase me foi dita há muitos anos."

"Quem disse?"

"Sua esposa."

"Juliana sabia de cor essas linhas em no mínimo sete línguas. Era o seu lema de vida. Entende agora o que quero dizer? Que a maioria de suas palavras eram variantes de aforismos e lições de Nietzsche? O que ela disse?"

"Que várias vezes travamos a mesma discussão sobre a morte. E sobre o inferno."

"Está, enfim, compreendendo, Irineu? Tudo gira em torno disso. Essa é a síntese do famoso aforismo de Nietzsche sobre o tempo. O tempo circular. Tudo o que foi, voltará a ser. Em alemão chamam de *Ewige Wiederkunft*, sei porque sempre escutei essas palavras da boca de Juliana. Em português, costuma-se chamar de 'O eterno retorno'."

"O quê?"

"*Ewige Wiederkunft*? Eterno retorno?"

"Meu Deus! Você sabe o que estava escrito com batom no chão do quarto, sob o sangue de Juliana?"

"Não. Eu estava louco naquele dia, não conseguia enxergar nada..."

"Estava escrito: 'O retorno ocorrerá'."

"Certamente, é uma variante da máxima do tempo circular de Nietzsche e dos estoicos. Juliana matou Tereza por isso."

"Não é possível..."

"Pois acredite. Juliana, ao disparar, falou algo do tipo: 'Várias vezes ergui esta pistola e várias vezes disparei fogo contra você.' E fez fogo."

"Como assim se tornar o que sempre foi?"

"Sintetiza o devir. Um conceito antigo. Vem do latim *devenire*. O 'vir a ser'. Desde Heráclito, os pensadores se dedicam a explicar as mudanças e a imutabilidade do ser. A famosa frase que diz que 'não se entra duas vezes no mesmo rio' tem ecos do devir. Depois, muitos o conceituaram. Platão se contrapôs a Parmênides e buscou mostrar a imutabilidade do núcleo do..."

"Desculpe. É interessante, mas não temos tempo para isso. Não agora. Talvez em outros retornos. Deixe-me perguntar uma coisa: Gabriela esteve aqui?"

"Esteve. Logo que saiu do hospital. Por quê?"

"Ela pegou alguma coisa?"

"Os brinquedos. Disse que estava com saudade. Ela é exatamente como a mãe: sabe ser muito dura quando quer. Pegou algumas coisas, disse que não pegaria outras porque pretendia voltar. Disse ainda que estava com muitas saudades de mim, mas, da casa, só fez questão de pegar uns brinquedos. É tão adulta quando se trata de encarar a vida! Mas, às vezes, volta a ser novamente uma criança."

"Outra coisa. Seu celular. Consultamos seus prontuários médicos e vimos que desenvolveu **fobia de telefone**. É verdade?"

"Achei que essas informações estivessem acobertadas pelo sigilo médico. Sim, tenho fobia. Vamos discutir isso?"

"Foi de seu telefone que ligaram para o crematório, certo? É por isso que se culpa. Há algo mais? Outra ligação, alguma informação?"

Salvador começou a chorar desesperadamente.

"Por favor, é necessário que me diga. Aí pode estar a resposta a tudo."

"Quando retornei para o número marcado em meu telefone, atenderam chamando pelo nome... pelo nome que a pessoa informou quando ligou de meu celular. Disseram-me: 'Em que posso ajudar, senhora Koch?' Eu não entendi, então ele me explicou que o nome estava gravado no celular deles, de um atendimento antigo. Perguntei que nome era. Imaginei que fosse uma brincadeira, que a pessoa que ligou na ocasião tivesse informado o nome de Tereza Koch..."

"E era?"

"Não. Ele me disse que estava gravado o nome 'J. Koch'. Insisti: 'Não é T. Koch?' 'Não', ele me respondeu. 'É J. mesmo.'"

Irineu fechou os olhos e balançou a cabeça.

"J. Koch. A única 'J' da família, que eu saiba, é Jannike. A Koch que se apaixonou por um Klein e morreu no parto."

42. O retorno de Curitiba

Jannike Koch, que amou e morreu por amar um Klein. Que levou consigo uma abominação que atendia por Klein e por Koch. Que teve, embora por pouco tempo, Heike Klein, ao contrário de Juliana. *Qual o erro da frase?* Se Juliana, de algum ponto, de algum retorno, pudesse escutar, em que ponto aplicaria suas leis de interpretação de premissas, onde diria: "Isso não se encaixa no silogismo."

Oi, Gabi.

Veio dizer que sente muito. Que nada mais acontecerá. Estou errada?

O diálogo de quando fora visitar a menina na Santa Casa ainda estava gravado em sua memória.

Gabriela deitada e ressentida, estranhamente lúcida diante de todo o caos. Por quê?

Por isso que me enche o saco? Por minha mãe? Ela morreu, não sabia?

"Gabi, por favor...", disse em voz baixa, para que Salvador não o escutasse. "... ajude-me."

Juliana e Jannike mortas, e seus fantasmas voltando, eternamente.

Minha mãe morreu.
Era possível? Morta?
Juliana viva, reencarnada naquele corpo mirrado de 15 anos. Nervosa, deitada no leito de uma cama de hospital, tornava-se o espectro da mãe, quando a citava. Na maior relíquia da família Klein, seu nome já fora rabiscado. Fumaça branca no Batel, Gabriela pedia licença para começar seu império. Assim que pudesse sair da Santa Casa.
Acha mesmo que sua mãe morreu?
Não há, neste nem em qualquer presente, nenhuma Juliana Klein... Agradeço ter feito todo esse esforço para prender os culpados. Mesmo que depois da morte de todos da minha família...
Houve, haverá, mas não há. Não seja estúpido, Irineu! Não há nenhuma Juliana Klein.
Que assim seja!
Ela sabia? Obviamente, já estava iniciada nos mistérios do Eterno Retorno. Uma questão de sangue. Uma questão particular. Entre Koch e Klein.
Posso fazer a última pergunta?
Claro.
Você acredita mesmo que foi Franz que matou minha família?... E acredita que não mais tentarão me matar?
Sim.
Pois, sabe... eu não acredito. Sei que sofrerei mais...
E destino não se muda nem se escolhe. Aceita-se, apenas. A única escolha possível é amar ou odiar a vida. *Amor fati.* Gabriela se esforçava para segurar as

lágrimas. A lição de sua mãe era muito difícil de ser compreendida.

E você? Ainda acha que foi Koch que entrou na sua casa?

Não sei. Acho que não. Sou muito volúvel. Coisa de adolescentes, acho...

Não sabe?... Mas não sabia que a ligação fora feita do celular de seu pai, e que quem a fizera fora um Koch? Não Franz, sedento de vingança, mas Jannike, sepultada, chorando seu filho morto, talvez irada porque, do mundo em que estava, podia ver que Juliana amara seu tio Heike. Heike Klein, cujas iniciais formavam o logotipo da arma que tirou a vida de Juliana, Mirna e Rosi.

Assim são os adolescentes, reverberava, de outro canto, mais palpável, a voz de Salvador, da brumosa realidade, enquanto Irineu se fechava nas próprias lembranças. "Dão mais valor a seus bichos de pelúcia que ao próprio pai", continuava o italiano ressentido. E em seguida, Gabriela respondia-lhe, da imaginação de Irineu, querendo dizer ao pai: *Quanto a ser volúvel, hoje eu odeio o Bob Esponja...*

43. Que fim levou Juliana Klein (4)

2011

"J. Koch é de Jannike? Você está louco? Ela morreu."

"Todos estão morrendo. E, mesmo assim, parece que não nos deixam. Salvador, sabe quem é o Bob Esponja?"

"Quem?"

"Um bicho amarelo e com os olhos arregalados, quadrado, de perninhas finas, sempre sorridente."

"Sim, sim. Minha filha veio até esta casa pegar alguns objetos que tem dele."

"Alguns objetos?"

"Um bicho de pelúcia. Uma caderneta. E uma corda de pular, acho. O que tem isso?"

Irineu folheou desesperadamente *A gaia ciência*. Apenas o aforismo 341 estava grifado. Voltou à primeira página e percebeu que, antes das assinaturas riscadas, havia uma frase escrita a lápis e depois apagada. Colocou o livro na contraluz e, pelo relevo, sentiu um calafrio ao perceber o que Gabriela escrevera ali: uma frase também conhecida, uma frase também amedrontadora, paradoxal, antiteticamente escrita com aquela letra arredondada e inocente:

Torna-te quem tu és

Então, em um estalo, veio à lembrança o momento em que pai e filha se despediam. A pequena menina, a porta entreaberta, os fotógrafos como urubus do lado de fora.

Então será você que levará meu pai para viajar?

Irineu aquiesceu com a cabeça, ali agora, revivendo o passado, bem diante de si. Salvador pedira um segundo. Abaixou-se, chamou a filha. Ela correu até ele, e eles se abraçaram. O pai, para segurar o choro, disse:

Para sempre, filha.

Para sempre, pai.

"O que significa 'para sempre'?"

"Como assim?"

"Foi o que disse quando se separou da sua filha. Quando eu o levei para Piraquara: 'Para sempre, filha.'"

"Ah, sim! Brincávamos de dar conceitos da eternidade em nossa casa." Colocou a mão sobre a face e falou, limpando as lágrimas: "Era um dos nossos passatempos."

"Como assim?"

"Conceitos de coisas que são eternas... como poderei lhe explicar? Eternas são as estrelas, formadas por pós de outras estrelas, formadora de outras futuras estrelas, do mesmo pó."

"Jura que brincavam disso?"

"Somos... ou éramos... uma família de pensadores. Não queria que ensinássemos à nossa filha a escalação dos times de futebol, né?"

"Você se lembra de alguma definição especial?"

"Depois da prisão, nunca mais brincamos."

"Nunca? Tem certeza?"

Deixe-me pensar. Bom, eu me lembro de uma coisa: logo que Juliana morreu, ela me escreveu dizendo sobre a eternidade. Foi como Gabriela se expressou sobre a mãe. Eu me lembro desse fato porque era uma ocasião importante. Ela me mandou uma carta."

"O que estava escrito nela?"

"Não sei. Estava com a cabeça nas nuvens naquele tempo, não conseguirei recordar."

"Mas precisa tentar."

"Era uma definição. Algum conceito da eternidade."

"Qual conceito?"

"Eu guardei. Está nas minhas coisas."

Correu para um pequeno cofre que mantinha em seu escritório, pegou uma pasta e revirou os papéis.

"Aqui está."

Caro papai:

Do que o padre disse no enterro, mamãe "veio do pó e ao pó retornou". Penso nisso, imagino bastante essa frase. Representa, eu acho, a realização final de tudo o que pensam, você e mamãe. Para ela, que retorna, que volta ao que era no começo, como sempre gostava de dizer, e para você, que vê cumprida uma lição bíblica.

No entanto, neste momento eu apenas sinto falta da minha mãe. Sei que preciso ser forte, sei que ela quer que eu seja forte. Pai, quero que saiba de uma coisa: não sei se consigo esperar por este mesmo magnânimo Deus que você espera. Não consigo acreditar nessa promessa nem em nenhuma outra. Acho qualquer promessa uma grande bobagem. Mamãe costumava dizer que só temos verdadeiramente aquilo que perdemos. Só nos damos conta de que existe o paraíso quando somos expulsos dele, quando comemos o fruto proibido. Não há outros paraísos que não sejam paraísos perdidos. E, se quer saber, papai, isto que estou vivendo é o inferno.

44. Chá das cinco com Juliana (2)

2005

O inferno. De tudo o que falara Juliana Klein naquela entrevista, a palavra "inferno" ribombava na cabeça do delegado de polícia.

Quer viver, doutor Irineu? Quer que eu repita sempre essas frases de efeito? Quer sempre se portar como se nos olhássemos pela primeira vez?

Não entendo como isso poderia me ajudar. E se quer mesmo saber, eu não estou nem aí para esse palavrório, senhora Juliana. Acho que minha entrevista já se encerrou.

Se encerrou e se encerrará diversas vezes.

Levantaram-se, e, antes de o delegado sair, Juliana pegou um papel, fez uma anotação nele e o entregou a Irineu.

Não parece muita coisa, mas quero que considere este escrito um presente. Um agradecimento por tudo o que tem feito por minha filha.

No papel, escrevera *Lasciate ogne speranza, voi ch'intrate*. Irineu leu em silêncio, sem compreender. Não queria alimentar o orgulho de Juliana Klein, não queria transformar aquele inquérito em uma palestra acadêmica. No entanto, o inferno pulsava fortemente. Juliana o acompanhou e lhe disse que sua visita era sempre um prazer. Que, sempre que quisesses, poderia voltar: *Sem se apresentar. E sem mandado.*

Irineu sorriu, porque ela achava uma piada engraçada.

"Senhora Juliana, posso fazer a última pergunta?"

"Lógico. Entre. Quer outro chá?"

"Não. Sei que é atarefada, e também tenho outros compromissos."

"Pois se prefere fazer sua pergunta em pé, na porta, tudo bem..."

"Se não se importar..."

"De modo algum."

"Disse-me que a vida é agora. Que não acredita em promessas futuras? Certo?"

"Sim."

"E me disse que espera o inferno?"

"Sim."

"Para alguém que não acredita no paraíso, não é um contrassenso esperar pelo inferno?"

Na soleira do casarão Klein, já fora dos domínios de Juliana, olhava-a no fundo dos olhos, e recebia o mesmo olhar penetrante como resposta. Ela riu.

"Já disse que você é perspicaz?"

"Já. Não em outros futuros nem em outros passados. Neste."

"Sabe o que está escrito no portal do inferno, Irineu?"

"Que portal do inferno?"

"O inferno de Dante. Esse inferno vai além das nossas noções elementares. De um lugar com fogo, que queima, etc. É uma cidade, com secretarias e servidores, delegados e juízes, todos sob o comando de Hades. Na porta de sua cidade, não há o selo do Rotary nem o símbolo da maçonaria com a inscrição: "Bem-vindo." Está escrito assim:

> Vai-se por mim à cidade dolente
> Vai-se por mim à sempiterna dor,
> Vai-se por mim entre a perdida gente.
>
> Moveu justiça o meu alto feitor,
> Fez-me a divina potestade, mais
> O supremo saber e o primo amor.
>
> Antes de mim não foi criado mais
> nada senão eterno, e eterna eu duro.
> Deixai toda a esperança, ó vós que entrais.

"Consegue compreender? Pelo portal se viaja a cidade da eterna dor e da perdida gente. A cidade eterna, tão primitiva quanto os outros atributos eternos. O inferno não passa de um homem desnudo de esperança, Irineu."

"Juliana, me ajude, por favor."

"Vou retomar o que disse e o que espero: a vida é agora."

"Apesar de o tempo ser circular... Apesar de o futuro repetir o passado..."

"Sim. A vida é a compreensão da finitude do corpo e das conexões. E, portanto, qualquer promessa é falsa. Não há nenhum paraíso extraterrestre, essa vida não é preparatória para nada. A vida é *somente* isso, ou *tudo* isso – só se escolhe a maneira de enxergá-la."

"A vida não é preparatória, mas você espera o inferno?"

Juliana riu. "Lembra quando me perguntou se eu havia ficado triste ou feliz com a morte de Tereza?"

"Sim."

"Sabe o que eu diria a Franz Koch? Recomendaria a leitura de um poema. Chama-se *A posse do ontem*."

"Sabe de cor?"

Juliana sorriu com o canto da boca e Irineu se deu conta de como sua pergunta era estúpida.

"Sei que perdi tantas coisas que não poderia contá-las. E sei que essas perdas são agora o que é meu. Sei que perdi Gunda Graub e Heike Klein e penso nessas impossíveis existências, como não pensam os que imaginam que enxergam. Meu pai e meu avô se suicidaram e estão sempre ao meu lado, presenteando-me com cordas e facas. Quando quero escandir as predições de Zaratustra, faço-o, dizem-me, com a voz que só poderia ser de Nietzsche.

"Só o que morreu é nosso, Irineu. Só é nosso o que perdemos. Frankfurt passou, mas Frankfurt perdura nas páginas em que jannikes e heikes a choram, por isso é tão presente, tão férrea. Curitiba aconteceu quando era uma nostalgia. Todo poema, com o tempo, é uma elegia, um lamento de morte. Nossas são as gundas, as jannikes, todas as mulheres que nos deixaram, já não sujeitas à véspera – que *é* a angústia – nem aos alarmes e terrores da esperança.

Consegue entender, Irineu? Não há outros paraísos que não sejam paraísos perdidos."

"É um poema lindo. Se eu tivesse Facebook, o escreveria para fingir que sou inteligente. Mas não me ajuda muito. Fiz uma pergunta direta, incisiva. Por que não consegue responder sem metáforas?"

Juliana fechou o semblante.

"Porque confio na sua inteligência. Porque não estou chamando um cão adestrado. Não há paraísos sem que se esteja do lado do interfone, apertando-o desesperadamente, pedindo para entrar. Irineu de Freitas acha que é um paradoxo não acreditar no céu cristão e esperar o inferno, mas Irineu de Freitas está equivocado, e está equivocado porque, apesar de ver, não consegue enxergar. Espero o inferno. E o inferno é aqui. O inferno é uma estação de metrô na cidade dos homens, não na Cidade de Deus. O inferno é *agora*."

45. De como Irineu se tornou o que é

"Salvador. Preciso encontrar Gabriela. *Agora!*"
"Por quê?"
"Este livro... Esta carta que ela lhe escreveu.. Jannike..."
"O que é que tem?"
"Acompanhe-me até a casa de Alfredo Rosa. Não podemos perder muito tempo..."
Entraram na BMW, agora uma x5 descuidada, cagada por pombos e coberta de fuligem curitibana. No interior do veículo, a foto da família permanecia intacta, um relicário em meio aos escombros da pujança de outros tempos. O carro alemão, coberto de pó e merda, guardava em seu coração a memória da felicidade.

"Alemão? Não dá para ser diferente ao menos uma vez?" Falou e se arrependeu ao ver o retrato da família feliz, Juliana, um italiano vermelho e uma pequena fusão, a mistura alquímica e miraculosa que atendia por Gabriela Klein Scaciotto, herdeira única de um reino que acabara de ficar sem rei.

Herdeira única? O carro partiu silenciosamente, tradição e orgulho da Baviera, em seu interior portando dois bárbaros amantes que poderiam dedicar toda a vida, mas seriam incapazes de compreender as nuances de ser Klein.

E a mãe e esposa, a única capaz de restituir a calma do Casarão mal-assombrado, era feita de estranha ausência, de postulados acadêmicos e vinganças.

Uma vingança faria sentido para alguém que não acredita na possibilidade do acaso? O que Juliana diria da vingança aos que acreditam no *amor fati*? Fantasmas, vozes de mortos, seu amigo Gómez subitamente relembrando o sujeito que, agora, guiava a x5 em direção a casa de Alfredo Rosa:

"*Você se lembra de como Salvador o insultou? Lembra-se dele falando em vingança?*"

"*Lembro...*"

"*E?*"

"*E sei lá. Errei com Juliana. E sei que ele se lembrará disso para sempre.*"

Salvador acelerando o veículo alemão... escarrado, traído, crente, apesar de tudo. Não necessitava ver para crer, já havia muito fora convertido a uma deusa que pregava que seu deus estava morto. Vingança negligenciada, o envolvimento com Juliana fora um erro absurdo.

"*Quanta ética, delegado! Pode morder a coxa da esposa do sentenciado, mas entrar em seu santo quarto é proibido!*"

Um erro ecoado, um crime com seus óbvios castigos – e com outros invisíveis, porém reais.

Pensava, porque precisava pensar em qualquer coisa, porque estava com medo de pedir desculpas a uma me-

nina de 12 anos e de dizer a ela que ela estava certa, que ele fora tolamente enganado.

Juliana morta, o delegado enganado e às vésperas de dar uma explicação para a filha, às vésperas de receber um talho duradouro no rosto. Juliana morta? Jannike viva?

Lasciate ogne speranza, voi ch'intrate
Aqui vive feliz a esperança, mas a esperança deve ficar do lado de fora...

E de que lado Juliana Klein estava? De que lado, em que doutrina, de que maneira? A esperança, enfim, parecia voltar, talvez pelo perfume feminino impregnado no carro; crescente, como o ponteiro de rotações; potente, enquanto Salvador acelerava para encontrar sua única filha na casa de Alfredo Rosa.

"Pois, sabe... eu não acredito. Sei que sofrerei mais..."

O que Gabriela sabia, além do caráter circular do tempo e de que *o retorno ocorreria* – em sangue – significa que o futuro terá as formas primitivas? O que ela conhece, além das correspondências que trocou com Franz Koch? O que saberá, se é que terá condições para conjugar este verbo, se Irineu e Salvador não intervierem de maneira urgente? É isso que chamam de doutrina cíclica? É isso o eterno retorno?

"Não há, neste nem em qualquer presente, nenhuma Juliana Klein. Houve uma, ela continua em seus livros, nos seus alunos. Mas minha mãe está morta."

Gabriela cíclica, vivendo em seu sangue o passado.

"Diz dos jovens 'Montecchio e Capuleto'?"

"*Exatamente. Uma história que já estava escrita. Shakespeare a inventou, caso não a tenha também copiado. Heike Klein e Jannike Koch, que só enxergavam o amor, foram assassinados para que se apagasse um bebê que ainda não falava, não andava, que nada compreendia, mas que já era capaz do estranho milagre de unir os combatentes.*

O retorno ocorrerá. No futuro, arkadius e heinrichs brigarão, e heikes e jannikes se amarão. Com outros nomes, outros palcos e outras vestimentas, são todos arquétipos, um Klein e um Koch. E não há disputa que já não tenha sido disputada. É isso, Juliana?

"*E tudo o que há de indivisivelmente pequeno e de grande em tua vida há de retornar a ti, e não só isso, mas tudo, absolutamente tudo, na mesma ordem e sequência.*

... este instante e eu própria, a segurar uma xícara de chá fria e tentando ensinar o pensamento mais precioso a um sujeito que tem como bíblia o código penal."

Na rotatória do velocímetro, obstada pelos sinais vermelhos e pelo trânsito de Curitiba, nas avenidas, nas rotundas, os tempos multiformes voltavam todos, do futuro e do passado.

"*Sabe como conquistei Salvador, Irineu? Citando a máxima de Agostinho sobre o tempo: 'O que é o tempo? Se ninguém me perguntar, eu sei; se quiser explicá-lo, não sei.' Mas a Bíblia responde: 'O que foi, isso é o que há de ser; e o que se fez, isso se fará; de modo que nada há de novo debaixo do soll.' Repito a lição do Eclesiastes, que também diz que há tempo para todas as coisas:*

*'Aquilo que é já foi, e o que será já foi anteriormente',
'vá, coma com prazer a sua comida e beba o seu vinho
de coração alegre, pois Deus já se alegrou do que você
faz.... Desfrute a vida com a mulher que ama, todos os
dias desta vida sem sentido que Deus dá a você debaixo
do sol. Pois essa é a sua recompensa na vida pelo árduo
trabalho debaixo do sol.'*

Não é engraçado como a pensadora descrente conquista o pensador cristão com excertos de sua própria munição, de sua arma mais letal?"

Leões atemporais, arquétipos platônicos, fragmentos da eternidade, desfrute aqui, porque não há nada mais. E, não obstante, há tempo para tudo. Juliana narrando com amor a história de seu sangue:

"Por que um alemão foi para Guerra do Vietnã?"

"Porque estava desiludido. O amor de sua vida amava um Koch."

Grotesco. Uma maneira absurda de abreviar a própria vida. Dar a vida a uma causa em que não acreditava. Em que nunca acreditou, em que nunca acreditaria. A maneira mais elegante de dizer que dispunha da própria existência.

"E depois?"

"Depois foi a guerra entre Arkadius Klein e Heinrich Koch. Anos injustos."

Curitiba também era injusta. E opressora. Abreviadora. Abreviadora. Irineu, Irineu, tudo o que é necessário para decifrar o enigma foi falado! Só resta que interprete.

"Acabou, senhora Juliana. Nunca mais haverá isso."

"Não acabou. Se entender bem o passado, compreenderá que está apenas começando. Mais injustiças ocorrerão... Sinto em meu sangue. Vejo os fantasmas do passado e sei que o futuro tende a repetir o que passou."

É possível achar fundamento em tudo. Há quem diga que os nazistas se fundamentaram em Nietzsche. Por que suicidas também não poderiam?

"Não chorei quando meu pai Derek se suicidou. Eu e ele sabíamos: a abreviação de sua vida era apenas o pagamento do erro que havia cometido."

"Já lhe contei como meu avô Arkadius faleceu? Tomou veneno, misturado no vinho. A polícia de Frankfurt obviamente correu no encalço dos Koch. E sabe qual foi o resultado? Nada. Nunca foi provado quem colocou veneno no vinho e abreviou a vida do velho. O que acha, além da constatação de que o presente repete o passado?"

Não é possível, disse, lembrando-se de abreviações, enquanto a BMW percorria o caminho. Juliana é inteligente demais para cair nessas histórias. É, e não *era*, de repente o verbo no presente.

"Perdão: os dois não tiveram mortes naturais? A menina morreu no parto e o jovem teve complicações de saúde, depois que ficou completamente insano..."

"Delegado, não acredito que pense assim. Mortes naturais?"

Mortes naturais, de fato – para os que possuem esse sangue.

"Então encontrou o velho orgulho dos Klein?"

Irineu mostrou a contracapa aberta, com o nome do bisavô, do avô e da mãe, os três riscados.

Um livro feito de sangue. O sangue que acreditou em um livro.

Na primeira página, havia os nomes de Arkadius, Derek e Juliana, todos riscados. Logo abaixo, uma caligrafia redonda e correta indicava que o livro atualmente pertencia à Gabriela Klein.

Um enorme livro de panegíricos. Sofrerá como os nomes riscados no livro antigo de Nietzsche. Heike e Jannike se amando em Frankfurt, tendo um fruto maldito, uma flor do mal. Que, se não extirpada, que seja escondida. Que assim seja... *Amém, dizem, sarcasticamente, todos os irineus, de todos os circulares tempos, enquanto salvadores sofrem o castigo por seus crimes, amém. No passado Jannike e Heike morreram por amor. Eu digo que eles morreriam de amor, também, no futuro. Que assim seja."*

Naquela noite, descobri que estava grávida da Gabriela. O fantasma do natimorto que uniria Klein e Koch teria a mesma idade da minha filha, se estivesse vivo.

Escondido de quem, se os protagonistas todos sabem do segredo? Escondido do Tempo.

Por isso, toda vez que vejo a minha Gabi, vejo fantasmas-bebês chorando seus choros inocentes, que me lembram que a morte e a injustiça sempre se avizinham de nós.

Amores e o passado. Gabi e o futuro.

"Por que acha que Gabriela se importa de manter a briga das famílias?"

"Não disse que ela quer continuar a guerra. Disse apenas que tenho dúvidas sobre o que acha, e pensa. Por esses dias ela foi conversar com meu filho."

Adam e Gabriela, um de frente para o outro, centenas de anos mostrando que aquele diálogo era impossível. Impossível para os que assim o desejassem. E só. Juliana queria dizer que Klein e Koch não apenas brigariam, durante os círculos temporais, mas também que estavam condenados ao impossível amor.

"Adam dá a ideia de princípio, assim como Arkadius. E o fim se une ao começo. O primeiro da estirpe chora seus filhos, e o último chora seus pais."

"Que quer dizer?"

"Uma predição. [...] Nunca falei tão sério na vida. Por favor, dê aqui a sua mão... As estirpes condenadas a cem anos de solidão possuem sempre uma segunda chance sobre a terra."

A predição estava certa? Era possível pular onze páginas e chegar logo ao clímax? O livro de panegíricos girava rápido. E quem o falava não eram os fantasmas do passado. Era Juliana. Juliana viva. Juliana protagonista.

"Não sei, delegado. Não consigo prever o futuro, infelizmente. A única coisa de que posso alertá-lo é que as coisas tendem a se repetir aos Klein."

"Como repetir?"

"Repetir, delegado. Ocorreu, ocorrerá..."

Koch também sabia, aquele gordo filho de uma puta. Mas a ligação ao crematório saíra do coração dos Klein. Por uma morta Koch. De todos os fantasmas, um se sobressaía. Uma criança sem nome, com o sangue misturado dos inimigos, uma criança que, se estivesse viva, teria a mesma idade de Gabriela. E de Adam.

Adam que, segundo Franz, deve ficar fora da história.

"Irineu, pelo amor de Deus, está me deixando nervoso. O que está acontecendo?"

"Eu prometi que cuidaria de Gabriela. Fui um fantoche, mas cumprirei minha promessa..."

"Por quê? Acha que minha filha corre perigo?"

Irineu abriu a porta do carro com violência.

"Sim, eu acho..."

"Mas Koch não está preso? Todo o resto morreu. Os que não morreram estão presos..."

Estavam já na frente da casa de Alfredo Rosa, quando o delegado apertou inutilmente a campainha – duas vezes.

"Salvador, depois conversamos sobre isso. Mas saiba que Juliana está viva..."

"É impossível. O pó. Era da minha mulher. Não era?"

Salvador falava enquanto o delegado apertava desesperadamente a campainha.

"Não se orgulha tanto de conhecer sua esposa? Como não sabe que ela está viva?"

Irineu deu um passo para trás e chutou a porta, que se rompeu bruscamente. Deitado, sangrando, Alfredo Rosa, sem camisa, uma lata de cerveja jogada em meio ao seu sangue, tentava dizer algo. Irineu correu até ele, e percebeu seu pulso.

"Perdeu muito sangue", disse.

O homem abriu os olhos e murmurou:

"A menina... no quarto..."

Irineu largou o homem e percorreu o corredor, multiplicado por fantasmas e por citações, por Klein e Koch, por armas, doutrinas e tempos indistintos, multiplicados, repetidos. *Amar a vida não significa isso*, pensava.

"Malditos sejam todos os que esperam. Malditos, agora, enquanto há vida. Aí vem a importância do *amor fati*. Não se trata da explicação de um derrotado. É, ao contrário, a força para enxergar que a vida que será é a mesma que um dia foi."

Falava das brumas – porém, mais viva que nunca – a protagonista Juliana Klein.

"Que assim seja", respondeu Gabi, fechando os olhos para esconder que estavam marejados.

"Adeus, Gabi. Fique bem."

Amém, respondia Gabi. Viva? Pelo amor de Deus, Gabriela, não pode ser tão estúpida...

Adeus Gabi, disse na Santa Casa, triste porque seu Bob Esponja não surtira o efeito desejado, porque ela agora odiava o Bob Esponja. Mas escolheu a corda e a pelúcia do personagem infantil e deixou a preciosa relíquia de Nietzsche. *Por quê?*

A porta estava fechada. Dentro, Irineu sabia o que encontraria: nada de esperança. Um Bob Esponja se agigantando e que, atrás de seu sorriso amarelo, falava, e sua voz era a voz inconfundível de Juliana Klein dizendo que a vida era repetição e que o inferno é aqui, e no inferno a esperança deve ser diluída. E que, portanto, para sair do inferno só há um modo: relembrar o antigo passado, voltar ao princípio, viver novamente. E, para viver novamente, só há uma maneira... Viajar até o fim.

Todos os caminhos levam a Curitiba, impreterivelmente. Todas as viagens exigem um retorno, o regresso a um local em que já somos esperados, porque dele partimos. Curitiba é um rio, nesta Curitiba viajo, viajo e retorno para um local conhecido, para o lugar que me faz ser o que sou, o que, de fato, eu sou.

    Irineu não bateu: deu um chute, e a porta se abriu. A corda amarela estava esticada, na vertical. E uma de suas pontas, estava amarrada no lustre do quarto. Na outra, o franzino corpo de Gabriela Klein Scaciotto, sob o influxo da gravidade.

Epílogo

O Quarto 206 (que não é na verdade o quarto 206) guarda a paciente Gabriela Klein Scaciotto. Não há dizeres na porta sobre esperança nem previsões do inferno descrito no famoso *A divina comédia*. Há, no entanto, grande fluxo de remédios, médicos, psicólogas, todos estupefatos com as histórias da menina, que tentei descrever neste livro. Seu estado físico já está quase inteiramente recuperado, o único motivo pelo qual ainda está aqui é o evidente medo de suas atitudes.

Uma coisa é certa: Gabriela não morreu por poucos segundos. A menina afirmou (duas ou três vezes) que demorou muito para dar o nó e para pendurar a corda no lustre do quarto. Depois, pensou que tinha que segurar a arma (a semiautomática Heckler & Koch 45) que usou para praticar os outros assassinatos. Tal fato, se colocado em conjunto com o tempo que Alfredo Rosa ficou sangrando na sala, mostra que a afirmação está correta. Ela diz isso provavelmente para diminuir o ato heroico do delegado de polícia, que, no último momento, conseguiu encaixar a peça faltante do quebra-cabeça. A paciente diz também outras coisas para diminuir o ato do delegado: confirma as mortes; reitera suas atuações; narra, nos mínimos detalhes, o miraculoso plano a que Juliana Klein dera início e que ela quase conseguiu completar com êxito. Por um fio. Por uma corda do Bob Esponja...

Nesse ponto, resta incontroverso que Gabriela Klein Scaciotto foi a autora dos homicídios ocorridos no seio da família Klein. O único fato contestável são os motivos e, apenas por isso, este prolixo epílogo se desdobrará em três, pois três são as hipóteses principais aventadas entre os delírios de grandeza da paciente.

Ao longo desta narração, percebemos que, quase inconscientemente, o texto indicava que a rivalidade tinha como força motriz a divergência acadêmica. Para não antecipar as conjecturas que adiante desfilaremos, deixamos o texto invariavelmente associado à *vingança*, com a falsa impressão de que *houve de fato uma concreta rivalidade acadêmica*. No entanto, o que há é a crença do eterno retorno, uma crença iniciada por Arkadius e que foi fervorosamente seguida por seus sucessores. E mesmo tal crença é fortuita; só existiu porque, para contestar a jactância de Arkadius Klein, Heinrich Koch folheou um exemplar do livro de Nietzsche e, ao acaso, encontrou o famoso aforismo do *"eu, tu, essas aranhas..."* que diz que o futuro repetirá o passado. O eterno retorno não foi causa da rivalidade, mas sim consequência. Existiria se a discussão fosse marxista, positivista ou hedonista. O ódio era antecedente à causa e, pelo ódio, as razões eram formadas, cada qual ao seu lado, conveniente ao sangue, não a um pensamento. Tereza Koch foi morta porque contestou o tempo cíclico, mas, se observarem sua fala, sua contestação era um anexo, um detalhe – tão desnecessária quanto ela, conforme sua autopercepção naquele exato momento. Falava de responsabilidade, de liberdade, porque falava da incidência de Sartre em nossos dias, apenas por isso foi que entrou no campo do livre-arbítrio e do destino. E só porque falou em destino foi que citou Nietzsche. O resto é conhecido... Não houve, portanto, naquele episódio, um confronto formal entre correntes filosóficas – e a busca desse confronto foi determinante para o insucesso das primeiras investigações policiais. A mortal fala de Tereza foi circunstancial, não proposital, acrescida de outros casuísticos elementos, como a improvável presença de Juliana no local e a ausência de Franz Koch, que poderia recriminá-la. Ao buscar teses e antíteses entre os Klein e os Koch, os policiais olvidaram fatos que estavam diante de seus olhos: a obsessão de Juliana por uma teoria; a reiterada manifestação de desejo de Franz Koch de que seu filho, Adam Koch, não entrasse na briga instalada entre as famílias; a não razoabilidade de um assassinato cometido por um sujeito crente e pacato, como Salvador Scaciotto. Talvez tenha sido a comunidade científica que melhor absorveu o episódio do Guaíra. Ao contrário dos jornais e do senso comum, que buscaram o sensacionalismo da vingança, e ao contrário de Irineu de Freitas, que buscou motivos para incriminar Koch e as três alunas, os professores da UFPR e da PUC devem ter percebido que não existia uma disputa de pensamento em jogo. Franz

Koch nunca se manifestou contra o aforismo do tempo cíclico, a disputa que travavam no Brasil era alimentada por muitas razões (umas evidentes, outras silenciadas, outras meras conjecturas, que serão expostas no final tripartite). Mas não era uma briga estritamente de pensamentos. Quando Tereza é morta no Guaíra, os professores da Federal e da PUC devem ter pensado no absurdo de justificar um assassinato por uma fala sobre destino e livre-arbítrio. Devem ter, cada qual com sua postura, cada qual com sua diretriz, concordado silenciosamente com a ideia de que os Klein e os Koch se matariam por qualquer coisa, por qualquer motivo (e é uma pena que os delegados não tenham compreendido esse eloquente e estranho silêncio). Se a comunidade científica foi discreta no luto e no pedido de justiça por seus professores (que morrem), foi porque sabia, de fato, que aquela briga era gerada por ódio anterior, fecundo e alheio a qualquer pensamento.

Pelos fortes medicamentos a que foi submetida, Gabriela variou entre estágios de delírio e realidade, em todos eles falando sobre os acontecimentos dos últimos seis anos. Em alguns momentos, explana com raiva; em outros, ri, e é ainda controversa no principal motivo que a levou a dar cabo da vida de sua família. Incontroverso, no entanto, é o fato de que matou Mirna e Rosi Klein, utilizando a pequena arma HK. Com Mirna, foi até um mercado e, ao retornar, atirou na tia. Deixou a arma visível e realizou um talho no rosto, utilizando-se de uma faca de cozinha para ludibriar e fazer acreditar que era a vítima desejada. Com Rosi Klein, o procedimento foi mais complexo e chega a ser doloroso, de tão minuciosamente contado por sua doce boca. Aproveitou-se do momento em que estava a sós com Rosi, a caminho do Bosque Alemão. Abriu seu vidro e destravou o cinto de segurança da tia. Antes que a mulher conseguisse perguntar o motivo, fez fogo e jogou a arma pela janela. A tia morreu instantaneamente, com o pé no acelerador. O restante é conhecido e já foi exaustivamente descrito: o carro se chocou contra outro, capotou e o corpo sem vida e sem proteção de Rosi Klein foi projetado para o asfalto. Gabriela sabia dos riscos que corria, e os comprou todos. Quando questionada sobre o porquê de não ter matado Alfredo Rosa, diz com frieza que não tem nenhum motivo para querer vê-lo morto. Narra todos os detalhes de maneira lúcida, propositalmente fria, parecendo querer uma Juliana Klein ressurrecta. Ao dizer frases de efeito que provavelmente decorou do vasto vocabulário da mãe, ao exibir frieza, tenta, em um ato desesperado, mostrar que é igual à Juliana, que é Klein. Alterna, no entanto, momentos em que chora e dá sinais evidentes de fraqueza e cansaço – sinais acumulados, sinais que Juliana tentou com todas as forças eliminar da filha. Gabriela Klein Scaciotto, alternante, fria e cruel, mas fraca e doente, narra todas as minúcias, mas silencia sobre dois pontos primordiais: 1. a morte de sua mãe, Juliana Klein, e 2. o motivo das correspondências com Franz Koch.

Desse silêncio, nascem as conjecturas, das quais passaremos a tratar em seguida:

1.

Gabriela descobriu que o pai tinha se oferecido como mártir e que a mãe o recompensara tendo um caso com o delegado de polícia que colocara Salvador na cadeia. É a hipótese mais simplória, e também a menos provável. Gabriela, que sempre tivera a mãe como espelho, tem, então, um surto que insistem em classificar como Complexo de Electra e mata a mãe. O rastreamento do celular de Salvador (realizado após a visita de Irineu a Salvador, no Casarão) indica que, após a morte de Juliana, Gabriela ligou para a residência dos Koch e para a UFPR, muito provavelmente se passando pela mãe (ou por Jannike Koch). A cremação, então, pode ter sido encomendada pela UFPR, e não pela PUC, como fora aventado. Segundo essa hipótese, Gabriela, passando-se por Juliana Klein, dá a entender que participou de um procedimento que utilizou um cadáver e que, não mais necessitando dele, deveria descartá-lo, utilizando-se do convênio entre a universidade e o crematório. O sinal feito em sangue serve como pista de Gabriela travestida em Juliana, escrevendo com o sangue da mãe seu pensamento constante, megalomaníaco e delirante – o pensamento que originou a morte de Tereza e todas as demais desgraças.

O que teria ocorrido depois foi que Gabriela ficara sem freio. Sem mãe – e com o pai preso – encontrou na tia resquícios da torpeza de Juliana, agouros de um destino ruim e tão vil quanto o de sua falecida genitora. Além disso, não há que se esquecer que, se confirmada a hipótese, se Gabriela realmente sofria do Complexo de Electra, suas tias se tornaram óbices ao seu retorno aos braços do pai e ao: "Para sempre." A morte, para a mente perturbada da menina, justificar-se-ia, então, pela imperiosa necessidade que ela sentia de voltar aos braços de seu genitor. Mortes doloridas, feitas também de mutilação pessoal, e que eram justificadas por um amor maior, maior que o amor ao destino, pregado pela mãe; maior que o amor a Deus e a todas as criaturas, pregado pelo pai: amor pleno, inconteste e doentio, que teve seu último (e quase trágico) ato com as coronhadas dadas no tio Alfredo Rosa – com a clara intenção de mantê-lo desacordado – para a realização de seu ato final.

2.

É uma hipótese grotesca, mas provável, diante da totalidade dos acontecimentos. Juliana Klein doutrina a filha desde o nascimento na Teoria do Tempo Circular: o inexorável retorno às formas primitivas. O eterno retorno. Era uma teoria, a teoria da vida de Juliana e de seus antepassados, mas não deixava de ser tautológica teoria, tinta sob papel, sem comprovação. O estopim da mudança ocorre com a morte de Tereza Koch, uma infeliz coincidência de fatos. Tereza, desiludida com a vida, com Curitiba e com o marido, palestra para as moscas sobre o destino e a liberdade. Juliana escuta a mulher que a insulta no mais profundo âmago. Cega de raiva, mesmo com as advertências do marido, mata a rival. Salvador faz o que faz porque acredita que a esposa poderá mudar o mundo com seu pensamento: se em uma vereda falta a Juliana amor a Deus, em outra sobra-lhe *amor fati* e *vontade de potência*. Depois disso, o freio se quebra. Juliana espera o inferno. E o inferno é aqui, o inferno é seu futuro. A família feliz virara pó, apenas um retrato na BMW X5 que ela dirigia. Como então voltar ao paraíso perdido, como viver novamente? Ora, se o mundo é cíclico, só se chega ao começo conhecendo o final! Por isso, ela, por vontade própria, antecipa o final: simplesmente porque esse é o prenúncio do começo. E por isso ela escreve, com o próprio sangue, a simbólica frase que resume todos os seus antepassados: "O retorno ocorrerá."

O nome de Juliana é riscado do *A gaia ciência*. E, se lembrarem, os nomes anteriores, Derek e Arkadius, tiveram sortes semelhantes. Derek enforcou-se. Arkadius, morreu envenenado, um envenenamento nunca comprovado pela ciência, mas facilmente corroborado pelo retorno, pela história, por Nietzsche e pelo sangue Klein: um suicídio (ou uma abreviação, como diria Juliana, em suas sutilezas para explicar a Irineu a terrível verdade de sua família). Desse ângulo, Juliana Klein teria se matado com a supervisão e o auxílio da filha de 12 anos, Gabriela Klein.

Matar-se, para Juliana, significava não apenas o termo final, não apenas a compra do bilhete do trem que a tiraria da cidade dolente e a levaria para o paraíso perdido. Significava, também, a última e letal estocada em Franz Koch, seu arquirrival. Não por acaso, sabia que a morte, dos Klein e Koch, tem o condão de transformar imbecis em mártires, e malucos em santos. A morte tudo alivia e tudo perdoa: a memória, restante, seleciona as imagens – pretere as ruins, em prol das boas, separa o joio do trigo – e conserva unicamente as virtudes. Juliana sabe, a memória tem este condão, e retirar a vida da desgraçada da Tereza não serviu a nada, ao contrário: morta a esposa, Franz se fortaleceu, assumiu o protagonismo que, antes, pertencia a ela.

Por meio da atitude de Juliana, por vias tortas, Franz alçara voo. Enciumada, agora percebia seu erro: de nada adiantava queimar os demônios próprios e matar um Koch, pois outro sempre sobraria, e receberia a piedade e as condolências transformadas em atenções, travestidas em glórias. Sua família mesmo fora exemplo disso: Konrad Klein se tornou um herói de guerra, nisso também a história se repetia. A cena é, portanto: seu marido, na prisão; um delegado caipira a investigando... Apesar de bronco, de não saber diferençar um aforismo de Zaratustra de uma frase de caminhão, Irineu de Freitas era esforçado, tinha um bom raciocínio e, mais cedo ou mais tarde, chegaria à inevitável conclusão de que era impossível que Salvador Scaciotto – o redivivo São Francisco, pregando aos animais, jogando pérolas aos porcos – fosse capaz de matar porque uma mulher dizia besteiras no Teatro Guaíra. Juliana tinha de ser incisiva, mais cedo ou mais tarde a verdade viria à tona. Salvador, seu querido Salvador, preso e crucificado não pelos pecados do mundo, mas pelos de sua esposa. Pretende ser a mártir de uma teoria, uma asceta pensadora, mas ainda dominada pelos desejos carnais, acaba usando a cama do casal com o delegado que, sem o saber, vem no seu encalço, segue suas pistas. As notícias correm. Talvez o delegado tenha se jactanciado de *uma foda boa com uma loira carente e de palavras difíceis (mesmo as palavras de baixo calão que usa entre quatro paredes necessitam de um dicionário que as defina)*, e o pobre policial a quem contara suas conquistas as tenha contado a outro, que, por sua vez, contou-as a outros... e outros... e outros. Um desses pode ter sido o indivíduo que, por um acaso, fazia a vigilância da cela de Salvador e, em uma noite insone do sentenciado – que estaria sorumbático e pensando na filha desolada e na esposa sozinha –, disse-lhe, talvez: "*Deixe disso, homem! Enquanto está aqui, chorando, um tal de Irineu, sabe o delegado bonitão que prendeu você? Pois bem, ele é o Irineu e está esquentando sua cama e consolando sua digníssima esposa.*"

Juliana sabia: o Salvador que sairia de Piraquara seria totalmente distinto daquele que lá entrou, sobretudo porque ela o traíra – e o fizera depois que o marido, por amor, redimiu-a de seus pecados. Então, tinha de ser rápida: seu plano deveria ser integralmente executado antes da libertação do marido. E era um plano muito complexo, de difícil execução: além de forjar um assassinato, teria de camuflar o fato de ser o assassinato de si mesma, seu suicídio. Deveria doutrinar a menina, que, apesar de ser um retrato seu, era pura, viva, não tinha as marcas de sua infâmia. Ela iria conseguir, sabia disso: Arkadius fizera isso com Derek, e Derek fizera isso com ela (e apenas com ela, preterindo as outras filhas Mirna e Rosi). Mas, por mais brilhante que fosse na arte da doutrinação, precisaria de tempo. A filha, apesar de inteligente, não passava de uma criança de 12 anos, que gostava do Bob Esponja e que, se pudesse escolher uma companhia imaginária, escolheria o bicho amarelo e quadrado, e não o carrancudo e bigodudo Nietzsche. *Filha, seu pai não foi viajar, ele está preso. Por quê? Porque... bom, você saberá os motivos. Precisa apenas se recordar de uma lição muito importante: que seu vovô, que já está no céu – bom, quero dizer, no céu não, sei que seu pai fala em céu, mas ele diz de maneira metafórica.. O que quer dizer "metafórica"? Ah, Gabi! Isso eu lhe explico outro dia, em uma outra vez... O que importa é que você saiba que seu bisavô ensinou uma lição ao seu vovô... Onde o vovô está? Bom, é isso que quero que entenda, isso faz parte da lição. Bom, o vovô ensinou uma lição à sua mamãe, que é a seguinte: você é capaz de se recordar de tudo de bom que aconteceu em sua vida? Lógico que sim, não é? Aquela viagem que fizemos com o papai, o seu aniversário, quando fomos jantar naquela pizzaria que você adora... Pois bem: você se lembra porque seu cérebro guarda tudo o que é bom, gostoso, agradável... Mas seu vovô me ensinou uma coisa muito legal. Ensinou que, mais que guardar, podemos viver tudo, todos esses momentos, novamente. Não sabia? É lógico que não sabia, porque é um segredo, ninguém sabe e você terá de prometer que não contará a ninguém. Será um segredo só nosso. Nem o papai pode saber. Por quê? Ah, porque faremos uma surpresa para ele, quando sair da prisão! Que tal? Quer saber como? Bom, para reviver as coisas boas da vida, precisamos aprender que o começo só volta com o fim. E, para isso, devemos chegar ao final, e não com tristeza, mas com muita alegria. Minha Gabi, quer saber como chegamos ao final? Essa é a parte mais importante do segredo...*

Assim começou a instrução de Gabriela Klein (não mais Scaciotto), uma instrução que se findou no momento em que também se findou a vida de Juliana. Segundo a hipótese ora discutida, Juliana se matou e, antes de dar o tiro na própria cabeça, machucou-se com a arma a ponto de fazer jorrar sangue de seu corpo (para deixar sinais evidentes no quarto e no caminho até a porta), simulando uma cena em que teria sido retirada à força de sua casa. Antes de morrer, ainda ligou para os responsáveis pela coleta de indigentes da UFPR e se certificou de que seria coletada e levada para o crematório, para ser transformada em pó. Com o sangue próprio, antes de morrer, escreveu a frase "o retorno ocorrerá" e se despediu da filha, chorando, dizendo que "o adeus seria um até logo" e que as duas voltariam a se encontrar logo mais, quando a filha chorasse seu choro inaugural, de dentro do ventre da mãe, quando estivesse prestes a nascer. Despediram-se. Mais tarde, Gabriela chorou: de dor e de encenação, para enganar a polícia, concedendo a Irineu, naquele momento, um talho fundo em seu rosto.

Talvez por isso Irineu tenha afirmado para Salvador que Juliana continuava viva: a mãe vivia na cabeça de

Gabriela, açoitando-a, instigando-a: "*Vá, minha filha, mate todas as Klein e se mate depois; o reinício só existe com o fim.*" Dias depois, Gabriela escreveu para o pai, dando pistas da eternidade e da posse que só é obtida no momento da perda, e que, portanto, ela e a mãe estavam ligadas por um laço indissolúvel. Foi forte nas ações posteriores: se todos os paraísos são os paraísos perdidos, certificou-se não apenas do seu próprio fim, mas também do fim de todas as pessoas de seu sangue. Se Derek concedeu a importante lição do eterno retorno apenas à Juliana, cabia a ela, Gabriela, ensinar, na base do sangue, a lição às tias. Matou Mirna e Rosi, usando a arma HK com o objetivo de incriminar Franz Koch. Porque, assim como Juliana, ela aprendeu que a morte transfigura os pecados em virtudes e os sobreviventes em covardes. Em seu último ato, decidiu não matar o tio nem o pai. O pai, por mais que ela o amasse, não era um Klein, não fazia parte do restrito clube de iniciados desse uróboro mortal. Quanto ao tio, esse era um aproveitador, um reles coadjuvante, por isso não merecia nem devia ser morto. Então, ela apenas o deixou inconsciente. Apenas para que pudesse preparar seu próprio retorno em paz.

Só não previu que Irineu iria aparecer no último momento... Esta teoria é quase perfeita, não fosse um detalhe, que sobra. Se Gabriela desejou a própria morte, como também desejaram Juliana, Derek e Arkadius Klein; se todos confiaram em uma doutrina que decidisse o fim (e o início) de suas vidas, onde entra Koch? Mais especificamente: por que a menina de 15 anos com tendências suicidas decidiu ligar para seu maior inimigo, depois que seu pai matou a esposa dele? E por que ligou para o crematório apresentando-se como Jannike Koch? Sob as luzes que aqui apresentamos, Koch fica na escuridão, ou, no máximo, na penumbra. E apenas por esse fato é que foi feita uma terceira teoria, também inconclusiva.

3.

Admitir esta corrente é admitir um *tertium genus*. É o misto das duas primeiras, acrescidas de um curioso e não comprovado detalhe. É reconhecer que não se sabe em que ponto acaba a primeira teoria – ou seja, até que ponto Gabriela sofria de Complexo de Electra – e em que ponto a segunda hipótese se adapta à realidade, isto é, até que ponto Juliana ensinou a filha a ser uma suicida. Com o seguinte adicional: *Por que Franz e Tereza Koch vieram para o Brasil?* Simplesmente por um capricho da mulher, que aqui morreu assassinada e que chorava por odiar esta terra? Parece pouco provável. Os dois tinham fortes vínculos com Frankfurt, então, por que viriam para o Brasil? E mais: por que viriam para a cidade brasileira em que residiam seus arqui--inimigos? Outro detalhe, e que talvez tenha passado despercebido de todos, é que só vieram para o Brasil *depois* do nascimento de seu filho Adam. E nem seria preciso dizer que Adam *não entrou na história* (palavras ditas por Franz Koch a Irineu de Freitas), porque ficou escondido, obliterado pelos pais. Nem quando a mãe morreu, Adam teve voz. O único ponto em que aparece é exatamente quando Franz diz ao delegado que, por acaso, os dois estudavam no mesmo colégio – um fato abominável, que as duas famílias deveriam ter cuidado para que não acontecesse em nenhuma hipótese (porque sabiam que algo de muito ruim poderia resultar de uma coincidência assim tão infeliz). Mas o acaso fez com que estudassem no mesmo colégio e que Gabriela conversasse com Adam.

Klein e Koch juntos. Franz diz a Irineu que Adam esnobou a menina, mas Franz não diria nada diferente. Para proteger a estirpe, encobriria o filho de todas as maneiras. E Franz e Juliana sabiam que os jovens Koch e Klein tenderiam a se enamorar – porque o conflito de gerações pode ser mais forte que o conflito de sangues. Mas o que teria de mal nisso? São novos tempos, seria praticamente impossível que os pais proibissem, se os dois jovens desejassem de fato ficar juntos... Se Adam e Gabi estivessem apaixonados, saberiam lidar com a situação... Pois bem: o ano de nascimento de Adam Koch coincide com o ano de nascimento do propalado natimorto filho de Jannike Koch e Heike Klein. Há, na PUC, boatos de que Franz só principiou sua vida de infidelidade ao descobrir que Tereza era infértil. *Como infértil, se era mãe do menino Adam?*

A resposta, terrível, é a seguinte: Adam pode ser o filho natimorto de Jannike e Heike. Pode ser o monstro capaz de reunir esta abominação: o sangue Klein com o sangue Koch. Os Koch vêm para o Brasil porque não querem que Frankfurt saiba dessa bizarrice. Escolhem Curitiba exatamente como aviso de que não só eles eram responsáveis por aquele pequeno monstro, mas também Juliana Klein – e que ela nunca se esquecesse disso! Juliana sabia? E, se sabia, disse a Gabriela? Aliás, Gabriela, em algum momento, falou de seu amor por um de sangue Koch? Se sim, certamente foi advertida: *Sofrerá como Jannike. Isso não dará certo.* Juliana tinha certeza disso – ao menos pela doutrina da repetição que tanto pregava. Mas Koch sabia *ainda mais*. Sabia não apenas que o futuro repete o passado: sabia que se tratava de um proibido amor do mesmo sangue. Que Adam era do mesmo sangue de Gabriela. No final, o orgulhoso sangue Klein de Gabriela foi o único óbice para que pudesse amar Adam. E, sob essa hipótese, matou as tias e decidiu acabar consigo mesma, porque poderia mudar de pensamento, religião ou doutrina, mas não de sobrenome. Logo, por não poder mudar o próprio sangue, não poderia amar nunca Adam Klein Koch, o primogênito de uma nova linhagem e o fim das antigas brigas de duas extintas espécies menores.

Todos os Koch e todos os Klein que se odeiam devem ser exterminados da face da Terra, dissera, talvez, Franz Koch a Gabriela Klein. A terra pedia uma nova fase, e, felizmente ou infelizmente – para os que morriam –, a nova fase era desse uno sangue Klein e Koch. Talvez a mãe estivesse errada, talvez todos os malditos Klein estivessem errados, pensou Gabi, olhando pela última vez o enorme Bob Esponja em seu quarto, enquanto

Alfredo Rosa, o tio, sangrava na sala. Talvez as estirpes condenadas a cem anos de solidão não tivessem uma segunda chance sob a Terra, como previram todos os dervixes Klein, Nietszches, Zenos e todos os outros enganados, deste ou de qualquer outro presente.

Agradecimentos

Para a Silvia, que leu este livro sob o meu ombro, enquanto eu o escrevia.

Para o Juca (José Flauzino), esta e todas as outras peripécias de Irineu de Freitas.

Para o Guilherme Aiup Felipe, que me apresentou Curitiba.

Para o Márcio Ruziska – *in memoriam*.